分身

黄不会 著

江苏凤凰文艺出版社

图书在版编目（CIP）数据

分身 / 黄不会著. -- 南京 : 江苏凤凰文艺出版社, 2025.1. -- ISBN 978-7-5594-9086-5

Ⅰ.I247.7

中国国家版本馆CIP数据核字第20244X6M12号

分　身

黄不会　著

责 任 编 辑	张　婷
责 任 印 制	杨　丹
出 版 发 行	江苏凤凰文艺出版社
	南京市中央路165号, 邮编：210009
出版社网址	http://www.jswenyi.com
印　　　刷	三河市华东印刷有限公司
开　　　本	880毫米×1230毫米　1/32
印　　　张	7.625
字　　　数	166千字
版　　　次	2025年1月第1版
印　　　次	2025年1月第1次印刷
标 准 书 号	ISBN 978-7-5594-9086-5
定　　　价	58.00元

江苏凤凰文艺版图书凡印刷、装订错误, 可向出版社调换, 联系电话 025 - 83280257

目录

烟雾弥漫	/ 001
烫	/ 023
困	/ 041
迷魂记	/ 058
早　熟	/ 077
打回原形	/ 096
出生入死	/ 113
松　子	/ 132
在十二楼的升降梯上	/ 150
蒙太奇受害	/ 168
分身术	/ 187

伴　郎　　　　　　　　　　　／ 205

五禽戏　　　　　　　　　　／ 217

后　记　　　　　　　　　　／ 234

烟雾弥漫

1

罗彻事后总结过,从开始到结束,自己拢共也就和张梦琪打过五回交道。

那天等他从床上恢复意识的时候,发现刘诗扬连续发了十几条微信,语音和文字由短变长,传达焦虑。他有些不好意思,也很理解刘诗扬的焦虑。因为这对罗彻很少见,很长一段时间里,他都觉得充足的睡眠才是生活的基本要素,虽然在大家的印象里,"搞艺术的"都是一群昼夜颠倒、游走在生活边缘的人,罗彻却很在乎自己生活的规律感,尤其是他决定出来单干之后更是如此。刘诗扬和罗彻处了七八年,最清楚这点。

罗彻大学读的是编导,这是个游走在艺术边缘的专业,学校算不上好,但罗彻学得挺认真,甚至有一阵真的以黑泽明、希区

分 身

柯克为目标而认真努力过，从最基础的构图、绘画和戏剧理论开始，逐步构筑自己的理想基础。可在毕业之后，当周围同学纷纷心甘情愿（甚至有点开心的）放弃本行，进入和自己专业不相干的领域的时候，罗彻到各个片场义务工作了几年。他心里反复复习王家卫和李安的故事，甚至最近几年声名鹊起的毕赣都成了他的憧憬对象。他和刘诗扬语重心长地说："李安在拍第一部电影之前，他老婆养了他六年你知道吧？"刘诗扬知道罗彻不着五六的性子，一边顺着说知道，一边刷着手机上刚加上的店员微信的朋友圈，想要扫几个尾单。可现实和理想是有差距的。当大学四年的兼职收入已经入不敷出的时候，罗彻不得不低头，选择当了一名影楼摄影师。好在有专业知识打底，罗彻转行起来在技术上没什么太大痛苦。这也是当初刘诗扬看上罗彻的原因之一，有个专业摄影师的男朋友，能省下不少事儿。

各行各业都会分三六九等，摄影这个行当也不能免俗。如果按这样说，影楼摄影师在这行里的地位也特别低——仅次于沉迷于器械和镜头的退休摄影师们。那段时间，罗彻每天的工作就是天刚擦亮时就起床，陪同一对对胖的瘦的、老的少的、美的丑的新人，在影楼散发着湿霉味的简陋影棚里，让情侣们摆出一个个生硬的动作，微笑着说："对！好！漂亮！"周而复始，忙碌十四个小时，收工后第二天继续。辛苦对于罗彻来说不是个问题，但这个工作对于他一个科班出身人的尊严践踏却日日煎熬他。

于是，几年下来，在初步有了履历，认识了几个圈内老板之后，罗彻和刘诗扬合计了一下，决定自己出来单干，成立了一个私人工作室，主攻婚纱摄影和日常写真，远离老板的剥削，开始自己剥削自己。但自由职业这件事，话简行难，在开始之前，罗彻给自己定了几条规矩，保持规律作息、坚持业余学习、适度休息，以及以艺术家为目标继续坚持。一两年下来，除了规律作息，其他的一条也没做到。生意绝对谈不上好，只能接一些朋友来不及做的尾单维持生活。一天在饭桌上，几个大学同学给他支招，大部分都不靠谱，但其中一个人说的话让他动了心："你该好好找个模特，认真拍套好的，就当打广告。"

挑个模特拍照片这个事情，刘诗扬没同意，用她的话来说："没必要花那个钱，你拍我一样。"可罗彻觉得刘诗扬并不符合他选模特的标准，所以算是偷摸进行的这件事。挑模特花了罗彻不少心思，但当罗彻通过关系联系上张梦琪的时候，总体对她是满意的。因为张梦琪确实长得不错。这种不错并不是那种靠 PS 和修图来批量制造的美感，而是恰如其分的五官与身材比例。自打毕业之后，罗彻很少用专业的审美去这样评审过其他人。可张梦琪也有她的缺点，她是个专业模特，游走在不同淘宝店铺、影楼广告和小成本的影片之中，所以她很贵。一天的收费抵得上罗彻一个月的收入，可罗彻依旧愿意"试一试"。

看得出张梦琪是一个大忙人，在微信上说明来意之后，那头就直截了当地说："那就下周三的上午八点到晚上八点，工资日结。"在确定之后就再无音讯。为了让自己的钱花得性价比高，罗彻不得不利用上班时间，一遍遍来拍摄点踩点、取景，并暗自祈祷那天的天气要如他想象的那样"不冷不热，有点风"。

见面那天，张梦琪约罗彻见面的地方是一家有些名气的咖啡店。女人对这里很熟悉，直接对着吧台点了几种在罗彻看起来都差不多的豆子，服务员去现磨之后，将咖啡豆精细地装进一个玻璃器皿，让罗彻和张梦琪闻咖啡豆的"前调、中调和后调"。罗彻平时虽然喝咖啡，但都是喝麦当劳那种十几块一杯的速溶咖啡，劲儿大，实惠，一杯能顶半天，对咖啡豆是门外汉。张梦琪却很熟悉，和罗彻介绍起了不同咖啡豆产地和烘焙程度对风味的影响。聊到兴起她还点起一支薄荷味的女士烟，问罗彻抽不抽，罗彻想了下说戒了。

时间一分一秒过去，女人却始终悠闲，仿佛他们并不是来工作，而是心血来潮来正儿八经喝咖啡的一对情侣。坐在对面，罗彻不好意思打断侃侃而谈的张梦琪，开口问出那句"这喝咖啡的时间算不算进时间里？"这主要是因为，在罗彻的潜意识里，和自己挑选好的演员研究咖啡本身或许就是熟悉的过程。让罗彻没想到的是，复杂的咖啡豆研磨出来的味道和自己平时买的那种速溶（或许还额外添加了咖啡因）的咖啡没有太大区别，甚至还带着自己不习惯的酸涩味。而更让罗彻想不到的是，光喝咖啡就花了快一个上午光景，而且花了他小一千。

总算是开拍了，张梦琪似乎对罗彻的招待很满意，在拍摄过程当中，展现了相当到位的专业素养，让高冷就能立刻板着一张高级脸，让笑就顷刻面若桃花。可就算如此，罗彻计划的五个景却只来得及拍了两个半。正当罗彻对着时间暗自焦虑的时候，张梦琪的手机闹钟却响了起来，还在摆姿势的张梦琪立刻站起身，对着还在摆弄镜头的罗彻说道："谢谢你罗老师，我该走了，今天合作得很愉快，期待下次合作。"没等罗彻回过神，张梦琪就带着行李，踩着高跟鞋，坐上了在路边已经恭候多时的网约车。

"所以这种女人说难听点就是骗钱你知道吧?千万别和她们客气,她们这种人能蹬鼻子就能上脸,蹭上一点就是一点。"晚上十点,还饿着肚子的罗彻约了自己在影楼的前同事出来喝酒,对方一边开导他一边给他的杯子里倒满生啤。啤酒花一下满溢,沿着已经结了水珠的玻璃杯壁缓缓落下。就算是罗彻这样的性子,碰上这种事儿心情也不算好,按原本的计划他第二天要修片,但此刻他也顾不上那么多,在你一杯我一杯的劝说下,一直喝到了凌晨。喝到膀胱欲裂,头脑昏昏沉沉的罗彻在路边的角落偷偷解决。他站在路边,看着车来车往,心里多了大大小小的感慨,这些感慨远在天边,却让他有了近在眼前的烦恼,一时间他胸闷头晕,一张口全部哇啦啦吐在了地上。

回到家已经不知道是几点,只记得在淋浴房冲水的时候又吐了不少,稍微清醒了些的罗彻瘫坐在沙发上,冷气从头顶呼呼吹过,他从沙发底下的抽屉里摸出一支烟,刘诗扬有只狗鼻子,特别不爱他抽烟,所以他戒烟已经有段时间了,但他觉得此刻要来一根。抽着烟,他走到逼仄的阳台上,明明是初夏的天气,却蒙蒙起了层毛雾,他打开窗子,外面烟雾弥漫,但天尽头的远处能看见透着一点点光,像沾着金黄色的画笔,在蓝黑色的画布上点下一点透亮,这座城市正在苏醒。

2

张梦琪因为太招男人喜欢,所以不太招女人待见。

女人是天生长着雷达的生物,对具备威胁的同类,带有先天性的警觉与防范，这是天性使然，没有办法。但换个角度想，这也是张梦琪自己选好的生存法则。从高中外形俊朗的小混混初恋，到大学刚上班不久的年轻讲师，她总能从一堆男人里，挑出对自己好又对自己有利的那个。"谁对我好，我就对谁好。"某天晚上，女人躺在床上，这么想着。不过，张梦琪似乎天生就知道怎么讨男人的欢心，无论是混不吝的还是学识渊博的，她对症而行，像是百面女郎，千万张面孔，配上一副好身材，情场厮杀，往往昏天黑地，不讲道理，但她总能兵不血刃地全身而退。

但即便如此，张梦琪也有她的烦恼。聪明的女人躲不过的东西不多，凭借直觉，她们可以躲过妒忌与是非，躲过责难和恶意，但在能躲过的诸多事物之中，年龄并不在其中。张梦琪已经二十九岁，却一直没有结婚，这柄达摩克利斯之剑，日日夜夜高悬在她头顶，让她心神不定，吃饭、喝水、睡觉都心神不宁。平时还罢了，只是独自回到出租屋的时候会略感落寞，逢年过节回到老家，父母的频繁叮嘱让她心烦意乱。但真正让她暗生恐惧的是某日对镜自照的时候，发现了一丝岁月的痕迹。在发现这一点的周末里，张梦琪平躺在美容院的白色床上，报复性地刷爆了自己的信用卡，换来美容小妹一整个下午的阿谀奉承，可这些都没有让女人的不安稍有平复。晚上回到家，她将通讯录里的男人一个个排出来，按优缺点排了个座次，终究发现鱼和熊掌不可兼得的道理。这时候她才真正发觉，男人追求女人时，看似不计成本，丑态频出，实际上心里很是计较得失。越年轻漂亮的女孩子，在男人面前的议价权就越高，而在年轻和漂亮中间，单身又条件好的男人更偏向年轻，只有肚有油腻的男人才勉强选择漂亮。可漂亮的代价随年月渐长,张梦琪学起了摄影和构图,透过滤镜构筑一个虚幻的环境,自欺地告诉自己青春还未完。

这天晚上,她受不住姐妹的撺掇,在需要预定的日式餐馆里参与了所谓的"相亲"。张梦琪赤脚跪坐在榻榻米上,盯着饭桌对面的男生看菜单。看得出男人做了一番准备,从细心准备好的订制西装到无意露出的一小块手表的水晶表面,再到略显肌肉的肌肉小臂,都恰到好处。在盯着他的时候张梦琪脑子里快速过了一遍姐妹给她的介绍:"在新西兰留过学,家底殷实,年轻有为,就是人有点内向,不太善言辞,恋爱史也比较简单。"男生坐在饭桌上,从帝王蟹到和牛再到蓝鳍金枪鱼的鱼腩,几乎包罗了菜单上能够想到的昂贵选项。对这些,张梦琪没有选择过分地展现惊讶与客套,这暗暗抬高了女人在男人心目中的位置。而在餐桌的结尾——或许是即兴,或许是早就安排好的——男人让老板端上了菜单上没有的一样小玩意儿,一种以老板名字命名的餐后鸡尾酒。张梦琪用嘴角抿了一口这种以青梅酒为基底的绿色液体,打破了自己和男人初次见面不喝酒的铁则,算是隐晦的认同。

餐后,张梦琪拎起自己的包,婉言谢绝了男人要送一程的建议。在上来之前,她已经见过男人的座驾,没必要再亲身感受。张梦琪刚回到家中,男人的信息就到了,问到家没。一切都好似被用尺子量过一般地恰到好处。张梦琪心里清楚,在这个阶段,男女之间最重要的就是分寸感,如何把握恰到好处的尺寸,适当地给些甜头又不至给出不矜持的第一印象,她是个中高手。她简单回了句到家了,表达了谢意,随后开心地在床上打了个滚,却不小心将约会前铺满床面用于挑选的礼服碰到了地上。张梦琪有些心疼，起身清理掉礼服上的灰尘，她手拿着小小的刷子仔细地刷，蹙着眉头，心里却是轻轻哼起歌的快乐。

但说实话，关系的进展迅速还是超出了张梦琪的预料。爱情的既定步骤在这个年龄段去繁就简，只剩下必要的筋骨。经历过多段关系的张梦琪曾经做过精辟的总结，一段爱情最好的时光发生在还未开始之前两人心怀鬼胎的互相试探。但是在和男人的这段关系中，似乎仅仅经过一夜畅聊，在天光前准备的一束玫瑰之下，张梦琪就稀里糊涂地答应了。关系确认后，一切如张梦琪预料。男人很忙，他的行程表上密密麻麻，每天都和不同的人开会、见面，但男人也十分体贴，这种体贴不仅体现在他无论每周多忙，都会花时间与女人共进晚餐，也体现在他并不像其他男人一样猴急与没有耐心。在关系开始后，他虽然早早获得了进入张梦琪出租屋的权力，但一直没有能够获准进入她的卧室。对此，男人不得不在客厅内的沙发上和衣而卧了好几晚。那天早起，张梦琪看着半夜才回来，在沙发上熟睡的男人，忽然对自己心生怨怼，但另一方面，又坚信自己的直觉。女人对于直觉的信赖与生俱来，张梦琪也不例外。她一直觉得女人像猫，一只猫虽然会对亲昵的人露出肚皮，但并不喜欢别人随便地来触碰，底线的不易予，给了男人追逐的欲望，也给了女人拒绝的权力，尽管很微妙，尽管手心冒汗，张梦琪还是紧紧攥着这最后的筹码。

可惜筹码并没有攥住多久，或许是男人那天晚上忽然主动提起了婚期的事，也或许是那天晚上她孤身躺在床上的时候听到了男人的一声叹息，她起身翻出自己准备好的睡衣，开门迎接了这个男人。那天晚上，她轻声在男人耳边呢喃，像是在唤醒沉睡的孩童，却也唤醒了男人的欲望，欲望一开始只是零散的火星，很快就烧成一片。之后，男人在她身边轻声地打着呼噜，孩子气地撕扯着床上的半张被子，张梦琪却彻夜难眠，蹑手蹑脚地起床，到阳台上点燃一支烟，细支的薄荷香烟烟雾弥漫，她一时间忘了开窗，只顾着隔着窗户向外看。张梦琪觉得奇怪，窗外往常亮成一片，扰得她不得安眠的光景此刻却暗了大半，她看着寂静的黑暗，一时间分不清来路和去处。

3

不知道是气候反常，还是正是水乡特色，这天晚上，罗彻站在桥边的时候感觉到了一丝凉意。这股凉意从水面上漫步过来，沿着脖子与衬衫间的空隙往里钻，让他莫名想起某位其实不存在的前任的手，她有一双冰冰凉凉、骨瘦嶙峋的好看的手，喜欢摸他的脖子。这是罗彻来到W镇的第五天，他原本不想待这么久，只是想趁着周末的时间稍微透透气。这或许是某种奢侈的挥霍，他的时间如今宝贵，每周一开始的工作都被刘诗扬排得密密麻麻，需要打印一页半的A4纸才能列完。境况进展如此快，这是一年半以前的罗彻所没有预料到的。除去工作之外，结婚的大大小小的诸多事项更让他措手不及。一年半之前，他还是个潦倒窘迫且无用的人。开始单干之后，这个小个子的南方女人身上的精明能干开始显露天赋。她慢慢摸清套路，打入这个城市各个大大小小的闺蜜圈子，同时利用自己土著居民的身份，帮他在这座城市招徕了第一批客户。做事细致加上颇有想法，罗彻没日没夜地干了一年，让银行卡上的数字颇为体面。刘诗扬辞去工作，个人工作室变成了情侣工作室，刘诗扬负责起一切接洽沟通的活。"你好好当你的摄影师。"刘诗扬这样和他说。之后的事按部就班，像绝大多数夫妻店那样，两人分工干活，既是情侣又是同事，在赚钱这件事上培养了默契。生意渐渐红火，女人没问罗彻，自顾自张罗起结婚的种种事宜。尽管经手结婚的情侣有将近上千对，真轮到自己，罗彻却有些不知所措。好在刘诗扬包办了绝大多数工作，从婚宴的酒店确定到婚礼的婚纱与礼服，罗彻下周就要给自己亲手拍一套婚纱照，在此之前，他却心生怯意，趁着刘诗扬和闺蜜们出去旅游的空档，偷偷推开几个排好的客户的约拍，只身一人来了W镇。

所以，罗彻站在桥上想，尽管他还是没能成为想象里的那个所谓的大师，丢失了理想，却过上了旁人的"理想生活"。如果这时还说自己过得不快乐难免遭人嫉恨，罗彻也不得不承认自己或许很享受这样的生活。但自由这种东西却仿佛从原先的必需品变成奢侈品，罗彻暗自责怪自己人心不足，却难以抗拒诱惑，在给刘诗扬报平安之后，又从床上爬起，想要在离开W镇前再转转。

在下桥的路上，罗彻见到有个年轻人在散传单，他接过来，正好是一个话剧的宣传单，还不是普通的话剧，是一个沉浸式的话剧。沉浸式话剧是近几年兴起的一个新兴物事，大概是邀请男男女女们从话剧观众，直接走进话剧现场，以临场感营造微妙的气氛。上演的这幕话剧名字挺吸引人，叫《被命运拨弄的夜晚》，根据传单上简短的介绍，似乎改编自苏联的一个故事，讲述一个未婚男人，在结婚前夜，因为阴差阳错，没有能够赶上奔赴婚礼

烟雾弥漫

现场的航班，结果和另一个女人邂逅的故事。这个故事不错，不错的意思是足够引人遐思，罗彻看到这个故事就遐思了很久，他对照了下酒吧的地址，离自己不算远，就打算去看一看。抵达酒吧后，罗彻并没有急着进去，而是在门口打量一番。门口已经排了不少准备前来观看的男男女女，绝大多数是结伴前来。这个酒吧在前几天，罗彻曾经路过好几次，外面是青砖黛瓦的民国风，里面却装修成了意大利风格的小酒馆。这种酒馆一般不会通宵达旦，而是下午就开门迎客，卖些咖啡和无酒精饮料，招徕想要歇脚的年轻旅客。而透过里面的亮光，却发现已经布置成了若干个小舞台，挺像那么一回事。罗彻打量了之后，就进去排队，交上钱之后，在门口，工作人员发给他一个白色的面具，告诉他，戴白色面具的是观众，红色面具的是酒馆的服务员，黑色面具的是演员，并统一和观众们说了观看沉浸式话剧的注意事项。罗彻把面具接过去，这个白色的面具有点类似之前在网上看到的歌剧魅影里的鬼魂所戴的样式，戴上后能遮住眼睛以上的半张脸，他没来由地想到了TVB《天龙八部》里游坦之带上的那个铁面具，心里暗自好笑。但尽管如此，他还是乖乖戴上面具。酒馆已经布置得有点舞台的意思，除了看得出精心设置的氛围和恰好的音乐，戏剧上演的主舞台——酒馆中间的大酒桌附近也萦绕进干冰的烟雾，橘黄色的灯光透过烟雾将整个酒馆照射得有些暧昧。在这时，一张红色面具向罗彻走过来，手上拿着一张酒单，问他需不需要喝些什么。罗彻扫了一眼酒单，发现价格还算公道，就点了一杯Old Fashioned，这种混油威士忌的鸡尾酒带有柑橘的香气，还带有着一些优雅，和这个场景莫名的契合。这杯鸡尾酒恰好在演出开始前递到了罗彻的手里。他在靠近桌边的吧台找了一张高脚凳，呷了一口酒，冰凉的威士忌特有的煤油味充斥着口腔和鼻腔，让他精神一振。他背靠着吧台，想让自己坐得舒服些，他往后靠了靠。黑色面具们陆续坐在酒吧中央的椅子上坐定，灯光朦胧，烟雾弥漫，演出开始了。

…………

"明天早上的一出戏我们要去看，你去吗？"

"什么戏？"

"欧丁的《树》，特后现代。"

"去啊，为什么不去！"

"可惜你去不了了！"

"为什么去不了？"

"因为你明天早上就要结婚了。"

"结婚？"

"对啊，结婚。"

"我明天早上，是和谁结婚来着？"

"你看你，喝成这个样子，连自己未婚妻的名字都不记得了。"

"所以我不能再喝了。"

"你必须再喝，你要为你的未婚妻干杯。"

"我的未婚妻叫什么来着？"

"刘诗扬。你看，你连名字都记不得了！"

"对对对，刘诗扬！"

…………

或许是意外，或许是某个相对而言的恶意巧合，这个戏剧里

烟雾弥漫

男主人公未婚妻的名字让男人打了个激灵。男人有些不好意思，用眼睛瞟了瞟周围，发现没有认识的人，大家都在聚精会神盯着舞池中央，没有人看到他一闪而过的尴尬神情。男人继续坐好，却发现在他旁边坐着一个女人，他觉得这个女人有些面熟。

…………
"你们俩怎么会认识的？"
"我忘了！"
"那她怎么会嫁给你呢？"
"因为世俗的生活她嫁给了我！"
"那祝你俩百年好合！"
…………

男人听到这句台词忍不住笑了起来，他也不知道为什么要笑。他注意到那个女人嘴角也挂着一丝笑意，女人的眼睛瞟到了他，或许是酒精刺激，男人举起手里的方杯示意，女人也举起她手里的高脚杯。尽管隔得挺远，他还是注意到了女人酒杯上挂着的一层盐霜——这是玛格丽特，一种女人常点的鸡尾酒。罗彻一边耳朵听着台词，一边盯着这个女人：这个女人穿着一身略宽松的连衣裙，脚上穿着一双高跟鞋，但随意地在脚上耷拉着；虽然戴着面具，可脸上有些淡妆，不过并不是精心打扮，只是出门的习惯；虽然这样看不出年龄，但已经不小了，年轻的女孩子不会这样……这种略带职业性质的打量让男人读出了更多的信息：这个看起来眼熟的女人和自己一样，是独身一人，也是临时起意来到这个剧场的。他看见红色面具在周遭，挥手示意了一下，为女人续上了一杯血腥玛丽。不一会儿，女人收到了男人的礼物，向男人露出一丝笑意,而这时,在剧里,男人的朋友们已经离开,女主角也登场了。同样是在酒馆里买醉,同样是即将奔赴婚姻,在剧里,两个醉醺醺的人开始了一场关于婚姻的对话。

…………

"我做了一个梦,我上了一个黑色的船,它裹挟了我的生活,让我喘不过气来,我无奈、我挣扎,但我看不见尽头,就像在弯弯曲曲的河道上不停穿行。"

"你可以出来!"

"但我出不来!"

"你是懦夫!"

"你说得不错。"

"那你登上船吧,你快要赶不上婚礼了。"

…………

女人看得很仔细,或许仔细到没有注意到男人在看她。男人有些失落。他往后靠了靠,继续聚精会神地看剧,剧里男女主角因为婚姻而焦虑、忧愁,说出的字字句句都戳进男人心头。他如果这时候开小差,就会发现女人掏出了一支眉笔,写了一句什么,然后招来红色面具。不一会儿,红色面具过来递上一杯酒,说是那边的女士请的,男人看了看,是一杯纯的威士忌,顺带了一张字条。男人没有看字条,而是把它攥在手心。这是因为,在剧里,男女主角正在码头上做最后的道别,男主角说出了来自《花样年华》的台词:"如果有多一张船票,你会不会跟我一起?"

这时,舞台缓缓落幕,男人趁着灯光的余光打开了字条,上面写着一句话:

"回赠一杯酒,我觉得你现在需要烈一点的。"

4

话剧散场之后罗彻看了下时间,已经接近午夜,他有些不舒服。他在酒吧喝了三四杯鸡尾酒,不同浓度与不同配方的酒精在他肚子里相互混杂,像是此起彼伏的海浪,高一阵低一阵地冲击着他的脑袋,但这难不倒他,相反自从和刘诗扬恋爱之后,他已经很少进入这种状态。罗彻看了看周围,散场的人群三三两两从酒吧中出来,而刚刚一晃神之间,坐在他对面的女人也不知所终。他心里有些失落,这或许和原本的期许落空有关,但另一方面更有他说不上来的一种怅然感,刚刚看到的沉浸式话剧让他想起了不少以前的日子。这倒是第一次。罗彻信步走上一座拱桥,在W镇,这种拱桥数不胜数,他来的时候听导游讲,什么桥叫什么,但自己已经记不清了,总之他走上了一座拱桥。罗彻脑子里慢慢回想着刚刚的话剧。尽管科班出身,但上次看话剧还是在大学的时候。这个话剧和那些看过的话剧不一样,没有那么多的故事情节,更多的是一种情绪上的张力。他回想起这个话剧的名字——《被命运拨弄的夜晚》。他猜测这个名字好,好就好在"拨弄"这个字眼上。更多时候,罗彻对待命运都是处于一种随波逐流的态度,靠着妥协与哄骗,换来的好处远远多于倔强的不服软,这个道理他很早就懂,顺从远比抗争要好。

罗彻靠在拱桥的栏杆上,挑出一支烟给自己点上。自从工作压力渐大之后,他又开始复吸,却和生活中很多事情一样不太在意。他咬碎烟嘴里的小珠子,薄荷味道的烟雾顺着喉咙往下,在肺里滚了一圈,尼古丁像一只手,安抚着血管里的酒精。夏夜的晚风吹拂,给他带来一丝清明。他远远看向远处,即使在午夜,河岸边的灯带也给河道金勾银绣出轮廓来。但在远处,一阵烟雾慢慢从河道上踱过来,天色是黑紫色的,就只看见远远挂着轮月亮,显得有些造作,像是舞台上刻意悬挂的灯光。河道上的乌篷船一样造作地点缀着,让人看不清细节,只看见些轮廓。他有点恍惚,酒精终究占据了他的大脑和一些其他的东西。正当晃神的时候,他听见有人和他说话:"可以借个火吗?"

在之后的一次见面里,罗彻和张梦琪有过数次争论,罗彻认为那天在桥上的借火属于早有预谋,张梦琪虽然早早就离开,但一直尾随在他身后,看见他在桥上抽烟之后,就见缝插针问他借火,而张梦琪却说,自己确实只是想借个火,并没有其他的想法,更多是巧合。罗彻对此无言以对,但更是欣喜,因为在这样的巧合背后,他嗅出了一丝命运的味道。这种味道勾连着他的思想,让他在扭头之前,就知道来人是谁。他们聊了一会儿,简单聊了些近况,却刻意没有提及一年半以前的那一次见面。罗彻为张梦琪点上一支烟,他俩你一口我一口地吸着烟,吐出深白色的烟雾出来,不知由来,但罗彻不想错过这个短暂邂逅的机会,就想自然地找些话题。

张梦琪的反应能力让罗彻有些吃惊,更为吃惊的是她说话的直来直去。在罗彻看来,张梦琪这样的女人之所以是男人的灵丹妙药,除了得体,就是会说话。他作为"吃软饭"的男人,见过太多这样的女人。他觉得女人之所以可爱,在于会装糊涂,但此刻他和张梦琪一来一回之中，明显自己是那个糊涂的人。

罗彻有些诧异。但他不知道的是，张梦琪之所以在W镇，也是因为心烦意乱。她本身是去上海试婚纱的，但婚礼的繁文缛节让她着实吃了一惊，也对男人凡事不管、只管给钱的态度暗暗恼火。情绪像是被浇了水的炭火，外部看起来无恙，内部早就熊熊燃烧。难得碰上周末，独自一人来W镇散心，碰上男人请喝酒，原本还有些魅力尚在的窃喜，却发现是之前自己遇到的那个冤大头，心里有些羞惭，进而衍生成愤懑。抱着即使再巧也不会再见面的心思，心直口快地直来直去，嘴上痛快是目前头等要事。男女之间的聊天很难不牵涉男女问题，可聊了一阵之后，张梦琪发现罗彻这人并不像她想象的那般木讷迂腐，她是情感上的常胜军，性格天差地别的陌生人此刻袒露心声，互相开导，居然也是个法子。几句下来，男人觉得女人毒辣，女人觉得男人纯粹，两个人多了些原本没有的好感，谈话也就从一支烟的时间慢慢抻长，你一支我一支地开始闲聊，从过去聊到未来，多了不少心有灵犀的感慨出来。话题兜兜转转一圈，从巴拿马运河的起源讲到阿姆斯特丹陈列在橱窗内的舞女，从巴塞罗那的碎砖头和日出讲到西方文艺复兴的那套理论，最后聊到炒青菜须用鸡油炒。罗彻忽然觉得自己自有一番魅力——不必搜肠刮肚，聊起自己独自一人的所学所感和已经缥缈无边的梦想，居然也有听众买账。这种快乐竟然丝毫不费力，带着久违的坦诚，像是独自蜷缩在沙发抽烟，自在且自足。女人也感受到了这样的快乐，她形容邋遢，只是聊及生活里无用的闲言碎语，男人却兴致勃勃地和自己聊这么久，这大概率和美貌带来的优势无关。双方都意识到这点的时候，罗彻

正在勉强记起上课时学到的理论,和女人费力解释欧丁的理论,也终于聊到了刚看的戏剧:

"对了,你觉得那个话剧怎么样?"

"挺好的,就是太年轻了,不太适合我。"

"怎么讲?"

"爱情就是爱情,婚姻就是婚姻,两个事情原本只是相交,并不重合。但是那个话剧把爱情看得太好,婚姻看得太坏了。"

"那你觉得什么是爱情。"

"我不知道,可能就是小说或者电影里说的那样吧,你来我往,寻死觅活的那种。但是遇到真爱和遇到鬼一样,你听别人说过,但你知道这根本不存在。"

"那你如今觉得爱情是什么?"

"我不知道。"女人像总被蚊子叮咬的狗一样甩了甩头。"我就想当个阔太,有跑车有美酒,每天下班做做饭,人生几十年,不就图个安逸省事。"

罗彻听到女人说得这样直白,一时间语塞,又不知该如何去讲。他自有一套观点,但此时说起来既不合适,也没信服力,就只好背过头去,继续远远看前方。前方也没什么好看,依旧是已经看旧的灯带和河道,依旧是早早歇业的乌篷船,但远处的烟雾缭绕,将灯带笼上一层轻薄的黑纱。他觉得烟雾很早之前就有,看了看旁边的女人,正在轻快地哼着歌,罗彻知道,口袋里的烟所剩无几,心里早早预演起了告别,但同时,他对眼前的女人有了从未有过的亲切感,又有了些怨气。他知道她心里究竟是如何去想的,他也知道刚刚那番话大概是气话,只是他不敢去说实话，两人的对话一时陷入僵局。好在这时前面的烟雾终于漫步来了，弥漫到了这座石桥上，石桥上原本还有些照明，忽然之间就变得扑朔迷离，周围不见五指，天地之间就见一轮明月高悬当空。罗彻决定反驳一下张梦琪，可张梦琪的声音也变得忽近忽远，她明明在身边，声音却好像从很远的地方传过来一样，罗彻听见她说："要不再去喝一杯？"

5

张梦琪现在的生活很快乐，结婚后的男人依旧很忙，却也依然体贴。无论再忙，即使身处异地都会打来视频电话。她也从她那间出租屋搬了出来，住进了能照到阳光的大平层里，甚至还养了一只斑点狗。最近仅有的烦恼是这只斑点狗食欲不振，不太吃得下东西。这天晚上，男人打来电话，说要临时出趟差，暂时推迟周末出游的计划，而她在电话那头拨弄着刚从会员超市买回来的牛排，按照网上的教程，手不沾血地加入香料再给牛排上烤箱前最后的腌渍。其实很少有人知道，张梦琪做得一手好饭，尤其是湘菜，小炒黄牛肉、擂辣椒皮蛋、剁椒鱼头，甚至懂得在辣椒炒肉时放上一点银耳，冬天会熬萝卜羊肉汤，配上一把恰到好处的香菜和白胡椒。可是这些目前都不合适，不合适这个家。长期的旅外经历让丈夫的饮食也逐步西化，相较于浓油重芡的中国菜，他更喜欢烧烤的肋排和洋葱圈，还有水灵灵的蔬菜沙拉，食品见人品，凡事分轻重缓急，条理分明是男人的优势，也是说来让张梦琪略觉不足的部分。

但这一切已经足够好了，温柔体贴，自己有了好归宿，没了浑浑噩噩的未来，没了情海浮沉的惊心动魄，张梦琪多出大把的时间来。打发这些时间成了她当下的要务。她开始尝试着看一些书，看书最开始只是社交需求。她照着网上的书单，从最基础的汪曾祺开始看起，从千字的散文读到万把字的短篇小说，最后居然也去尝试着读一些大部头的名著。张梦琪读得断断续续，读不懂却说不上来的喜欢。那天她读到一本《霍乱时期的爱情》。在打开这本书之前，张梦琪对这本书有着基础的期望，但这并不是一个郎才女貌的美满爱情故事，反而书里面充满了漩涡似的疑点与巧合，合上书本，她心里冒出了许多问题，有些问题来源于书本，有些问题出发于自身，都不太紧要，却一直反复在心里纠缠。她一只手招了招在地毯上打着盹的宠物，另一只手则打开了手机，打开对话框。虽然她对他的生活近况通过暗窥的社交网络了如指掌，却也发现上次的聊天记录还是在一年半以前，思前想后了一会儿，张梦琪还是在对话框里发出了一句尽可能平常的问候。

很快，倒是没有想到会是这么快，他就回复了。张梦琪想了一会儿，还是直切主题，问起书里的内容来，他一会儿发来一段长语音，对问题进行耐心的解答，张梦琪听着一条六十秒的长语音，有些走神，猜测起他现在身处何地。背景音嘈杂，张梦琪忽然想起男人和她初见他时已不相同，忙碌又多金，是个真正意义上的"成功人"，而且家庭美满。想到这里，她忽然失魂落魄，心里挠抓似的不甘起来，她忽然想起那天晚上在桥边的那个问题，忽然想要和那些刚刚上面问的其他问题一样要一个答案，这个冲动莫名出现，不道德、有些晦涩和龌龊，却立刻在心里扎根，快速地成长、硕大。

　　罗彻比上次张梦琪见他的时候要瘦了一些，皮肤显得有些发黄，甚至看到下巴的胡茬，眼角多了些浅刻的纹路。但这些都很适合他，他显得更加干练和自信，不再像第一次见他时那样，带着局促的不安与茫乱。他们相约在一家本地网红的咖啡店——这家店坐落在一栋一九八七年就建成的带着小花园的别墅里。花园的草木开得要爆开了一样，处处是深深浅浅的绿和星星点缀的花。张梦琪特地邀他在花园外的桌子上坐下。她来过这里很多次，却很少在外面的桌子上喝咖啡，一怕蚊虫、二怕日晒，但她觉得这是一次正经的会面，就应当"光明正大"。这样的小心思或许不被男人知晓，聊天的过程也很讲究礼仪。两人从日常趣闻开始说起，引得对方开怀大笑，再正经聊起最近看的书和电影。这些都是男人豆瓣上的内容，她没有关注，却隔段时间就打开一次，按图索骥地去想象男人的生活。也是她生活中从未和别人开口提过的秘密花园，他们聊着这些，时间加速奔驰，直到男人喝下一口咖啡，终于开口问起女人婚后的生活。张梦琪没有作答，而是眼睛饶有兴趣地看向旁边正在植物丛里忙碌的一只白色菜粉蝶。

　　出门的时候，罗彻再次提出送她回家，旁边是一辆崭新的黑色跑车，张梦琪见多识广，知道这是刚刚上市的新型号，她笑着问道是不是最近发财了，男人没有回答。女人没有上车，却提议再走走。盛夏午后的温度并不可爱，男人和女人走在忽明忽暗的小巷子里，汗沿着脸颊流下来，阴凉不能止汗，快走到巷尾的时候，罗彻忽然开口，说自己已经把工作室关了，不干摄影师这行。张梦琪怔在原地，罗彻扭头看向她，眼睛里星星点点。张梦琪忽然拥上前，给了男人一个意味深长的吻。之后头也不回地离开，在坐上出租车后，张梦琪掏出了包里的湿巾，想着要抓紧卸妆，然后好好睡一觉。

回去的路上，罗彻连闯了两个红灯。打开家门，他回到家第一件事先是打开了冰箱，拉开了一罐冰镇可乐，靠着窗台坐着发呆。就这么枯坐到下午五点多的时候，罗彻的手机亮了，上面是一个定位。他飞奔下楼，扭动钥匙，大约一小时以后，他接上张梦琪。张梦琪坐在汽车的副驾驶上，看见罗彻一路往前开，穿过一个又一个圆盘，开上一座又一座高架桥，从城市上空穿越嘈杂拥挤的市中心，一直开到高速路口，沿着笔直的路面渐渐加速。她透过车的挡风玻璃，看见远方的夕阳慢慢坠落晚霞，如同一颗滚圆的蛋黄打入热汤之中。天色渐晚，前方烟雾弥漫，江上的烟雾穿过整个城市，横亘在路面之上，让人开着远光灯都看不清去处。女人背靠在椅背上，她感受到引擎不断加速震动，如同她不断加快的心跳一样，但她心里头却莫名地安稳，手里紧握的手掌也是这样想的，它已经不再发汗。她深吸一口气，发现驾驶座上的男人已经把挡位调到了 S 档，让这辆车酣畅淋漓地飞驰，转速表转向了危险的红色区域，让女人即使隔着车窗都能听到汽车的声浪，莫名让她联想起某个时刻约定过却还没去过的海边的海浪声。

"我们这是要去哪里？"张梦琪扭头看了看自从上车就一言不发的罗彻，在长久的静默之后，终于问出了第一个问题。男人没有回答。张梦琪在副驾驶上换了个姿势，她知道自己以后还有很多棘手的问题要问男人，而这个无关紧要的问题只是一切问题的开始。

烫

1

那年夏天和今年差不多，谁也说不清今年是怎么回事，刚过端午，天气就突如其来地热起来，只要在路上走几步，阳光像胶水，黏糊糊地涂抹在身上。空气是不错，可倒是像透明的玻璃盖，一丝风都没有，让走在街上的每个人都像在受苦受难。

此时此刻，于帆中午把空调打开，盖在被子上酣睡一场，醒来时已是四点钟，他做了一个梦，梦里混乱而清晰，撕扯着情绪。他醒来后觉得有了些意思，就很想游泳。于帆上次来游泳还是十年前，他清楚地记得，上次来游泳池的时候还没有这么多规矩，没有要求戴泳帽，没有要求不能横着游，没有要求不能穿凉拖鞋，没有要求进泳池之前必须冲凉水，吐痰还必须吐到专门的取痰器里。尽管于帆已经有十年没有走进游泳池，但依旧感到愤愤不平。

上次这么热也是差不多十年前了,那时候于帆刚上初一,暑假开始不久。家里来了个表哥,表哥比他大几岁,也是无所事事的年纪,于帆他妈冯海霞吃了饭,急着上牌桌,丢下二百块钱,让表哥带着于帆吃吃逛逛。表哥应承下来,刚出门,一拐弯儿,掏出一只小小的黑色诺基亚,打了通电话,然后就直奔游泳池。那时候他们市里就一个游泳池,在少年宫,纯露天,十块钱一张票,儿童票半价。于帆那时候刚好在儿童票的底线附近徘徊,表哥花钱买了两张票,再花二十买了副泳镜,低头打量了下于帆的下体,说裤衩你不用换了,就带于帆下水。

于帆小时候掉河里过,有点怕水,但到了游泳池边,又有些跃跃欲试,而另一方面,于帆因为父母离婚,原本就不擅长和陌生的男性打交道。表哥把于帆弄下水,说会吗?于帆摇摇头说,不会。表哥说,简单,我教你,包教包会。随后,让于帆把头浸水里,手托着他胸脯,说,头往下沉,身子就往上浮。于帆依法尝试,果然如此,再试几次,身子能浮了,表哥说,行了,你已经会了,剩下的自个儿琢磨去吧,过两小时我来接你。说着就翻身上岸,远远走向泳池出口,出口站着几个人,表哥和他们勾肩搭背,一转眼就骑上电瓶车,见不着人。

于帆自己试了试,学着电视上自由泳的样子,手脚一起扑腾,一口气能在泳池里腾出去二十来米,但他始终不会换气,也就不敢往深水区去,就在浅水区反反复复游弋。要会不会的时候人总是心痒难耐,于帆自己琢磨了一会儿,游不动了就在岸边练憋气。水面下的世界与水面上不一样,没么吵闹,钻进水里觉得像是按下了电视上的静音键。于帆很喜欢这种感觉。在水底看到的东西也不一样，来来去去能看见交错的腿，有男的有女的。于帆闷一会儿看一会儿，再吸一口气，过了会儿，他感觉头上被人拍了拍，表哥回来了，手上抓着一支"绿色心情"。回到家，表哥说于帆今天厉害，学会游泳了。冯海霞听了高兴，说，你没事多带他出去玩一玩，别让他整天坐家看电视。表哥答应下来，但在这之后，于帆再也没见过这个表哥。

之后，于帆看到少年宫游泳池有游泳班，央他妈妈给他报一个，冯海霞平时记性不好，经常满家找东西，但这时却锱铢必较，说，前阵子你不是跟你表哥学过了，再送钱给人干吗？再不会我打电话给你哥，让他再带你练练。于帆忽然觉得没必要，自己一个人还落个自在，就改口说，要不给我买条泳裤吧。冯海霞二话没说去旁边商店给于帆买了条黑色泳裤，于帆回家试了试，觉得还不错。那年暑假，不知道天有什么毛病，比往年热了很多，走在路上人像是要热化了。可于帆那时候刚刚开始发育，每天睡觉的时候总觉得身体里有小耗子在四散奔逃，两腿撑开似的疼，下巴上有黑黑细细的胡子，下面也是。他拿剪刀偷偷修剪过几回，但每次修剪完都变本加厉，干脆不管不顾，任凭它肆意生长。暑假里的日子过得忽长忽短，去游泳池变成了性价比最高的排解方式。

去游泳池的时候，于帆总能遇到教练在教一帮小孩儿游泳。他想过偷偷学几手，就缩在一边听教练讲。那时候教练在教蛙泳，和几个套着游泳圈的小孩儿在浅水区讲解怎么"收翻蹬夹"，怎么摆手和换气，最关键的部分听了一小半，就被那教练发现他在偷师，教练摆了摆手，说，那边那个游远一点，别耽误教学。于帆感觉自己像被人刺伤了一样，一口气游出去很远。所以到后来，于帆就一直没学会换气，也不愿意去学。可除了去游泳池，于帆其实无处可去。那年暑假，每周三次，于帆会去少年宫的游泳池，剩下的时间坐在空调房间的电视机前，看少儿频道播的《灌篮高手》。他小学毕业的暑假就看过《灌篮高手》，知道这动画片虎头蛇尾，到最精彩的全国大赛就不播了，又听张伦聊过，说他看过《灌篮高手》剩下的动画，太惨了，樱木花道在球场上被人打死了。张伦和于帆小学就是同学，中学也是同班，家里条件不错，有台电脑，能打魔兽世界。于帆和张伦小学的时候关系不错，所以去过一回，后来就不爱去了。主要去张伦家虽然有的玩，但大部分时间总是看张伦坐着打，自己插不上手。张伦家条件不错，他爸爸做生意、妈妈好像是公务员，一身运动服都是带牌子的，就是人太傲气，一上头起来容易不管不顾。上次在学校，就因为碰了碰他的新自行车，张伦抢着U形锁往人身上砸。所以进了中学，两人不在一个班之后，就疏远了不少。

而一周七次冯海霞每天下午准时上牌桌，似乎是完成某项任务一样，于帆对此不理解，他既看不懂他妈妈每天下午兴高采烈地"碰、吃、胡"有什么意思，也不理解他妈妈几乎每天晚上在他面前数落于世杰的过往是否感到疲倦。于世杰和冯海霞离婚也有段时间了，在于帆看来，于世杰对于冯海霞和他，多少有些觉得是累赘的意思，当初几乎是高高兴兴地就在离婚协议上签了字。每个月一次的探视也像是例行公事，逛街、吃饭、给抚养费。这种例行公事随着时间的推进有了近乎敷衍的意思，因为回回吃饭，于世杰都带于帆去肯德基，点上一杯可乐、一份薯条、一对香辣鸡翅和一只汉堡，离婚一年半，见了十四次，次次如此。

七月份的一天上午，于帆在家接到了于世杰的电话，说中午出来吃个饭，地点不在肯德基，在城东的一家西餐店。在这之前，于帆没去过这家馆子，只是每次上学放学都远远望见过，只觉得地方宽阔高级。冯海霞听说后，特意翻出来一件已经嫌小的短袖，给于帆套上，并嘱咐，和于世杰说一下你要去游泳的事情，除了生活费记得多要一千，说着轻轻在于帆脸颊上亲了一下。这时，冯海霞像是发现了什么似的，说裤子也嫌小了，记得让他买。过小的裤子和衣服，让于帆整个人像是被蒸发了一些，变得干瘪瘪的。还没到地方，于帆远远看见于世杰站在餐厅门口，穿得很工整，以至于在这么热的天气里，显得有些扎眼。于世杰见到于帆，开口就埋怨起了冯海霞，说也不给弄身好的穿，然后接他上楼。

中午的饭味道不错，是套餐，前菜是红红的罗宋汤，主菜是一客牛排，浇上咖喱汁后嗞嗞作响，甜品是蛋糕，服务员说这叫慕斯。于帆吃了不少，快吃完的时候，于世杰说，下次让方阿姨给你挑身衣服，她是教美术的，眼光比你妈要好。于帆摇头，撒谎说下午要去张伦家里玩，约的一点多，于世杰愣了一下，说，行，一会儿爸爸给你打车。付账的时候，于帆匆匆一眼瞄到了于世杰钱包里的"方阿姨"，比冯海霞白也比冯海霞瘦，更主要是比冯海霞年轻得多，脸上挂着的笑意比相貌更让人印象深刻。出来后，于帆破例打了一辆车，直奔少年宫的游泳池。车上的空调吹得于帆昏昏欲睡，他脑子里嗡嗡作响，觉得外面吵得很，让他心烦意乱，只想一门心思把头埋进游泳池的水里。

2

刚看见张伦的时候，于帆一下没认出来——他一下蹿上了近一米七，胳膊上已经有了肌肉的线条，张伦也没想到会在这个地方遇到于帆。认出后，两人在游泳池边的商店靠着聊了会儿，张伦买了两瓶北冰洋，一边喝一边领着于帆往里走，靠门口，看见检票的，从口袋里摸出包烟来，扔过去一根，说，今天带哥们儿来游泳，就这么进去了。进去后，张伦换好了泳衣，还戴上了泳帽。于帆动作慢，正脱内裤，张伦扔过来一支烟给于帆，于帆不会抽，但很想试试，就学着张伦的样子点起一根，但随后就被剧烈的烟雾呛得喘不过气来。张伦笑，教他用鼻子吸，然后从喉咙过肺，于帆又试了试，还是被呛。张伦说，行吧，那你先灭了，我抽完就过来，然后靠着墙，一边看在外面，一边抽烟。

过了一会儿，于帆下水游了一阵，发现张伦站在池边，迟迟不肯下来。于帆游过去，张伦拍了拍于帆的头，然后翻身下水，说，你来这游泳多长时间了？于帆想了想，说，得有十来回了，我之前也没见过你来。张伦笑了笑，说，我是挑着时间来的。于帆觉得他话里有话，就问，这时间有什么说法。张伦说，你还不懂事，说完把头转向一边。于帆顺着张伦说话的方向看过去，发现在泳池浅水区的另一边，多了很多花花绿绿的泳衣。张伦给于帆使了个眼色，慢慢把头潜下去，细小密集的气泡络绎地从蓝绿色的水面上滚出，不一会儿，张伦慢慢下沉，就坐在了泳池底部，再过了约莫一分钟，张伦浮了上来。于帆不解，张伦说，你自个儿下去看看就知道了。于帆学着张伦的样子，慢慢把头浸入水中，也不断排气，但始终没办法像张伦一样坐在泳池的底部。他浮上水面，看见张伦在笑，张伦走过来，拍了拍于帆的脑袋，说他还年轻。这让于帆有几分恼火，自己一口气游开了，不久后等于帆浮出水面，看见张伦朝他打了个手势，然后在不远处发力向于帆游来。和于帆不同，张伦的泳姿标准，而且游得很快，节奏和形态都很好看。张伦从浅水区游到深水区，再在那头翻身、蹬腿、利落地往回游，像是故意卖弄什么。

张伦和于帆坐在池边的长椅上，刚刚张伦去买了些炸串，给于帆吃，自己却不动，而是把一只脚放在长椅上抽烟，眼睛一直往泳池里瞟。于帆觉得张伦这样很帅，也想要一根来抽，但想起更衣室的情景又心有余悸。两人陷入短暂的沉默，一支烟快抽完的时候，张伦开口，说，于帆，你把你泳镜借我一下。于帆递过去，泳镜也是冯海霞花钱在旁边体育用品店买的。对于这家店，似乎以次充好才是他们的服务宗旨，于帆才用了几回，镜片上就不停起雾，橡胶带也松动了，一进泳池就进水。张伦戴起来，下了水，来回蹬了几圈，上来后说，怪不得，是便宜货。你试试我这个，然后朝那儿看。说着，一边手指着泳池的一隅，一边把泳镜递了过去。于帆试了试，发现在水底能看清了。紧接着，他看见张伦指着的那个角落，一眼就懂了张伦刚刚笑容里的意思——在泳池的角落里有很多白花的、瘦长的腿，再往下沉一些，恰好能看见在两腿之间被牢牢禁锢的彩色布料。于帆觉得自己身体里有股子气一下子就腾了上来，张伦看见于帆的表情，立刻下水，伸手摸住了于帆的下体，然后夸张地笑了起来。

天边慢慢沁出深蓝的时候，张伦和于帆才从水里爬上来，张

分　身

伦找了家凉面铺子，叮嘱老板一人加一份牛肉，一边刺溜溜地吸面条，一边给于帆传授了经验：

"我也是听我一个哥说的，少年宫基本下午四点半放学，里面的美术老师和音乐老师大多有个习惯，下了班来游个泳。我哥去年暑假每天都来，还和一个美术老师谈恋爱。我前几天就来试了试。现在基本四点四十就差不多，其中有个女生，就是长头发的那个，身材好、长得也好，主要穿得开，喜欢穿白色带斑点的泳衣，露背，腿长，我也就遇见一两回，下次你可以多注意注意。对了，过两天你有空我们再约，我给你看个好东西。"张伦一边说一边用胳膊肘碰了碰于帆。

到家爬楼，还没到家门口，于帆就听见冯海霞的声音。"……所以说这帮狗男女不是东西，差十二岁啊，十二岁，我们家帆帆才十三岁，等于在和自己女儿处对象，我当时离婚绝对没离错，那天有人和我说我还不信……"于帆走到家门口被冯海霞望到，然后招呼他来坐下。家里不大的餐桌上已经坐了不少人，和冯海霞年龄相仿，于帆只认识其中一个手里抱着孩子的，是楼下裁缝铺的。她们似乎坐了挺久，神色上一致，都是纷纷露出同情且眉头紧锁的神色。冯海霞问于帆，来，帆帆，妈妈问你，你后悔当初离婚跟妈妈吗？于帆说，不后悔。冯海霞立刻扭头向众人说，听听看，孩子都知道。那妈妈接着问你，你见过那个姓方的高级了吗？旁边立刻有人说，和孩子说这事干吗？冯海霞一下激动起来，站起身，说，怎么不能说？他于世杰能做我不能说？而且那个姓方的不就是个婊子？差这么大和于世杰在一起，不就是想生个小的，来和我们家帆帆争家产？回头七老八十了，还要我们帆帆来……

晚上的时候，于帆躺在床上，不太想睡，脑子里都是泳衣、张伦的笑，还有冯海霞说的"高级"，他觉得浑身难受，折腾得睡不着，在床上翻来覆去，他听见窗外一声猫叫，惊得坐起了身，又随后睡下，他又做了梦，梦做得很糟糕，都是形形色色的人在大声笑。第二天清晨，他起身坐起，去上了趟厕所，天的那边，太阳刚刚升起，把区区一小块三角形天空都染成不同的颜色，于帆透过楼宇间的窗子，看得入神，一直到冯海霞来敲门，才反应过来。

3

这个暑假实际上给于帆留下了深刻的印象，以至于后来，于帆常常和人聊天的时候都会不自觉地想起这个夏天。他想起后都会暗自悚然，但无预兆。他甚至四处询问其他人。你长这么大有没有遇到过什么不可解释的事情？我遇到过一回。现在想起来还和昨天发生的一样，而且在发生那件事之前一天，我就烦躁不安，似乎一直有预感，知道在不久后，会发生这么一件事似的。

但其实于帆巧妙地撒了个谎，这不怪他，因为他其实并没有所谓确凿的预感，尽管在那天之后的很多年，他反复回忆，似乎在确认与怀疑，按图索骥地去找，就想找出些暗示或者隐喻，找出一些类似意义的东西。

但，就这么直说了吧，在那天之前，和之前于帆经历的几千个或者几百个白天与黑夜并没有什么不一样。他那天照旧早上五点多就醒在床上，照旧花了一个上午的时间去填满根本写不满的《暑假乐园》，做完作业之后，照旧翻着从校门口小卖部买来的巴掌大小的《乌龙院》。非要说有什么不一样，那就是下午两点多的时候，张伦打了个电话来。

"三点多的时候你有空吗？上次说的好东西我搞到了，两个小时以后我们在肯德基门口见。"

两个小时后，张伦穿得一身白，站在肯德基的门口。他造作地戴了个鸭舌帽，还有一副墨镜，远远看见于帆来了，塞给于帆一个硬硬的小方盒，说，回家再打开，密码0723。

在回来的路上，于帆掏出来看了看，是一个MP4，还是时髦的款式。于帆隐约知道是什么，所以回来的时候一路小跑，心脏怦怦跳，像是有人在里面小声却闷着劲儿地敲着腰鼓。回到家后，冯海霞照例在客厅的房间敲着麻将，听于帆回来后，顺口骂了几句，说这么热的天还在外面瞎跑。于帆嗯了一下，然后把自己反锁在房间里。打开MP4，里面有四个栏目——图片、音乐、电子书、视频。前三个没什么，第四个点开后就让输入密码。于帆输入密码之后，有三部电影，名字都是奇奇怪怪的乱码。

电影具体是什么内容，于帆早就记不清了。他只有零星的印象，像是一团火、一股气、一束光、一道倏忽而至的闪电、一辆死踩着油门的摩托车、一艘不知道目的地的帆船。过了很久，也可能只是过了一会儿，他房间的电话响了起来，对面是张伦的声音，电话那头满满溢出的依旧是不怀好意的笑。

"怎么样，完事了吧？东西还不错对吧，我哥给的，我们是好兄弟，所以只给你看，对了，明天下午这个点，你来游泳池把东西还给我。"

但实际上,第二天下午,于帆把MP4裹好,赶到游泳池的门口的时候,并没有看见张伦。他甚至掏钱去公共电话亭往张伦家打了一个电话,但无人接听。他又坐在商店的门口,吃了三根冰棍依然不见踪影。于帆想,张伦或许早早进了游泳池,他换好衣服走进游泳池,站在泳池四周看了一圈,没见着张伦人,倒是看见入口来了不少穿泳衣的女人。其实很难不注意到这群女人,她们成群结队出现,穿着不同颜色、不同款式的泳衣、互相大声聊着天,像是故意引人注意一样。于帆想,这估计就是张伦说的那群老师。他一只手扶着游泳池壁,只有鼻子和眼睛露出水面,暗暗窥视着这群人。但这没太大必要,因为泳池的绝大多数人,都在盯着她们,眼神像阳光一样汇集,但她们并不感到刺眼,仍旧是一步步地沿着泳池边,走过深水区和浅水区,沿着池边的扶梯逐个下水。这时,从更衣室里又出来一个女人,和她们似乎是一起的,带着落单的惶恐,小步快跑地跟上。于帆注意到这女人,她应该年纪不大,个头也不大,披肩长发,长得却很细致。但同时,她有一点点胖,一双肉脚内八,简直像一只小鸭子。于帆用水隐藏住笑意,随后埋进水里,远离她们游了一阵。但之后的游泳始终心不在焉,眼神和心思都在这群女人身上。这群女人也似乎并不只是来游泳的,她们成群扎堆伫立在泳池边上,叽叽喳喳地聊天、大笑、互相泼水,只有后来落单的那个女人一丝不苟地沿着泳池一圈圈地游。于帆觉得这个女人有点特别,游得也挺好,下意识地学起了她的动作,沿着泳池游。

于帆游了一阵,慢慢发现在水里游泳有了些感觉,他无师自通地学会了换气，这个新本领让他探索的地方慢慢变大，他逐步掌握呼吸的节奏、划水的节奏、蹬腿的节奏，好像这不是逐步学来的，而是早早学会但被慢慢遗忘的某项技能，有着老友重逢的欣喜。他耳朵里听不见其他的声音，哗啦啦的水声变得暴躁且漫长，充斥着耳膜。而在这时，他发现自己抽筋了，抽筋带来的刺痛一下子打破了游泳的节奏，像冷不防在身体里插入的钢针，他张口呼救，却被水掩盖，老朋友在背后拿出了刀子，在鼻子、胸口的地方分别捅了一刀。

等到于帆恢复意识的时候，他正躺在泳池边上的塑料垫子上，最初的感觉是身下坚硬的孔洞。他看见女人在笑盈盈地盯着他。这时他才发现女人其实长得有些面熟，但一时想不起是在哪遇到的了。他起身坐起，发现天黑透了，泳池已经空无一人。

"喊恩人吧，我发现溺水了，我把你从水里捞出来，我一直看着你到现在。"女人掏出一支冰棍带着得意地说。

于帆嗫嚅了几句，没有出声。女人似乎并不满足，进一步问他："那你喊姐姐好不好？我陪你这么久，喊一声姐姐不过分吧？"

"你多大了啊？怎么自己一个人在这游泳？我猜猜看？小学生？和谁学的游泳啊？我看你也不标准……"女人见于帆一声不响地陷入窘迫，反而像是来了兴致，步步为营地继续问下去。于帆不知道该怎么回答，除了冯海霞，他没有和成年女人打交道的成熟经验，要张伦的话估计会好一些。正当他胡思乱想的时候，女人伸出手，把他一把拉起来，于帆抬头，看见女人的泳衣，赘肉从紧勒住的泳衣带子里漏出来，他感觉耳朵红了，这不要紧，他感觉自己口干舌燥，这也不要紧，但裤裆里的东西正在横冲直撞，不识时务地抬起了头。女人一眼就察觉了于帆的样子，似乎还察觉到了他的异常，大笑一声说，原来已经是个大人了。

4

这件事是要从我打算认真学游泳开始说起。我学游泳这件事，其实说来话长，我经常说，在游泳池里游泳不算本事，有本事去水库里、去大江大河里游泳才是本事，这句话是有根据的，根据就是我的亲身经历。我想，大概还是我上初中的时候，那个时候我尚未发育，还没有经历人世无常、爱恨情仇，对很多事情的态度都不想这么随便。那个时候什么都没有，有的是大把时间。那些时间就像被他人开启的水龙头，白白流淌，在被人发现之前，就一直浪费。

也没什么人和我说话，除了一两个好朋友，我更习惯于独来独往。但这并不代表我性格孤僻，相反，我相当敏感。我能察觉别人话语中欣喜里透露的烦躁，也能看出一个人话里有话的百转千回，这让我在和人交流的时候大部分时间都是小心翼翼的。当然，我之前说了，那个时候我还很小——尽管我自己一点儿也不这么认为——但大部分人都认为我还是个小孩子。之前看过一本书，里面一句话很厉害，我到现在都记得："和一个孩子做朋友最快的方法就是把他看作一个大人。"我当时就是遇到了这么个人。

她大概比我大十五六岁，我记得不大清楚她长什么样子了，毕竟已经过去十年，印象里只觉得很鲜艳，虽然面目模糊，但姹紫嫣红，性格爽朗，一直让我喊她姐姐。我甚至不记得她叫什么名字，只记得好像是姓方。但有一点是记得很清楚的，她游泳非常棒，姿势标准，快速且安静，一进水里像一条海豚。我游泳就是和她学的。在遇到之后，我每次去游泳池都能撞见她，她也不厌其烦地教我游泳。尽管之前我觉得我已经学会游泳了，她还是严肃地指出我游泳里诸多不对的地方。

"不要有多余的动作，在水里动得越多体力消耗越大。"

"蹬腿的时候速度要快，要简短有力。"

"掌握好换气的节奏，技巧决定你游多快，节奏决定你游多久。"

"不要像这样划水，快频率的划水会抽筋的，就像你上次那样。"

她细致且专业地教我游泳，仿佛带着天生的使命感，又像是某种不得不去履行的义务。她有时候下水指导我游，让我潜在水底看她的手是如何摆动的、腿是如何蹬出的。

但逐渐，我发现她和其他人的微妙不同，她只是在游泳的时候把我当成是小孩子，在其他时候，还是把我当作一个大人的。我会听她抱怨生活里的不如意，会听她说最近物价飞涨、需要减肥、学生叽叽喳喳太烦、家长太小题大做、看中的衣服没有合适的尺码……在一次游泳结束后，她带了些零食来，大部分是辣得吓人的鸭脖和鸡爪，还有一罐绿色冰镇的青岛啤酒。我不会吃辣，没喝过酒，却不甘示弱，向她伸手要东西吃，要酒喝。她有些诧异，但还是给了。第二天，游完泳，她带了更辣的鸭脖和两罐啤酒。我们俩坐在蓝莹莹且空无一人的游泳池边上，喝着啤酒，吃着鸭脖,沉默地等待黑夜慢慢降临,月朗星稀。我仰着头用书上看来的知识随便说哪一颗是天狼星、哪一颗是北斗星,然后学着她的样子,一仰头喝下一大口啤酒。我喝到头晕,就会慢慢靠在她的肩膀上,尽管刚刚出水,但是她身上烫得吓人,透过肌肤,刺激心脏怦怦跳。这几乎是我生命里为数不多的好日子,好到其他的好日子都只能和它做比较。

"在家不闷吗?"有一天晚上她问我。我抬头盯着游泳池上的卤素灯,它把游泳池照得波光粼粼。"要不下周一,陪我去外面转转吧,姐姐开车带你,就去城郊。"她说着站起了身,似乎老早知道我的答案。之后的几天,她的同事准时出现在游泳池,却始终看不见她出现,我觉得日子忽然长得没有边际,只能在心里盘算周一到来的时间,在心里反复磨蹭着准备。前一天晚上,我找好衣服和矿泉水,准备遮阳伞和可能用得上的清凉油,将它们整整齐齐放在书包里。周一中午,阳光刺眼,但我还是远远就看见她站在游泳池门口,大檐帽子,无袖白色的连衣裙,莫名让我想起花店里自然陈列的百合花。她向我招手,真的就像自小一起长大的姐弟一样将我一把拉过,埋怨我迟到,念叨我穿着随便。我想问她前几天为什么没有来游泳池,但始终开不了口。她不知道从哪找来一辆车,是一辆白色的桑塔纳,又老又旧。她让我坐在前排,但必须系好安全带。

我上车后,闻到车上浓烈的香烟味,还在座椅的夹缝中发现两三只烟头。其实不仅如此,车上带着明显且粗糙的痕迹,到处可见刮痕和水泥印。我开始想车的主人是谁,肯定不是她,应该是一个男人。是她的爸爸或者叔叔?还或者是她的哥哥或者男朋友。男朋友，男朋友，这个词让我的心不断往下沉，带来巨大的恐慌，仿佛是坐在讲台下等老师挨个念出月考的成绩。我侧头看她，她开起车来倒是很熟练，踩离合、换挡、加速，带着游刃有余的自信，汽车配合地在她的操控下有规律地颠簸，夏日浓烈的阳光照在她的手上，泛出白色的微小涟漪。车慢慢开出城区，开过写着挤满旅馆、住宿、小吃招牌的汽车站，开过高矮不一的城乡接合部。这趟路远比我想的要长，车里的空调开得很足，汽车规律的晃动让人昏昏欲睡。不一会儿我就睡着，等我醒过来，车已经在不知名的小道上来回颠簸。我看了眼时间，才发现这趟旅程比我能够想象得到的还要远，我开始担心能不能赶得上回去吃午晚饭。在这时，眼前的景象忽然开阔起来，周围一片绿草，再往前是一片汪洋。"到了。"她笑着说。

5

去完游泳池之后，于帆经常想起那天在水库的经历。成年后，他自己报名学驾照，遵照导航，每年夏天他都会驾驶一辆白色的普桑，孤身一日前往那座水库。即使在长大后，这个路程也足够漫长，每次开到快到的时候，他都会放慢速度，任凭车在土路上缓缓前行，有时候还会点燃一根烟。他每年去，都会顶着一头烈日，坐在水库边上，一坐就是一下午。与水库一起出现在他脑子里的，还有水库边上的告示栏：上面记录曾经发生在这座水库的一起事故，大约十年前，一位十四岁的少年在此溺水。在记录牌的另一边，有另一块牌子，清晰地写着水深危险，旁边用带刺的钢丝围得严严实实。于帆查过资料，水库最深的地方有十点四三米，对于不会游泳的人来说，是彻头彻尾的无底洞，平静的水面下，暗流涌动，如果不熟悉水性，贸然入水和自杀无异。

在水边陷入漫长思考的时候，于帆经常会想，实际上，在那一天，自己下水之前就有些害怕。但女人却不以为然，她带头，慢慢在太阳与于帆的目光下褪去白色的连衣裙，里面是一套连体的泳衣，就这么不发一言向水里走去。然后在水池里游弋，仿佛一条白色的鲢鱼。于帆心里忐忑，却又着了迷似的跟着下水。他不敢往深处行进，却看见她在远处朝他招手，期待、许诺、鼓励、勾引他向着更深处游去。于帆默念她的教诲，掌握换气的节奏、划水的姿势与蹬腿的力度，一切暂时都很美好。但慢慢地，他脑子里的念头变得不清晰且不连贯。游到彼方和她之间产生了某种直接的联系，仿佛只要游过去，就可以长大，就可以操控疾驰的汽车，就可以理直气壮地询问她车是谁的，就可以蔑视张伦的蔑视，甚至可以搬出去住，从此和冯海霞还有于世杰划清界限。许多念头四散分离，变成林林总总的碎片，还没等汇总，于帆意识到自己的腿又抽筋了，疼痛剧烈，生猛具体，像是一把冷硬的锯齿刀沿着脚踝向脑袋横劈。他开始意识不具体，但依然看见她在水库那头的岸上面色焦急，朝他伸出手。

但这个时候，意识在和身体的较量里已经迈着腿跑开了，于帆抬头看见正午的阳光透过水面照射进瞳孔，整个天空以太阳为中心奇怪地呈现出由淡蓝到粉红色的巨大变化，一秒钟的时间变得漫长，从细细碎碎的水泡当中，于帆瞥见过往的、林林总总的片段，看到自己偷偷划开张伦的自行车胎，看到自己前几天做的那个潮乎乎的梦，看到冯海霞领着自己去和臭婊子们对峙……他还看到很多并非亲历的片段，时间不再像是巨大的屏障而像是一望无垠的巨大泳池，他埋着头往前游，看到若干天之后，于世杰领着她和自己见面，他看到自己无由来的、不成形的、坚硬的崩溃；再往前，他还看到自己长大成人，看到自己在学校马路的尽头拥吻陌生的女孩子，看到自己蓄须、抽烟、练起硕壮且棱角分明的肌肉，会在讲台上彬彬有礼地和其他人演讲，和形形色色的女人讲故事，几乎每一次，他都用了同一个开头；他忽然就知道自己会开上很长时间的车再来这个水库看一看，会悼念十几年前在这里发生的一起事故；他甚至扫到了几眼自己老年后的辰光——他六十多岁的时候开始无所事事、妻离子散，后来患上阿尔茨海默病，记忆逐渐丧失，但依然记得今年夏天的白色裙子和水库里热得刺人的阳光。巨大烦琐的信息一下子冲涌进脑子里，仿佛是电影放映机出了故障，一个劲儿地往前疾驰，只拣要点地进行剧情简介，电影终幕。他感觉自己忽然变得轻飘飘的，他看到女人收起焦急的表情，带着自己曾经看到过的和善且平静的笑意，拍拍手准备离开。不一会儿，老旧的桑塔纳慢慢驶远，土路颠簸，留下一路滚滚的灰尘。看到这里，意识又一下被拉回身体里，于帆周遭的水突然变得越来越烫，傍晚，光线垂直照耀水面，像是在灼烧谁的人生。

困

1

杨志奇实在是太困了。

意识到这点的时候,杨志奇正端坐在办公室靠右上角的狭小隔间的那张摇摇欲坠的黑色转椅上,佝着背细细看屏幕上刚刚收到的通知。

杨志奇看了一遍,又小声念了一遍,却好像患上了阅读障碍症一样,分明每个字都认识,可连成一块儿就不理解意思了。"要求……下午三点……"这句话没念完,杨志奇打了个哈欠,又盯着屏幕看了会儿,情况并没有改善,屏幕上的字像隔着一层薄薄的毛玻璃。杨志奇按了按太阳穴,起身去冲了一杯咖啡,还没来得及喝一口,主任打电话来让杨志奇去他办公室一趟。杨志奇拿好纸笔,推门进他办公室,主任却正在打电话,口气上唯唯诺诺,但语速太快,说话也很含糊,杨志奇只听得见"好!"和"是!"这个电话似乎无休无止,杨志奇站在他办公室门口,想要进去又觉得不合适,倚墙站了一会儿,刚闭上眼睛,准备打个盹,他就招呼杨志奇进去。

"小杨,你今天首先……"

杨志奇就听到"首先",后面的话没有听太清楚,好在虽然脑子不争气,手却很听话,等杨志奇走出他办公室的时候,本子上已经记满了"一二三四"。

昨天晚上究竟发生了什么?

杨志奇坐在属于自己的小隔间里,喝下一口咖啡,从昨天下班开始捋起,试图按图索骥,找到问题的根源:

昨天晚上,杨志奇下班以后就收拾东西准备回家了。在回到家后,杨志奇先是在手机上刷了会儿视频;然后点了一份外卖,是外卖平台上推荐的一份猪脚饭,口味说不上好也谈不上坏;吃完饭和陈亦文视频了一会儿,然后做了大概三十分钟的 HIT,又做了二十分钟柔软操,到了微微出汗的程度,洗了个澡——热水冲五分钟、冷水冲五分钟;洗澡结束后,睡前喝了一杯牛奶,牛奶微微用微波炉热了一分钟,撒上了一些白糖,上床的时候把窗子关好、窗帘也拉好了,来确保自己能够睡满整整八小时。

没有什么问题。昨天晚上和过去的每一个晚上一样,没有特别的地方,杨志奇甚至不记得昨天晚上做了什么梦。

那么问题或许出在今天早上。

杨志奇对着电脑,对着笔记本上给出的提示,仰仗工作以来培养的惯性记忆,迅速利用复制粘贴功能,准备草拟一份会议汇报材料，在他刚刚记好的笔记本上，这一项被打上了一个小小的五角星。为了整理思路，一边准备，杨志奇一边从今天早上顺起：

今天早上，杨志奇照例比闹钟设置的时间早醒十分钟。他侧卧在床上，利用这十分钟快速浏览昨晚没来得及看的朋友圈、微博，挑选性地回复一些评论、点赞一些朋友圈。陈亦文应该睡得比他晚一些，因为在杨志奇入睡后半小时，她还给他转了一篇文章。闹钟响起后，他发了一句早安，起床赶去公司吃早饭。到公司的时间和往常也一样，八点十五，在食堂里要了一份青菜包子和一份阳春面之后，找到一个角落安静吃完。之后，他搭上电梯，抵达办公室——也就是在这半小时前——还神采奕奕地和同事聊起昨晚看到的新闻。

然而就在这半小时后，杨志奇困得一蹶不振。因为困，这些琐事杨志奇想了好久。但好在现在已经九点三十七了，再过两个小时或许就可以下班，然后他就可以趁午休的时候，给自己补觉。想到这里，杨志奇就懒得去细究困的原因，身体也越发困得理直气壮起来。

这时候杨志奇才发现，困是一种含糊的、如同迷雾一样的感觉。它不像烫或者冷，痛或者痒一样明确且具体，大脑给出这些信号的时候，身体就可以立马有所作为。困像是一池暖洋洋的热水，倒也不是热得多凶狠，可等你发觉的时候，它已经在你脑子里攻了城、略了地、得了势、称了王。你的残余清醒的意识倒像是残兵游勇，不成气候。杨志奇慢慢依靠在沙发上，把笔记本上记录好的工作做好，然后安心等待下班，之后杨志奇就可以……

分　身

　　杨志奇刚想到这里，就看见主任给他发了一条五十秒的长语音，把它转换成文字，语音立马变得形象具体，带着标点对他发号施令：

　　"小杨你怎么回事？说好九点半开会的呢？你的材料呢？！说好的马上汇报呢？你马上，啊，到会议室好吧？他们已经带人过来了，麻利点，手脚快点！"

　　杨志奇一下惊起，快速打印好两份自己也不太清楚具体是什么事项的材料，跑向会议室。会议室里的大长桌已经坐满了两排人，杨志奇在角落里找到一个椅子坐下，正在发言的那个人背光，今天上午又是阴天，杨志奇看不清他的脸，只感觉声音是从极其远的地方传来。杨志奇听见他说：

　　"下一步我们将要……促进……"

　　这场长到似乎没有尽头的讲话，不带有任何抑扬顿挫和感情色彩，杨志奇只听见一个又一个的关键词，仿佛这段文字脱光了衣服，褪去了皮肤、肌肉和血管，只剩下光溜溜、白花花的骨架在杨志奇面前一板一眼地做广播体操。

　　杨志奇对广播体操实在没有兴趣，何况还有不断翻涌滚动的睡意在对杨志奇的意识反复发起进攻。

　　杨志奇偷偷用手盖住嘴巴，掩饰了一个哈欠。

　　"再忍一忍，马上就十一点半，就要下班了，一下班我就要多快有多快，我就去食堂随便吃一点，吃完就直奔办公室旁边的杂物间里我早早准备好的躺椅上，最多都不要半个小时，这样就能够睡足整整一个半小时，精力充沛，足够支撑到我下午下班。"

　　杨志奇暗自盘算着讲话的顺序，才发现自己是第七顺位也就是最后一个发言的，正在讲话的那位同事是第四顺位，但是现在已经十一点二十了。杨志奇模糊记得他说我讲两个方向、三个要点和五个计划。他现在应该是在说要点。随着临近下班的时间，杨志奇内心不断开始焦虑，他已经开始不自觉地、轻微地在椅子上磨磨蹭蹭，开始不停地看表。

焦虑是无济于事的，杨志奇其实很早就知道这一点，已经十一点三十了，随着到达十一点三十，他心中的堡垒或堤坝或某种坚硬的东西像一块玻璃一样被摔得粉碎。这让他毫无办法，摊手对睡意缴械投降。杨志奇眼睛渐渐模糊，看着材料上的字扭曲、变形、舞动，它们越过了原本的逻辑和数据，像是早就私通的若干对情侣，牵着手嘲笑他的无能为力。

杨志奇原以为他会在会议室睡过去，还好在他摇摇欲坠的前一刻，田总说还有两位就先不汇报了，改日再说，提前宣布了散会。杨志奇跟着人潮走出会议室，走到食堂的时候，食堂门口排起的长龙绕了好几圈。食堂的师傅今天格外地热情：

"要不要试试看最新出的套餐C？"

"不用了。"

"那轻食套餐呢？最近很流行，多刷两块钱还可以有一杯胡萝卜汁。"打饭师傅看着他萎靡不振的样子，适时地向杨志奇推销。

"真的不用了，谢谢。"

说真的，他真的不关心到底是套餐A还是套餐B又或者是套餐C，也不关心多刷两块钱能不能加上一杯胡萝卜汁，可杨志奇还是努力保持礼貌和谨慎，客气地道了谢。

杨志奇拿好了餐盘，坐到柱子旁边的桌子那儿，尽量把自己缩得小小的，祈祷不引人注意地吃完这顿饭，然后抓紧去办公室好好睡上一觉。也因此，尽管那个师傅推荐的都是一通胡话，套餐C根本不好吃，鸡肉没煮开，甚至好像没放盐，麻婆豆腐只是用了些袋装的辣椒酱糊弄了事，米饭还有些夹生，但他完全不在乎了，也因此，杨志奇吃饭吃得相当快，也顾不上吃饭有多雅观，他一边盘算着所剩无几的午睡时间，一边像是完成任务似的快速把米饭往嘴里扒。

快要结束的时候，有个餐盘突然从天而降，摆在了杨志奇面前。

"找你好久了，缩在这干吗？"杨志奇抬起头，是赵晨灿烂的笑脸。

2

虽然赵晨吹牛说这咖啡豆是他爸之前去巴西调研时带回来的，杨志奇喝着还是一股子酸味，好在咖啡因还是起到了些作用，像是找了个人用一根细细的丝线吊着杨志奇的意识。杨志奇和赵晨端坐在公司四楼凭空造起的露天广场上，隔着一个茶几，好让自己努力扮演成一个倾听者。

"所以你说，我平时对她也不错，她这么作是为什么啊？我爸也是，光顾着自己，昨天又去外地出差了，得一星期，我想和他说买车的事儿都碰不上。事事没一个顺心的，改天哥几个去喝一杯。"

说到这里，赵晨以一个抱怨结束了他对于现状的长篇大论。杨志奇前面没太仔细听，只能顺着他的话往下说。

杨志奇对他还有他那个跑了七年爱情长跑的女朋友的琐事一点兴趣没有，但是形势所逼，杨志奇必须装作兴趣盎然的样子。这不光因为赵晨是自己的大学室友，也是这个城市为数不多他可以仰仗的人。赵晨他爸和他自己都把杨志奇当作一个可靠的好朋友，因为杨志奇办事规律又靠谱，无不良嗜好又都在一个单位。在另一方面，赵晨也确实帮杨志奇解决了不少问题，作为报酬，杨志奇偶尔充当一个情绪垃圾桶似乎无可厚非。

这是往常的情况，可杨志奇今天实在太困了，提醒快上班的闹钟准时打响，杨志奇尽管用手努力掩饰，却依旧没忍住，打了个哈欠。好在赵晨正说到兴头上，忽略了杨志奇的漫不经心，实际上杨志奇的反应也并不重要，他只是需要一个可靠又保密的树洞罢了。倾诉完，赵晨继续去做他的花花公子，杨志奇继续去做他的公司职员，互相扮演好各自的角色，不要越矩，这是杨志奇的优点，也是杨志奇和赵晨友谊关系里很少被提及的隐秘默契。

办公室里其他人都在沉睡，在杨志奇隔壁的人还慢慢地打着鼾，杨志奇听着有规律的鼾声，对着刚刚被唤醒亮起的电脑屏幕，心里划过一丝微妙的想法："电脑都能睡眠，我却不能睡觉。"慢慢地，走廊上渐渐有人拖着脚步来回走动，鞋底与瓷砖发出刺耳的剐蹭声，让杨志奇起了一层细细密密的鸡皮疙瘩。主任突然夺门而入，叮嘱他把上午那个会议纪要整理一份，打印好给他。

"我给你——半个小时，我给你半个小时好吧？半个小时后，我要见到今天上午的会议纪要，我要去和赵总汇报。"主任似乎发觉了杨志奇的萎靡不振，用力拍了拍杨志奇的肩膀说："年轻人，精神点，别总无精打采的好吧？"杨志奇点了点头，按照在会上无意识记下的会议记录,按照格式做着纪要。中午那杯咖啡形成的紧绷的丝线开始慢慢松弛、瓦解,连本带利地变成疲倦,在他意识深处蜷起身子,等待下一轮的进攻。这种蓄势待发里混杂着无名的恼怒。

杨志奇是一个没什么爱好的人,对于吃饭不讲究,虽然会做几道菜,但周末如果陈亦文不过来,杨志奇都是点楼下的沙县小吃。对衣服也不讲究,经常去优衣库一次性买上十几件。赵晨经常和杨志奇说,男人吃喝嫖赌多少都沾一些,杨志奇是个例外。杨志奇有一个稳定的女朋友,不抽烟不喝酒,更没什么余钱去赌博,对于生活,杨志奇没有太多的欲望和要求,口头禅都是"也行",唯一有的爱好就是睡觉了。

杨志奇可太喜欢睡觉了。在那些尚不需要奋斗的大学时光里,一个充沛的午觉就可以打发一下午的时光。所以,杨志奇对睡觉的环境要求也特别高,吃穿不挑的他特意去买了纯棉的床上四件套,尽管是租来的房子,杨志奇也自掏腰包,给卧室换上厚重的窗帘,他甚至花钱买了价值不菲的降噪耳机,好让自己在睡前能够枕着充沛的、手机里下载好的白噪声早早入眠。为了远离城市嘈杂的夜生活,他愿意花上一两个月,在小区里细细挑选出租屋,不仅是位置,更重要的是邻居。他现在住的那个房子,楼上是一对不常在家的小夫妻,隔壁是一对老人。都是安静的人。

在昏昏欲睡的办公室里,杨志奇忽然莫名想到了陈亦文。关于杨志奇睡觉的种种怪癖和严苛要求,陈亦文也有所抱怨,这也是为什么杨志奇和陈亦文至今没有同居的原因。不过磨合了一段时间后,她就理解并支持了杨志奇这个唯一的爱好,就和她选择杨志奇作为她男朋友、和她选择养一只折耳猫和三四尾金鱼的原因一样，省事且安静，不会惹是生非。

杨志奇刚想到这里，陈亦文的信息就来了。

"下了班你来接我吧。"

"好。"

"我买了些菜，晚上一起做饭吃。"

"好。"

"我还准备了一个惊喜，你猜猜是什么？"

"猜不出来。"

"没意思，你怎么那么没劲？"

"你是不是不高兴？不高兴我不去了。"

"没有，在忙。"

杨志奇在聊天的时候说得最多的就是"好。"似乎没有什么不好的，也没有什么值得说不好的理由。杨志奇本来想说："我今天实在是太累了，我想回家去早点睡觉。"但觉得这个理由既不充分，也不必要，还可能会招致她的诘问和质疑，或许还有争吵。

杨志奇知道赵总应该不在办公室，主任想找人汇报也无从说起，半小时后，杨志奇还是把装订好的一式三份会议纪要放在了他的办公桌上，他或许看到了，或许没有看到。杨志奇拖着步子，带着快递，走到他办公室的时候，办公室里没有人在，只有慵懒的阳光透过窗户斜射进来，映在杨志奇的瞳孔里，调皮地闪烁着恶意的光。

还是太困了，杨志奇坐在椅子上一个接一个地打哈欠，像是赶工赶忙地完成这个月的指标任务。但是手机还在接连不断地响动，陈亦文断断续续地发来信息。

"我不太想吃你家下面那家店的菜了。"

"去你家旁边那家刚开的超市。"

"还是不去了，昨天听说菜不新鲜。"

"一会儿你早点走，省得晚高峰路上堵车。"

"你选好晚上看什么电影没？我上次想看的那部网上没找到资源。"

"我截图刚发你了，你正好帮忙看看。"

"……"

杨志奇的手机接二连三地跳出信息，虽然只是震动，可不断涌现的字句像是会自己转化成语音，在他耳边不断重复播放。他看了下时间，还有两个小时才下班。趁着无事的档口，他快步走向洗手间，用冷水冲了冲脸，抬头盯着镜子里的自己，眼泡肿起，眼睛里渗满了红色，像是公司楼下是十字路口亮起的红灯。

坐到座位上，杨志奇发现主任又发来一封邮件，杨志奇看了好几遍，却发现自己不太理解上面的意思。好在，在这之前，手已经擅自地动了起来。它好像变成不是杨志奇的一样，已经熟门熟路地打开桌面上的文档，熟门熟路地开始填写杨志奇已经看不懂的报表，一切和平时一样，唯一不同的是他敲击键盘的力量在一点点地增加，到后来，他好像是要把键盘敲进桌子一样用力了。杨志奇把邮件弄好，发送给主任。大概过了十分钟，办公桌上的电话轰隆作响，像是有人拿针头往杨志奇耳膜里不停地刺。

"现在，来我办公室。"

电话那头主任的语气严峻。杨志奇料想是刚刚的报表出了问题。走进主任办公室,他看着杨志奇一副困倦的样子,声音比往常还要尖一些。杨志奇低着头,从他的声音里听出了一丝快意,杨志奇甚至透过他薄薄的polo衫面,看到他的乳头兴奋地勃起着。杨志奇感到很滑稽,没有忍住地笑了起来,又没忍住打了个哈欠,这个哈欠打得急匆匆的,甚至有些夸张。

回到办公室的隔间,天气转晴,阳光透过厚密灰色的云层,穿过窗户细细地洒下一层,像是没有化开的水渍。杨志奇看到天空的一角有些放晴了,心里没由来地快活着,尽管整层楼都应该听到了主任的咆哮,尽管明天很可怕,尽管杨志奇的报表确实做得一团糟,但他已经不在乎了,而且终于要下班了。

3

陈亦文见到杨志奇后开心多了,她手里抓着中午和闺蜜逛街时买的奶茶。到家之后,趁她在厨房忙活,杨志奇喝了一口,发现珍珠已经被泡得散开来,在嘴里黏糊糊地散成一团。杨志奇把它随手放在客厅的沙发上。陈亦文在厨房煮面,她只擅长煮面,还是那种袋装的方便面。关于煮方便面,她自有一套流程,先是将方便面拆开,然后将菜包和面饼放进冷水中,让它们快速地洗一个冷水澡,再把油包放进冰箱的冷冻室内。如果条件允许,她还会抓过一把香菜和蒜苗,细细地斜切成一把。待到水烧得微微开了,她再拿出冷冻好的油包,这个时候的油包被清晰地分成清浊两部分——红油在上,红料在下,她会用筷子轻轻夹住中间分层的地方,将料放入,油弃之不用。她不爱吃蛋,用她的话来说,非进口的蛋都不卫生,而且不新鲜。

陈亦文把面从厨房端出来,杨志奇伸出鼻子嗅了嗅,发现和自己想得分毫不差——没有一丝油花的面汤、热气腾腾的香菜,以及意料之外的一个荷包蛋。杨志奇这时候才发现自己已经饥肠辘辘,混沌的意识因为香气而稍微有了一点清明。杨志奇抓起筷子刚刚准备吃,她却把杨志奇手挪开说,等等,先拍照。

等她耐心拍完照、修完图、研究好如何用杨志奇的手机闪光灯打光、思索好短短两句的朋友圈文案之后,像是对死囚宣布大赦的女皇一样,和杨志奇说,吃吧。如果换作平时,杨志奇会顺遂她的心意,在一旁努力拍手,然后造作地亲她一下,可今天杨志奇只想一言不发地吃完这碗面。

可惜经过她这番折腾,面汤已经变冷,面条变坨,已经不好吃了。杨志奇三下五除二吃完面,却发现她在意兴阑珊地翻看刚发的那条朋友圈的回复,碗里的面还剩下大半。杨志奇猜她的胃早就被她中午托人买的玉堂街的糖炒栗子和好利来奶茶店里排队买来的粉红色马卡龙塞满,所以吃不下这寡淡的面条。杨志奇忽然很羡慕她,羡慕她永远能够兴致勃勃地展示生活,她活得像是一块被精心切割、用于展示的昂贵水晶,而杨志奇像是一块死气沉沉的快要熔化的钢化玻璃。

"怎么了?今天一整天你好像都感觉不高兴?"她注意到了杨志奇的不对劲。

"没什么,太累了。"杨志奇瘪瘪嘴。

她好像没听见杨志奇的话,却又来了精神,像是终于要进入正题那样,一把放下手机,牵着杨志奇的手,走向沙发。她示意杨志奇坐下，然后走进杨志奇卧室。杨志奇知道她在找卧室床头柜底下那个圆溜溜的小玩意儿，杨志奇知道她马上会回来，带着魅惑的身体和所谓的惊喜——她早早准备在包里的那套情趣内衣。一切都符合杨志奇刚刚想到的那样。每周一次（除了来例假的一周），她总会像日理万机的企业家一样，找准一天时间，屈尊来到杨志奇这个出租屋，按照她的意愿，百忙之中出来安抚杨志奇的情绪和身体，仿佛和她每周要去的特惠打折的美容院、按周上新的时装店、花样百出的奶茶铺子没有什么区别。只是今天轮到杨志奇特价售出了。

她很快就回来了，身体慢慢凑近杨志奇，杨志奇感到薄纱轻缕里烫起来的身体，杨志奇感到她从包里掏出了已经准备好的内衣，她当杨志奇的面一层层地把自己剥开，又当着杨志奇的面一层层地把自己包裹住。

男人努力表现出兴致盎然的样子，说，宝贝，真棒。但不知道怎么回事，男人忽然打了个哈欠。这个哈欠打得很漫长，让男人变成了一个鼻子逐渐变长的匹诺曹。她一眼注意到了男人的哈欠，走过来，有些恼怒地拉过杨志奇，让杨志奇平躺着，然后自作主张地动起来，长长的死寂几乎要让杨志奇昏厥过去。

大概是过了几秒钟或者漫长的几分钟，陈亦文忽然停了下来。

"你怎么回事？"

"没有怎么回事，就是太累了。"

"你有什么好累的？"

"没有，就是昨天晚上估计没有睡好。"

"在昨晚你不是一早就和我说晚安去睡觉了吗？"

"是这样，我也没想清楚什么原因，今天就是特别困，宝贝，要不今天就先算了，我们去洗个澡早点睡觉吧。"

"你放屁。你累什么？你那个屁工作不就是在办公室做做报表。"

男人不知道怎么回答，男人甚至不想说话解释，语言上的疲乏反映到了身体上——刚刚勉强还行的杨志奇突然就不行了。

杨志奇嗫嚅了几句，始终没有把话说出口，只好裸着半个身子，滑稽地站在一旁，像是做错了事的学生。

这副样子更加激怒了陈亦文，她左手提着情趣内衣，右手拿着避孕套，却像是手握权力和胜利的复仇女神。

转眼复仇女神已经穿戴整齐，坐在男人身边了。衣服虽然穿得整齐，但她头发散乱，画好的眼影刚刚也有点蹭花了，巨大的羞辱让她口不择言，脱口而出的话像是刀子一样飞速地砍在杨志奇身上，朝着要害频繁地钻心剔骨。

"废物男人，你就是个废物。你哪一点比得上人家赵晨？人家专门请公休陪女朋友，想吃什么第二天就肯定带过去，你呢？每天打电话给你永远是个死气沉沉的鸟样，像是人家八辈子欠了你家债一样。你能有点好吗？催你去赶紧看房子，别住这个破出租屋也不行，几次我们聚会，人家喊你是给你脸你都不去。你一天到晚就是要睡觉，要睡觉要睡觉，死了有的是时间睡觉！"

杨志奇闭上眼睛，今天一天来，杨志奇第一次有时间能够像这样长久地闭上眼睛，他已经支撑不住了，后面就是万丈悬崖，而面前是拿着刀的陈亦文。绝望像从天而降的倾盆大雨，将他毫无尊严地淋湿，但是杨志奇却忽然没有那么困了，他睁开眼睛，无理由却无比正确的怒火把他烧得冰冷，他现在万念俱灰，只是想去好好睡个觉,如果他想睡觉的话,陈亦文必须得走,如果陈亦文要走,那就只能——

杨志奇脑子里快速地思考着,原来破碎的逻辑迅速地连成一条,像是松散却根根牢固的锁链,直指问题的答案,简洁明了,却一看就是正确答案。杨志奇很想笑,自己居然没有早些发现这个答案。

这么简单,原来只要这么简单。原来只要这样就可以睡觉了。

男人站起身,一言不发地走到餐桌前,拿起刚刚吃完还没来得及收拾的面碗,高高举起,用力摔碎;拿起桌上和女人一起去陶艺店做的丑陋花盆,一把推到地上;男人还夺过女人刚买的、晒朋友圈的稀有色号的口红,仔细地把一整管口红推出来,在脚下悉心地用力碾压;男人把还剩下大半杯的女人给买的奶茶,一点点地倾倒在茶几上……

毁灭似乎能带来兴奋感,逐寸点燃睡意的稻草。杨志奇把房间里能够看到的属于她的东西都弄坏了,像是手握燃烧瓶四处纵火的犯罪嫌疑人,这给他带来了巨大的快感,虽然房间里寂静无声,但在杨志奇看来就像是燃烧着熊熊烈火一样,杨志奇端坐在火场中央,今天第一次明确又清醒地快慰着。

陈亦文盯着杨志奇做完这一切,眼神里充满了惊惧。她两手抓过头发,歇斯底里地大吼一声,骂了一句脏话,然后匆匆带上她的包、踩上她的高跟鞋,打开门走了出去,出去的时候她用力地关上门,房门发出巨响,带来的巨大震动,震动透过墙壁、瓷砖、沙发、靠垫来传向杨志奇的背脊,杨志奇的身体发出微微的晃动,慢慢地打着摆子,像是在为接下来终于迎来的宁静发出欢呼。

4

房间里还弥漫着一股调料包和化妆品的混合味道,这气味潮湿浓厚地围绕着杨志奇的脑袋,慢慢顺着头发往下,往杨志奇鼻子里面钻,让他的脑袋沉甸甸的。刚刚突然出现的短暂快感很快就消失了,不仅消失了,还连本带利地让他困倦起来。杨志奇的脑袋开始疼,像要快裂开一样,可从另一方面来讲,它已经不太像是杨志奇的脑袋了,而像是临时按上去的一个用于思考和执行行动的装置。如今,它已经快没电了,像是没有电却还要咋呼作响的劣质玩具,声音沙哑又不具体地勉强按照固定程序,去执行接下来的任务。

好了,不管怎么样,我现在终于可以睡觉了。杨志奇想到这里,又略微振奋了些,他慢慢脱下衣服,把它们暂时放在衣篓里。窗子外面透过的呼啸而过的火车,不断按动着喇叭,透亮的光斑在杨志奇赤裸的身上快速涌动着。可能是过了5分钟,可能是过了更久,杨志奇打开水龙头,热水倾泻在他身上,流过脑袋、脖子、胸脯、小腹,顺流向下,让他的身子或者是身子更深处的东西烫得起卷。他蹲下来,从莲蓬头涌出的水珠滴滴落在脑袋和背上。有那么一会儿,他觉得自己的身体变得无比灵敏,甚至能够分辨每一滴水珠的区别。他在地上蹲了一会儿,积攒了一些力量,然后站起身,快速且果决地给自己打上肥皂和洗发水,把水开到最大,妄想着能够冲洗掉今天一天带来的倒霉事。

没有撒上一把糖的热牛奶,没有HIT和20分钟的柔软操,没有睡前冥想的空闲,也没有准备好的白噪声,但是杨志奇终于躺在床上了，赤身裸体，冒着热气。他把窗帘拉好，一把扯过被子，把它更多地抱向胸口，开始进行入睡前的思想工作。

杨志奇按照平时常做的那样，想象着一片看不到尽头的大海，海水慢慢打在海滩上，一浪一浪，杨志奇迎着远处落日的余晖，走进海水里，海水还残留着些太阳的温热，杨志奇驱使着自己变成一团水，慢慢融入进去。

正当杨志奇快要融入进去，变成水分子的时候，海水突然剧烈地沸腾起来。他重新回到了床上，耳膜里是刺耳的刮擦声——好像是楼上在装修。他从床上坐起，骂了一声"操"，然后匆匆穿好衣服。杨志奇现在一点都不困了，相反，他浑身的血液汩汩流动，占据了整个大脑、身体和四肢，杨志奇去厨房，挑选了一把菜刀，反握在手上，径直向楼上走去。

门打开，是小夫妻里的妻子出来的，表情歉疚：

"对不起啊，杨先生，我们家水管有些问题，水电工刚刚才来，不会打扰——"

杨志奇没有听她说完，就说："对的，影响到了，你们明天再弄。"

门口的男人表情平静，措辞准确，只是身子在微微地颤抖着。走的时候，杨志奇有意让她瞥到了自己手上的菜刀，然后下楼，回到卧室，把菜刀放在床头柜上，心里困倦却高兴，有些懊悔没有早些发现这个浅显易见的道理。

"原来早点这样就可以睡觉了。"

迷魂记

1

"我其实不知道怎么解释这种事情,如果不是今天聊到这么多,我也不会去和其他人说这件事。我后来查了一些资料,包括弗洛伊德什么的,也咨询过一些心理和精神方面的朋友,但是得到的答案都大同小异,什么工作压力太大、什么神经衰弱、什么电影看太多了有心理暗示之类的。但我觉得没这么简单。"

"所以,您向我预约了?"

"是的。我也是经由一些人介绍和推荐才找到您的。他们说您对于解决这类困惑特别有经验,和其他那些心理医生不大一样。"

"我和其他心理医生没有什么不一样的地方,非要说不一样的话,我的收费可能格外高一些。"桌子对面的人发出了一声短促的笑声。

这倒不是恭维，我是听了不少人的推荐才来的。有些人是这个行业的资深者，有些是艺术或者影视圈的大牛。他们在采访间隙闲聊时听说了我的这个问题，都不约而同提起这位医生的大名。"去听听他的建议吧，你会受益匪浅的。"在最近的一次采访中，采访对象这样向我推荐，我才下定决心，联系上了这位医生。想到这，我看了看桌上的马克杯，杯子里还有一些咖啡，我抓起来一口喝完。我不是太喜欢这种带糖的速溶咖啡，如果有喝咖啡的必要，我更偏爱无糖的美式咖啡。我不喜欢甜食，甜味会让人昏昏欲睡，也会带来某种瘾，让人脑子不清楚。我所坐的位置正好在房间的一角，足以看到整个房间的全貌。房间的灯光并不亮，厚重的窗帘让人看不见外面。透过窗帘隐约的光，能够看到房间的一面墙上挂着一只骨瘦嶙峋的羊头，周边有一个圈，这无疑为整个谈话的环境添加了一点恶趣味的神秘。房间的某个角落应该有一个音响，声音调得不大，放着一首著名的钢琴曲，好像是某部电影中的配乐，好像还是个挺出名的中国作曲家的曲子。我记得今天外面阳光还不错。这应该是故意设置的，黑暗、神秘的雕像和音乐三者联合，给人带来某种昏昏欲睡的舒适，让人放松地袒露心扉。桌子对面的人没有说话，我清了清嗓子，还是继续讲我的故事。

"我不知道你们会不会遇到某个地方，就是那种自己从来没去过，但是又非常熟悉的地方。我上网查了查，网上的各种资料和视频说得很吓人，有些说得像恐怖电影一样，说这种记忆来源于往生。我觉得这是瞎扯，我不相信神神鬼鬼的这套东西，我确实也遇到了我解释不清楚的一些情况。"

"您是在哪里遇到这种情况的？"

"在我的梦里。"

"我们都知道梦是由多种心理暗示组成的，您可能确实没有去过那个地方，但在潜意识情况下，您是有可能有这种感觉的。"

"不不不，我遇到的情况不一样。在梦里我来到了一个房子里。我很清楚我没有来过这里。它更像是我闯进了另一个人的脑子里。最近有一个时髦的东西，叫沉浸式戏剧，我在梦里的情形就像这样。我好像就是那个人，然后在一个屋子里，屋子不大不小，但是有点像广播的录音室，有各种乐器。"

"那应该是一个录音棚。你有没有梦到这个录音棚有什么特点？或者说有什么不一样的地方？你'扮演'的那个人在这个地方干什么？"

"应该是在创作，正在创作一首歌。在梦里，它应该是某种亟待完成的半成品。因为在梦里的'我'很兴奋，同时也很焦躁，一直在笔记本上写写画画，或者是做一些标记。偶尔我会拿起手边的某样乐器，应该是一把吉他，弹上几个音，再继续写。"

"您为什么觉得这是在创作？"

"因为我也感同身受过。"

"还请您详细说一说。"

"好的，怎么说呢？我在写自己想写的文章的时候，也会有相似的感觉。这种感觉来自某种'直觉'。这么说或许不太准确，但我找不到更恰当的词了。我看过一位著名的作家，他说过类似的话。他说，'具备创作才能的人，在创作的时候会被某种直觉所牵引。这种直觉不同于技巧、逻辑、常识和认知，是凭空生长出来的东西。'网上有句话,叫'被上帝抓着手创作',差不多是这个意思。"

"那确实很有意思。您对宗教有所涉猎吗?"

"我之前说我是无神论者。"

"啊,很抱歉,我可能没注意到。是这样的,在《圣经》里,将人们分成'灵''魂''体',三个部分。而您刚刚所说的那种直觉,在宗教领域里,大概就被称为'灵'。"

"我不是很懂这些。"

"那也没关系的,我们说回梦吧。您做这个梦有多久了?"

"快小半年了,平均一个月梦见一回。"

"每个月都会做这个梦?"

"是的。而且这个过程也不断渐进,直到上个月,这个梦戛然而止了。"

"你梦见什么了?"

"我梦见他完成了那首曲子,然后把曲子投递到了某个地址。过了一阵子,可能是几个小时,又或者是几天,他接到了一个电话。这个电话让他很高兴。然后我就再没做过这个梦。"

"那已经不再做这个梦了,您为什么而苦恼呢?"

"在这之后,我做了一些调查,我发现这些事情可能都是真的。根据梦里看到和听到的,我去查了查,发现了确实在我的城市里,有一个录音棚。而前几天,我去看了看,发现里面的布置和我梦里几乎一样。"

"那确实是很不可思议的一件事。"

"是啊,紧接着我又去和这家录音棚所属的公司,调查了一下这家录音棚。发现其实这家录音棚已经很少用于专业录音了。它建成不少年了，设备老旧、地段偏僻，已经没多少人在用它了，起码最近半年未被使用过。我不死心，又去查了半年前的记录，发现它确实以日租的形式，被一个人用过。"

"这个人是谁？"

"我不清楚，我根据给到的电话打过去是空号。我找了找和他认识的工作人员问了问，只知道大概无业，在酒吧卖唱，年纪也不小了，三十多岁。有过一个本地的女朋友，不过后来分手了。"

"您的调查能力相当厉害！"

"算是职业习惯吧。"

"后来呢？您查出什么有价值的了吗？"

"信息太少了，他又是外地人，除了名字和基本信息，我没查到更多。我估计是个小人物。在之后的一些新闻里也看不到他。我估计他可能回老家了。"

谈话到了这就戛然而止，对面的人点起了一支烟，似乎进入了某种思考的状态。我往后靠了靠，想抓起杯子，再喝一点咖啡，但杯子里已经没有咖啡了。我看了看桌子上，零散地堆放着一些糕点，房间里的灯光太暗了，我看不清形状和颜色。但我还是决定抓起一块放进嘴里。我之前没有尝过这种小东西，我确实不喜欢甜食，可这种不一样，虽然是甜食，但甜味和速溶咖啡的廉价不同，显得很高雅。我吃完一块，忍不住又抓起一块。在我吃到第三块的时候，对面终于开了口。

"先生，您的困惑真的是……非常的有意思。或许方便的话，您可以给我一些时间，我相信我可以找到一种方法，对症下药，解决您的困惑。"

我点了点头,准备起身离开。

"对了,先生,方便的话,您能把您查到的名字告诉我吗?"

"宋楚,就是宋楚瑜的那个宋楚。"

"宋楚——好的。"

2

凌晨三点差五分钟的时候,宋楚总算站起身活动了一下。他摘下耳机,看了看手机的时间,发现有一个未接来电,三个多小时之前打的,还是个座机。宋楚回拨过去,显示忙音。

昨天一大早,宋楚从管理员那里接过录音棚的钥匙,之后就一直在做手头这个DEMO(注:音乐小样,试样唱片,是歌曲未正式完成前的一个范例)。词曲已经完成了,而且他觉得完成得不错,这让他一直很兴奋。烦人的是现在正在做的编曲部分。有人说编曲就是给一首歌穿上衣服。照这个说法,宋楚奋战一晚上,才给这首歌穿上了裤衩。这主要是因为,宋楚对于副歌的部分一直不满意。他在鼓点衔接之后是进一段贝斯去填充它,还是直接用电吉他做底音,他在这两个选项之间犹疑不决。为这个三十秒左右的预副歌,宋楚琢磨了有三个小时,耗费了大半盒烟和小半盒中途点的外卖——这是他准备拿来当夜宵和早饭的台湾卤肉饭。经过长时间思考后,宋楚最终勉强折中选择一个方案,再抬头已经是这个点儿了。这比他想象的花费时间要长,主要也是因为,录音棚的设备有限,现有的设备不支持多音轨导入。宋楚只能一遍遍试，凭着记忆去摸石头过河，录一遍伴奏，再用话筒自己唱一遍，中间不能打磕巴，不然就得从头再来，容错率极低，即使是专业歌手和编曲人也很难做到一次成型。宋楚一个人鼓捣成这样已经不容易。

现在这个棚主要归属于一家广告公司，为私立学校的小朋友们录制毕业歌和心血来潮且信心满满的新婚情侣录制婚礼用的MV准备。能用，但肯定不好用。宋楚一般一个月来一次，租金不便宜，以他的收入水平，一个月来一次已不容易，还要点头哈腰，提前打好招呼。宋楚一直没有正经工作，来这座城市，主要收入是靠各种走穴和酒吧驻唱。没有正经工作和宋楚的臭脾气关系较大。他始终认为，在酒吧唱歌是混饭吃，在录音棚里录DEMO才是正经事。更何况，最近录的这段DEMO宋楚自己比较满意，灵感来自1986年，日本的一个动画电影，叫《时空的旅人》。电影讲述了一个女子时空穿越的故事，从20世纪80年代穿越到"二战"战场，再从"二战"战场穿越到本能寺之战，概念先进，十分带感。时下电子乐正热，要是碰上灵光的公司，保不齐就火了。但这个"保不齐"有点自欺欺人的意味，最近几年，宋楚做的DEMO已经不少，广撒网、打招呼，甚至去人家公司门口定时定点蹲守音乐总监，录用率还是寥寥，赚到的钱还不够自己租棚子和设备的费用。

但宋楚遇到的情况，就像许多艺术家遇到的情况一样：没有展露的才能百无一用，并不足以解决任何现实的窘境。这其实也是宋楚当下的困境，他现在已经三十有二，靠音乐来有体面地活着比起大红大紫赚大钱，是一个更实际的梦想和目标，性价比也更高。用性价比衡量梦想，有辱梦想，可正因为有实际指望，因此和高远的目标相比，就更具备杀伤力。电视上的女明星只能可望，而隔壁学校长得像女明星的妞却可即，更容易让人付出行动去努力，这差不多是一个道理。

也不是没人介绍别的活儿。有朋友介绍他去做婚礼的司仪，说有舞台经验，背串词就行，宋楚犹豫再三，还是没去。做酒吧歌手尚且可以说是兼职，且和歌手沾边，但去做司仪就难以自辩了。实际上，这种强烈的自尊心，让宋楚在生活里处处碰壁，前阵子分手也是因为这个。女朋友原先也搞音乐，但最后当了老师。她和宋楚度过春夏秋，却没熬得过没有指望的寒冬，在来年春天来临前和宋楚说了再见。宋楚对此耿耿于怀，并暗自关注着前女友的微博，时不时匿名去看看，最终有天发现她发出的婚纱照。未婚夫和自己不太像，按图索骥一轮搜索，发现是个杂志的记者。宋楚起初觉得有所不甘，后来发现男的其实也算半个作家，似乎还有几分才气，写的几首诗还确实他娘的不错，比自己之前遇到的沽名钓誉的文人好不少。于是他最终和过去和解。

虽说和解，但是过去的这些事情总是能在闲的时候冒出来，像是米饭里的沙砾，揉碎了膈人。宋楚一时间想出神，手机又响了起来，不过是一封邮件。看到对方邮件的地址，点开邮件。邮件内容短小，措辞客气：

宋先生好，

您之前发送的 demo（编号 4/5 那一组）我已经听过，希望与您进行下一步讨论，或许我们可以聊一聊关于您音乐中的一些奇特的想法。如果您方便的话，可以在本周六下午前往如下地址，期望与您见面，顺祝您生活愉快。

邮件下方附送了一个地址，就在离宋楚不远的市中心。可这封短小的邮件却因为底下的署名而熠熠生辉。宋楚盯着这个名字许久，期间出去洗了一把脸，确保不是因为自己缺乏睡眠而导致的幻觉。

离周六还有三四天，宋楚忽然没了鼓捣音乐的心思，也没再去酒吧唱歌，人一下就空了下来。倒是没闷在家里抽烟睡觉，反而每天出门，早上从城东出发，一路途经人民广场、鼓楼、红舞台人民剧院、北岛人民文化宫，抵达市博物馆。他在博物馆晃悠一整天，然后在旁边的步行街随便吃一点，洗个澡回家。这种"无目的性"的城市漫游，让宋楚有了一种"专心搞创作"的心态（而且这让他很快乐），他用手机做录音机，随意记录路上所见的点点滴滴，包括但不限于路边随意搭建的窝棚、楼宇小区里老旧不肯拆迁的住户、有名艺术群落里无所事事前来度假的白领、阳光透过楼宇洒在地上的碎黄金。

周六上午，宋楚早早出了门，考虑或许有个现场考察的环节，他把刻着自己名字的宝贝吉他和几本记录想法的乐谱都塞进了包里。去那个地方并不麻烦，靠近的地方地铁和公交都密布，但地图上显示到站后还要行走四五百米。宋楚看了看，有一班公交直达，目的地在终点站，只是班次少见，是X开头，叫X818。宋楚来这座城市十多年，从没搭乘过这班车。不过上车后，人并不多，三三两两，宋楚找了后排靠窗的位置坐下后，开始玩手机，刷微博，一个搞笑视频看到一半，睡意就忽然翻涌呛人，三五下将他淹没。

宋楚醒来的时候，已经站在站台上了。估计是没睡醒，他头疼得厉害，竟然记不起是如何下车的，他低头看了看，所幸吉他包已经带下车。宋楚掏出手机，根据定位，打开导航。导航显示地点在一个老式小区里。宋楚原以为四五百米的路应该会比较好走，谁知道百转千回，和迷宫似的。宋楚按照导航一步步迈进，穿过小区里外地人经营的果蔬市场、二手家具回收、干洗与皮具养护店；穿过晾晒床单被套和奶罩内裤、走道狭小逼仄的老式居民楼，穿过初极狭、才通人的小区走道，经过开辟一小块广场和健身器材的居民点，又转了四五个弯，豁然开朗处一小片林子，绿意盎然，榕树和棕榈相映，鸟啼阵阵。明明才走了几十米，旁边的闹市喧嚣像是另一个世界，宋楚莫名想到哆啦A梦里的任意门，打开门，呼地一下就是另一个世界。这让他觉得不真实，但时候不早，快到两点半，只好往前继续走。穿过林子，是一个中式庭院，黛瓦白墙，高得很，有一扇木门，样式古朴。上面还有个牌子，两字，写的是古篆，好像是个什么园，但具体是什么园，宋楚认不出来，前面那个字也不像"施"。宋楚站定门前按响了门铃。过了会儿里面回音了，说："宋老师对吧？请稍等。"声音不太听得出年纪，但温和有磁性，和宋楚想象的不大一样。过了会儿，木门吱的一声作响，顷刻大开，宋楚走了进去。

3

天气预报说昨天晚上开始有寒潮,延续两天,所以下午出门前,我特意穿上了一件羽绒服,是妻子前不久托一位长期旅居美国的学生家长买的。妻子出门前问我什么时候回来,我说,不好说,采访预约的是上午十点,但持续多久不清楚。妻子"嗯"了一声,在我耳边轻轻吻了一下说,今天包饺子,晚上回来等你吃。

我看了下手机,发现主编发来的语音,耐着性子全听完后已经快走到小区门口了。语音的内容主要是要求这次采访务必要重视,要拿出一百二十分的精神对待。主编这么急,是因为上个月的专稿反响平平,而上个月采访的那个导演是个老狐狸,不太爱说话,回答问题规规矩矩,驾轻就熟,说什么都能圆回自己喜欢的话题,甚至聊到自己早逝的哥哥动情流泪的画面,这一切和几年前的另一次专访相比,只字不差,不禁让人怀疑这一切都经过深思熟虑的排演。而对于杂志来说,反响平平是最糟糕的事情了,无人问津比被人破口大骂更为致命。专访是杂志的招牌栏目,可不能砸了。为此,编辑室与采访室开了两次内部会议,说要扭转颓势。主编亲自出马邀约,邀请到这回的采访对象。对方来头很大,给的头衔是音乐家而非音乐人,是好几个拿了奖的电影配乐的主要操刀者。而他最近配乐的一部电影刚刚获得某电影节的入围提名,史无前例,风头正劲。我大学主修中文,也自己写点诗歌,就是对音乐不太了解,所以昨天晚上特意问了问妻子。妻子说,确实是个有才华的音乐人。我说,是不是像坂本龙一那样?她说,有一点,不过比他更不羁些,我说那就是和窦唯差不多?

她笑了笑，说也不至于，他年纪太大了。我又去查了查资料，汇总成七八页纸，包括一些特有音乐流派的解释、发展，还有著名乐评家的点评，汇总以后往脑子里塞，不求理解，囫囵吞枣，像是临考的学生一样，做好了准备。整理完以后，妻子说，上次医生嘱咐你吃的药最近在吃吗？最近还失眠吗？工作压力别太大了，不行就先糊弄着了事。我答应下来，心里却一直惦记着。

等我走到路口的时候，主编又发来一个定位，说这是采访对象的住址。我看了看，靠近市中心，似乎在一个很老的居民小区里。好在那个地方本地人都很熟悉。时间过了早高峰，我打了辆车，直达小区门口。小区里挺热闹的，到处都是来往行人，烟火气足。我依照导航，走进小区，进去才知道，里面宛如迷宫，七拐八拐，还要穿过一片林子。林子似乎是有人打理，看似胡乱生长，实际精心打理。树木丛生，南北混杂，寒热交加，走到里面我才发现，原来整片林子只有一棵树，一棵老榕树，独木成林，枝丫伸进地里，吸收残败枝叶的腐殖营养，因此长得分外茂密。我穿过林子，发现这里选址确实好——背靠两栋居民楼，正对一小块恰到好处的空地，既保证光照，又兼具私密。

穿过林子，才看见房子，典型的苏州风格，但格局上却四平八稳。透过掩映的围墙能窥见宅邸的一角，里面开阔，似乎有山有水，又有数道间隔。这种设计看似传统，但实际混杂很多现代元素。我走向前，发现大门锁了，找了半天才找到门铃，摁响后，门铃那头传来个声音，让我稍等，声音听不出年纪来，但挺好听的。过了会儿，门开了，屋子主人站在门内侧，笑盈盈地迎接我，这让我有些惊慌，连忙伸出手，却发现这双手意外地宽厚、细腻、温暖且有力，我脑子里忽然蹦出来一个想法："这位音乐家应该还很年轻。"但我先前查过资料，音乐家应快七十岁了，去年还被曝光出来，说罹患某慢性病，所以一下苍老很多。我抬头看了看他，发现他虽然有皱纹、头发花白，但穿着干练，腰杆笔直，眼角带着笑意，没有平时所见老人的迟暮感，确实比我想象的要年轻一些。

他迎接我进门，进门后我才发现，在门外见到的不过是宅邸的冰山一角。进门后，也是一片林子，不过比外面的林子更精致一些，路面是错落讲究的山石铺就。而宅子中央有一片池子，池面如镜，不起波纹，走近了才发现池子里养了不少日本锦鲤，而房子的主室几乎全部透明，墙面由单面透光的玻璃组成，架以白色的框架，现代感与古代庭院相得益彰。从设计到布局，几乎细节处都很用心。除此之外，还有两个侧室，一个横架在池塘上，一个掩映在主室一边。屋子主人一边走一边和我介绍。在介绍中他特别注意分寸，仅介绍每一处地方的作用就点到即止，比如这是会客厅、这是小花园、这是招待客人时用的餐厅，绝不让人产生夸夸其谈的印象。我对他印象不错，对市中心还存在这方宅子也十分愕然。但他似乎习惯了这种愕然，并不过分谦虚，从而招他人虚伪的印象，而是将我引到客厅的沙发上，让我静候一会儿，他去处理一些事情。

这让我有时间打量客厅的装饰。客厅的一二层打通了，这让空间显得很开阔，配色主要以灰白为主，简洁却有些过于冷。镜面是一色无缝的贴面瓷砖，干净得能透出人影来，而墙面上挂了很多画，大部分是潦草、凌乱的线条与奇怪符号组成的现代画，用色大胆，而在正对池塘的墙壁上，是一个山羊头，挂在一个画五角星的盘子上。山羊头白骨嶙峋，却好像有生命似的一直盯着这个客厅。我觉得这样的陈列有种熟悉感，在某处我或许见过相同的摆设。一边想，我一边盯着羊头，或者说是互相对望着，忽然觉得有种眩晕感。这时，他的声音从后面传来："这羊头是我的一位好朋友送给我的，是位心理医生，他和我关系很好，启迪了我对于很多问题的看法。"我连忙回身，发现他不知什么时候站在身后，手里抓着一个木制托盘，上面有两杯茶，茶水绿莹莹的，还有一叠黑色点心。

我们坐在沙发上，音乐家将盘子放下来，说："我喜欢收集一些奇奇怪怪的东西，希望没有吓到你。"我说没有。他拿起点心，邀请我尝一尝，说这也是那位心理医生朋友送给他的一种小甜品。叫羊羹，味道不错，据说是用葛粉、面粉、红豆做成羊肝形状的一种小点心。我尝了一小口，喝了一口茶，吃了一小口羊羹。因为不喜欢甜食，我应该之前没有吃过这种小玩意儿，但这种甜品却味道熟悉。我想起了些什么，但来不及细想，我两三口吃完了手里的糕点，说出自己这次来的目的。他笑着说，音乐是听的，并不是说的，我尽量。我点点头，说，您其实也不必担心，就当是正常聊天。

我掏出笔记本和录音笔，说那么我们就先开始采访吧，刚刚进来看到您这房子真的吓一跳。这么大的房子就您一个人住吗？他说，算是吧，但是请了一位保洁员，每周一三五会过来打扫一下，顺便给我带来些吃穿。我笑着说，那其实也挺大的。您现在主要是居住在这里吗？他说，对的，我到了这个年纪，不大走得动了，更多是接到不同人邀约，进行一些创作。还有就是为自己的一些音乐准备灵感。我说，其实我在来之前听过您的作品，发现您的音乐作品几乎不同时期都有比较大的变化。比如，您早期的音乐配乐以钢琴独奏为主，后来尝试一些交响乐的风格，而我看您最新的作品，就是那个最新电影的配乐，又发现是电子乐为主。他笑了起来，说，音乐这种事情，就像和不同的女人谈恋爱，不同年纪的男人喜欢的女人都不太一样。我笑着附和，说，那您喜欢什么样的呢？这本是一个玩笑话，他却忽然严肃地开始进行思考，过了一会儿才说，年轻的时候喜欢成熟、丰腴的，到年纪大了，会发现还是年轻一些的好。我打个比方吧，你应该没有很长时间吃不到肉的时候吧？我是从那个时代过来的，年轻时候经常半年都吃不了一次肉，每次吃肉都能把自己吃伤了。而肉吃多了，容易看见肉就恶心，就开始喜欢吃清炒时蔬。我第一次听说这种比喻，觉得很新奇，说，那您现在呢？他说，人越老越像小孩子，说着拿起桌上的羊羹，往嘴里塞，缓慢拒绝，仔细吞咽，仿佛在对待某种艺术品。

我说，您最新的作品，灵感来自哪里呢？他想了想，说，是来自一部日本的动画，是我之前去日本做巡展的时候，一位日本朋友给我看的，叫《时空的旅人》。我当时看完就非常喜欢，后来回来就写了这首。我说，像您这样还能保持不断创作热情的真是很少见。他对于我的恭维并没太大反应，倒是自己端起茶杯，喝了一口。

接下来，我问了几个准备好的问题，他一一回答了，只是说得很慢，夹叙夹议，掺杂很多自己在世界各地旅居时候的见闻，而且经验老到——每当我提出的问题越界时,他像是年长的水手,半睁半闭地蹲守在舵头,毫不在意,但总会在关键的地方,稍微用一用力,将话头扳回正常的方向。不过他很会聊天,聊天时鲜有冷场,比如他会主动提及和几位合作导演时无伤大雅的趣事、几位著名演员工作或娱乐时值得一提的癖好,同时向我展示几张老照片、几件纪念品。他很熟悉采访的这一套流程,通过不时补足的细节,让整个谈话变得充满趣味。

聊了快两个小时,我看差不多,他也看出采访即将结束,忽然提出要带我看看他的收藏品。"你或许会感兴趣的。"他这样说道。他主动将我带到宅子的侧室,说这里是他的收藏室:我原以为是书籍或珍藏版本的唱片,结果全部是乐器。里面按次序放着一架钢琴、一只麦克风、一架旧的手风琴、一支黑管,两旁则是各种各样的吉他,摆放得并不整齐,更离奇的是每一架乐器都配了一个模特。模特手持乐器,仿佛还正在演奏。我细看,发现模特大多都做得很精致,虽然没有细节,但都精心通过简洁线条隐隐透出生命力。他说,静置的乐器是没有"生命"的,所以每个都配套了一个模特,说着,他饶有兴趣地向我介绍各个乐器的故事,像是给初学者做的科普。但他介绍时的用词却很奇怪,比如他在介绍一架钢琴的时候会说:"这架琴很漂亮,也很调皮,很有情趣,会制造很多惊喜。"在介绍一把厚实吉他的时候则说:"这把吉他是我最新的一件收藏,不容易啊,真的很不容易,现在很难找到这么纯粹的东西了,很年轻,很有活力,经常有很多不可思议的想法和创意,有时会让我吃惊,当然,也是独一无二的。"他依次介绍了几件,都是如此,我将这种特别的介绍,理解成为一种独特的幽默，或是艺术家到某个境界后进入的特殊魔怔。

离开侧室的时候，采访接近尾声，时候已经不早，我估计了一下，采访的内容足够支撑起一篇文章，就关上录音笔，准备问完最后一个问题就告辞。我喝了一口杯子里的茶，留下小半口，开口问："很多评论家在讨论您的音乐的时候，经常感叹于您层出不穷的创造力，每个阶段都似乎是全新的，那么，请问您觉得对于艺术创作来说，您这样不断创新和突破的秘诀是什么？"这其实是一个常规性的废话，因为即使是成熟的艺术家，也很难给出具体的答案。我采访过很多人，有些人说是勤奋，有些人则说是天赋，最离谱的说是来自上天的神启，也有说其他的，但答案都差不太多。这个问题是例行公事，需要写在访谈的结尾，并需要经由加工，总结成一句看似金科玉律但实则狗屁不通的话，以满足读者漫长阅读后迫切需要的总结陈词。

但他在遇到这个问题的时候，陷入了漫长且不见尽头的沉默。沉默持续的时间很长，长到我能注意夕阳沿着客厅内的落地窗缓缓进行滑落，窗外万物静谧，所有事物在沉默里陷入静止。可我能注意到他在思考，他在对这个问题进行漫长的思考。可能是出于一位记者的敏感，我觉得他能给出一个好答案。于是，我也配合着这种长时间的、并不寻常的沉默。直到我觉得这种沉默难以让我忍受的时候，他才终于开口，说，我觉得是"灵"。

我还没来得及表达出对于这种答案的疑惑，他就接着往下说，你对基督教有研究吗？我说，并不太懂。他靠着椅子，开口说："《圣经》里有一个说法，很有意思，他们认为，人是由'灵''魂''体'三部分组成的。'体'，就是身体，是最基础的构成；'魂'则是人的情感、喜怒哀乐、欲望等。而'灵'，则是最奥妙的东西，人类进行创作时完全不可或缺的灵感、难以言喻的启示，都是来源于'灵'。他们认为，只有少部分人才拥有'灵'，而且会随着时间的流逝而不断枯竭。很多天才的创作者，为什么都像昙花一现，在创作出好的作品以后，终其一生都碌碌无为，就是因为'灵'的枯竭。你刚刚问我有什么秘诀，我的秘诀就是保持'灵'的充足，记得之前我和你说的那个欧洲朋友吗？他是最早和我说这些的，他还和我说，这种枯竭是可以被避免的。我们可以通过一两种简单的措施、或是某种方案，去解决这个问题。"听他的语气，似乎我们并不是在谈论某种玄而又玄的宗教问题，而是某种可解决的技术问题。我的疑惑更多了，于是接着问："您所采取的方法是什么呢？"他想了想，说："首先，我们需要寻觅这种具备特质的'灵'，但这种'灵'比较难寻找，尤其在现在这个时代，太多人蝇营狗苟，纯粹的'灵'越来越难找。"这并不是问题的答案，更像是一句抱怨，但我知道他还有话要说，于是耐着性子。果然，他往后靠了靠，这时的阳光透过窗子，客厅大半被影子笼罩，他坐在那边的椅子上，影子恰好罩住了他大半个身体，我看不见他的表情。我们俩都没有说话，我只感觉客厅里忽然冷了起来，周围传出嗡嗡的声响，像有人在窃窃私语。

或许是几秒钟，又或者是几分钟，影子那边传出声音来："你刚刚问我的问题，答案就在这里。"我似懂非懂，只能顺着他的话往下说："那您是认为，灵的枯竭是有办法避免的，对吗？""当然是有办法的了，不过容许我保留这个秘密，可正如我刚刚所说，避免灵的枯竭，这就是我创作的秘诀。"说完，他从阴影里起身，余晖伸进客厅,把他的影子拉扯得很长。他没有开口,但我意识到我该离开了。

从宅子里出来后,一直到马路上我还在思考他的话。正是晚高峰的时候,我给妻子发了信息,说我采访完了。妻子拍了张照片给我,照片里是包得整齐的饺子,鼓鼓囊囊,用菠汁点了头,亲切诱人。我快步经过地铁口,发现有人站在路口卖唱,他穿着邋遢,头发似乎很多天没有洗了,手握话筒,没听过,似乎是原创的一首曲子,听的人不多,但确实不赖。旁边有一个琴盒,里面不见吉他,只有两张二维码躺在里面,还有一小把硬币。我驻足听了一会儿,觉得唱得挺好,掏出手机,扫码给了二十块钱。他抬头看看我,触电似的立刻移开眼睛,低头说了句,谢谢老板。

早　熟

　　就算你已经和我一样大,你认识的人也未必有我多。虽然我年纪还不是很大,但我清楚地知道,我已经到"时候"了。我早晨六点半就起床上班,晚上下班到夜里八九点才能到家也不觉得乏味,超市里喜欢的零食被下架了不会生气,每次洗澡都能搓下来一小撮头发,隆起的肚子已经能安妥地顶在办公桌的边缘,我确实已经年纪不小了。干我们这个职业,走路多、吃饭多、喝酒多,我工作十年,见过太多男人、女人、老人和怪人。美的、丑的、放荡的、拘谨的、表面正经背后不是个东西的、表面不是东西背后更不是东西的,我都见过,可我认识的所有这些人加在一起,都没有田一生奇怪。

　　田一生是我的幼儿园、小学、初中、高中和大学同学,准确来说,他爸和我爸都在镇上的阀门厂上班,我妈和他妈是闺蜜。我们出生在同一间产房,他夏至出生,我端午出生,前后差三天,我俩顺利降生后,我爸和他爸有过口头约定,把我取名黄端午,把他取名田夏至,不过他爸爸私下违约,登记名字的时候把他名字改成了田一生,而我白纸黑字就写着黄端午。这事儿我爸回来想了一宿,转头早上上楼,去他家门口大闹了一场。从此两家人的爸爸不再来往。

幼儿园上学第一天,我和其他孩子一样号啕,一浪接一浪,哭得鼻涕吹出透明色的泡泡,还意犹未尽的时候,他就已经在幼儿园四处转悠。等我没回过神来,田一生就和打饭的阿姨搭上了话,硬说阿姨像他早早过世、没见过面的奶奶,把阿姨弄得又哭又笑,从此以后,回回打饭都给他多打几块肉。日积月累,经年累月,三年幼儿园上下来,他个子比我高了十厘米,体重比我多了十公斤。这种特殊的优势,被田一生在进入小学的时候加以巩固。还在上一年级,他就能够踮着脚从小卖部的窗户缝里偷小浣熊干脆面吃。他动作轻巧且为人警觉,专挑下大课和放学的人流高峰期,另叮嘱我盯岗放哨。事成之后,将干脆面给我,自己独抽走面里赠送的水浒英雄卡。一天一包的干脆面,让田一生花了一年工夫就集齐了干脆面里的水浒卡,一百单八将。当时高年级的我并不清楚,低年级段他是独一人。田一生把他爸爸的集邮册拿来,稍加改装,成了水浒卡收藏册,男生要讨来看一眼,得给他打一拳。我看田一生打人:最开始,他总是退后两步,把一只手臂舞成一只风车,一拳打上去,后来他经过钻研,改良方法,不再大张旗鼓,而是突然逼近,再忽然冷不丁发力偷袭。若干年之后,我才知道这叫寸劲。不过有 说一,田一生待我不薄,对我忠心耿耿的放风行为,表示我以后是他兄弟,最好最好的兄弟。

我大方原谅了他的时候，我俩正在厕所撒尿。我们俩并排对墙站，我掏出我的那个东西，他也掏出他的那个东西，我发现他的那个东西和我的已经有了明显的不同，进而发现他又独占一项特异功能。

那个时候，田一生已经不满足于收集水浒卡片，转而有了新的爱好。他买了一套F4的海报，把他爸爸给厂里工人签名时候用的万宝龙钢笔，用来模仿花泽类的签名，模仿得挺像那么一回事儿，大圈套小圈，落笔潇洒还带着一个不经意的小爱心。模仿成功后，田一生通过渠道透露消息："田一生有花泽类的签名海报，可以看，但不是无偿，看一次给亲一下。"不到一个学期，全校的女生都看过了花泽类的签名海报，有的还不止看过一次。后来事情败露是因为一个初中的女生一下捅破了窗户纸："花泽类根本不叫花泽类，叫周渝民。"小学的女生这才如梦初醒，可惜为时已晚，因为看过最多次的那个女生成了田一生最好的女生朋友。值得一提的是，我逐渐长大之后，也开始知道女生的美丑胖瘦，所以我可以断言，当时他最好的女生朋友，也就是后来我的老婆赵亦一，是我们那一届最好看的女生。

但当时我并不知道赵亦一以后会是我老婆，就像不知道田一生会选择在小学毕业的那会儿和赵亦一不再做好朋友一样。小学毕业前几天的周末，我家里空无一人，我正在家里填同学录，写得手臂酸痛的当口，听见门铃响。门外的田一生手里拎着两瓶玻璃瓶装的可口可乐。我接过可乐，关上房门，田一生走进我房间，一声不响地抽出《灌篮高手》的DVD。他把DVD放进去，我家老式的DVD机呼噜噜地和空调机箱共鸣着放出声响，一片寂静中，田一生开始对着片头曲《好想大声说爱你》跟唱，一边唱一边哭。他选中的那一集是湘北对决海南的总决战，恰好是我今天填完同学录准备看的这一段。但是田一生并不想看湘北大战海南，他只是点开一百多集的《灌篮高手》里的随便一集，然后听一遍主题曲，等到标题出现，再听一遍主题曲，反复循环。田一生日语发音标准，虽然不在调上，但与原唱形成了巧妙的应和。与此同时，田一生趁着放歌的间隙，一大口一大口地喝可乐，而我则小口小口地呡可乐。我在一旁看田一生一瓶可乐快喝完，又变魔术似的从身上再掏出一瓶。前后拢共喝了三瓶。三瓶喝完，田一生打着嗝，满脸通红地和我说再见，看起来镇静且自足，带着天然安宁的神态，像后山庙里慈眉善目的菩萨，带着看破红尘后的一点通透与神化。

田一生走了之后，我独自一人坐在房间里把《灌篮高手》湘北对决海南看完，动画拖得很长，一个球传几十秒，我看得既不开心，也不兴奋，很难被动画片里的情绪感染。这主要是因为，田一生的情绪影响了我，在我小学即将毕业的那个夏天的下午，第一次知道了悲伤是一种什么感觉——它就像一只缓缓膨胀的气球，在我胸口附近的某一个地方慢慢胀大，然后填满骨骼、血管、肌肉，最后随着呼吸蔓延至全身，让整个人满当当又空荡荡。我在田一生走后不久也开始放声大哭，没由来的情绪决堤，为我无止境的哭泣火上浇油。我妈妈回来后我依然在哭，自打幼儿园毕业，她从没见过我哭成这样。她一把抱住我，拍着我的脑袋问我怎么了，我无从说起，只能抽噎着说："我不想小学毕业。"

就像田一生事后总结时说到的那样："任何事情都会来，一旦来了你就必须接受。"我和他小学毕业，升入了同一所初中。虽然进入初中，我的生活并没有发生大的变化。我初中的学校和小学在一条街上，一条在街头，一条在街尾。我还是穿着校服上学放学，最重要的是，我还是和田一生一个班。初一的时候，田一生安分守己、好好学习。说是好好学习似乎还并不准确，用语文书上的话来说，他扑在学习上，简直就像是饥饿的人扑在面包上。他一开始只是我们班偶尔的第一名，后来变成了铁打不动的第一名，再后来又变成了我们年级第一名的常客。根据往期的排名，我们那个学校每次大考分一到四十号考场，迷信国学文化的校长把每个考场按天地玄黄排列。而田一生是雷打不动的天字第一号考场的天字第一号学生。随着他的成绩不断提高，关于他的传言也越来越多。有人说，有一次化学考试，他花了二十分钟写完了卷子，一边做一边发出骇人的冷笑，然后就交卷了，老师当场阅卷，结果是满分，而他正在桌子上复习下一门物理考试的题目；还有人说他有次考试觉得卷子太简单，直接从初一天字第一号考场溜达进了初三天字第一号考场，拿走初三的模拟测试题做了起来，结果还是满分；最离奇的传说如下："那天我看见田一生在教研组帮老师出卷子来着。"

除了学习，田一生还衍生了业余爱好——泡图书馆。当时一到午休时间，田一生就偷偷从教室跑出去，不去打球不去和我们在零食店闲聊，直奔学校图书馆。从经典的经史子集到国外小说，甚至我们县的县志，无所不包，无所不看。田一生看了一年之后，身上又随着一支笔，边看边批注，寥寥数语，往往鞭辟入里。若干年后，有人重新对图书馆进行修缮，发现不少书已经被做上简短的批语，对书的质量、错误都提出了独到见解，想来就是田一生的手笔。

田一生的传奇经历让人议论纷纷，这些传言像是某种让人上瘾的隐秘病毒，从我们中间传到老师中间，再从老师中间传到家长中间，最终，在一天晚上，我妈参加完家长会后，像是问我又像是自问地说："都是一个产房里生出来的，怎么会有这么大的差距？"我妈思前想后，把这种差距归结为遗传基因，进而归结为我爸的遗传基因出了问题。"两个人一个天一个地，差别这么大。就很简单一个道理，你们家老田现在是副厂长，我们家老黄现在还是班组长，这不是明显的吗？"在我妈和田一生妈的对话当中，我听出话头的端倪，心里开始害怕。因为我也勤勤恳恳学习，我也安分守己做作业，我彻夜未眠刷题目的次数比田一生还多一些，到头来，我最多只是地字第一号的学生。这种"不如人"被我妈定论为基因，就几乎没有再翻盘的可能性，充满了宿命感的吊诡，进而衍生出了"这辈子或许都比不上田一生"的恐惧。这种恐惧，让我在初中的那个夜晚彻夜难眠，感受命运女神或许是个不讲道理的泼妇，就像楼下水果摊的老板娘一样，两个苹果都能算上我七块钱。更主要的是，这让我对田一生第一次生出一种情绪来，这种情绪像是化学老师上课不小心打翻的酒精灯，蓝色的火焰蔓延燃烧，无声又声势浩荡，让人不由得开始不安，后来才知道这种情绪叫作嫉妒。田一生对嫉妒似乎有所察觉，但并不点破。他依旧我行我素，按照老师们所期望的那样生活。老师们据此做出推测：田一生有可能是我们这个镇上第一个清华北大的学生。渐渐地，几乎所有人都这么想，甚至大家都觉得这已经是既定的事实，就等几年以后，田一生升入高中，耐心等待高考的那一刻。唯一需要疑虑的是究竟是选择清华还是北大，几位初中的老师甚至因为这件事在办公室里争论不休。历史老师觉得北大好一些，情怀兼具情趣，物理老师却嗤之以鼻，说，钱锺书你知道吧，就是上的清华，文理双修，全面发展。实际上老师们也不清楚清华和北大有什么区别，他们大多是我们隔壁市的师范毕业，但这并不妨碍他们进行持久且兴趣盎然的辩论。我也说不清田一生对这一切争论是否知情，他似乎对外人的看法并不在意，只是和往常一样，像是饥饿的人扑在饥饿的面包上。

但这一切在某天戛然而止了，应该是初三的一天下午，我和田一生放学往家走。我在前面走，他慢吞吞地走在后面，在翻看一本高中物理的参考书，大概是翻到了某一页让他有所感悟，又或者是根本一下就想通了，我说不清。

总之他突然合上书，说："没意思。学习真的没意思。"

"为什么没意思？"

"总之就是没意思。来，黄端午，我问你，我们好好学习是为了什么？"

"考清华北大啊。"

"考上清华北大之后呢？"

"找到好工作。"

"找到好工作之后呢？"

"赚钱养家啊，房子票子孩子嘛。"我学着我妈的语气说道。

"那生完孩子呢？让孩子干吗？"

"考清华北大……"说到这里，我突然意识到田一生说的没意思是什么意思。如果真的如他所说，那么这种往复循环真的没意思。他点点头，把手上的参考书扔进包里说："从今往后，我要换个过法。"这场对话后，田一生的光环褪去，不再是天字第一号的学生，转而庸碌，老师和家长分析诸多原因。无非是早恋、游戏之类，始终一筹莫展，只能看着镇上唯一一个能上清华和北大的学生，沦为平庸，据说我们学校最有资历，也是曾经最看好田一生、头发顶上亮着一块的特级教师最后下了一句批语："你们看我老早就说过了，小时候胖不算胖。"

所以，曾经的天字第一号学生田一生和地字第一号学生黄端午，升入高中之后又成了高中同学。我又听见我妈妈打电话，电话这头语气兴奋，那头却意兴阑珊，只能将这个结果归结成命运："俩孩子一个产房出生，就该当上一个班。"上高中之后的田一生一度迷茫不已，手撑着下巴，成半天地盯着窗外看，落叶纷纷，如同欧·亨利小说中的主人公。

这种情况持续了快一年，田一生才终于找到了目标。只不过当时，我们关系已经疏远，我只能依据他的行为来猜测他的目标：在白天，田一生和我一样，是学校里安分守己的好学生，一到夜幕降临，晚自习的空档，他就会从教室的后窗翻身出去，两小时后放学时又准确回到校门口，吹着口哨等我放学。我暗自按捺自己的好奇心，不去管他在做什么，可你知道吗，好奇心是藏不住的，它就像一只没有被激怒的老虎，平时悄然无声，但一到了关键时候就会发出低声的威胁。

在初夏的一天晚上，我被一道关于力的解析的题目搞得头昏脑涨的时候，又一次看见田一生翻身从后窗走掉，再准时出现在校门口，终于自尊心被好奇心咬得粉碎，我开口问他："你究竟在做什么？"

"混社会。"田一生简短地回答道。我没想到答案会是这么简单，一时愣在原地。田一生耐心和我解释道："你听过'社会是一本厚重的大书'这句话吗？"我点点头，这话我听过一次，还是我爸喝醉酒时候和我说的。田一生说："大人们说这个话是掩饰，宣扬读书无用论，但是他们并不清楚社会这本书应该怎样去读，我也正在研究。"他说完就背着书包走远了，我看着他轻快的步伐，心里有些羡慕。

坦率地说，尽管我和他形影不离，在很长一段时间里，我都不知道当时田一生是如何混社会的。他和我感觉的混社会不是一回事，他不抽烟，不喝酒，在校门口三五成群的"社会青年"里也没找到他的踪迹，也从没看见他在网吧和游戏厅打什么游戏。他混社会混得不声不响，即使是对于我也守口如瓶，不过也不单单是他有事情瞒着我，我也有事情瞒着他，比如说，我和赵亦一开始谈恋爱了。

我和赵亦一的爱情故事是那样没有新意，还透露着一些庸俗的阴谋，但还是请你听下去。和赵亦一的恋爱开始于一次不期而遇。那是高二的一个周末，天是青灰色，颜色像是乡下起老式房子用的青砖。刚下完雨不久，我从物理老师的辅导班出来，斜挎包里是老师刚刚密密麻麻手写的一套卷子，心里在盘算着一只小球从墙壁落下又被一个斜着的不规则方块卡住之后的受力分析之类的事情。我就这么漫不经心地走着，路面上湿漉漉的，我尽量避免水坑，走到不远处的一个小超市。看到超市，我就暂时不去想小球的事情了，我掏出口袋里的几个硬币，想买一瓶可乐喝。我走进货架，心里盘算着是买一罐易拉罐还是买一整瓶塑料瓶可乐，就在这个时候，从可乐的瓶盖上面的缝隙中，我看见了货架另一边，我熟悉的一个人在对面。我走过去，发现是赵亦一，几年不见，她还是像鸡群里的白鹤。而那时，赵亦一也正踮着脚够一样东西。我走过去，帮她拿下了货架顶层的一包薯片，她抬头，倒是一下认出我来，我心里莫名地开始雀跃。她说："黄端午，你也住这附近？"我摇了摇头，说："我来补课的。"就这样，一瓶可乐变成了超市旁边葡京小站的两杯奶茶，赵亦一分享了和我分别五年时间里的一些事情。她说，她到学校认识了新的同学，是周围学校一个老大的哥哥，她还说现在的班主任是个老色鬼，总是不经意地握着她的手给她辅导功课。我一边耐心地听着，一边若有若无地吮吸着杯子里的奶茶。她说话断断续续又没有逻辑，像是一个人在漫不经心地绕着路，始终不肯切入我们都早已看到的那个路口牌。奶茶喝到见底，只剩吸不上来的珍珠，到这时候，她才终于开口问到那句话——尽管她的语气仿佛只是出于一个老同学之间的简单问询——"对了，田一生最近怎么样？"

我松开已经咬得扁扁的吸管，避重就轻地将田一生的故事说了一遍，在故事当中的关键节点，适时地插入自己虚构的部分，并指出，作为田一生为数不多的挚友，在过去五年里，从未停止过对他的关心与照顾，更是在数次关键时刻，将他从堕落的深渊反复捞起。赵亦一的反应证实了我的猜测，她应该对田一生的故事有所耳闻，但没有想到故事的参与者和缔造者之一就坐在她的眼前，和她一起喝十块钱一杯的珍珠奶茶。透过赵亦一的眼镜，我看到她眼睛里奶茶店的灯光点点闪动，心里不由得对自己刚刚的鬼话也信了几分。从奶茶店出来，我找了个公用电话打电话回家和我妈说，晚上不回去吃饭了，要在学校做完老师布置的习题再回去。实际上我和赵亦一在周末学校的自习室一起，度过了很长一段时间。她静静靠着我，头发上的洗发水味道往我鼻子里面钻，瘦小的身体颤抖着发着烫，烫得我心烦意乱，胡乱地填好老师布置的作业。等到天黑透，我送赵亦一回家，在她家门前的一条巷子里，在一根孤零零的电线杆下，忽然一个感觉顶住了我的喉咙，我看着她，她也看着我，不讲道理地忽然拥抱在一起。我微微弓着身子，弯着腰和她抱在了一起。拥抱结束后，赵亦一搂着我的耳朵说，田一生当时和她第一次拥抱也是这样，当时她还不知道，现在她知道是怎么回事了。说完她头也不回地往家里走，而我的手里攥着一张字条，上面有她不知道什么时候手写的电话号码。

是的，和我们在同学聚会上、在婚礼上宣称的那样不同，我和赵亦一在这个时候就开始约会了。在此之后的每个周六的晚上，我们都会在那家超市见面，去葡京小站点上一杯珍珠奶茶，然后在学校里自习一下午，最后以一个短暂的拥抱结束约会。再后来，不仅是拥抱，在立冬之后的第一个周末，我在漆黑的巷子里亲了她，我心里最后一块小石头轻快地落了地，一路向远方跳跃，直至不见。

在高考结束后，高考没有放榜前，我计划和赵亦一来一次甜蜜的毕业旅行。为此，我筹备了有一段时间，拿出四年的积蓄换了两张电影院的门票和跟赵亦一夜不归宿的机会。演唱会人群拥挤,手机没信号,但气氛不错,我努力配合着演唱会的气氛,心里打着锣盘算着几小时后两人即将完成的某件事,捏着她的手心里不断渗着汗。演唱会结束后,我和赵亦一往外走,发现在门口的地方,田一生正站在那儿。他手里提着两个空麻袋,穿着一件样式怪异的马甲,里面装满了鼓掌器、应援牌和样式各异的头戴饰品,这些东西不停地闪着光,在漆黑却湿漉漉泛着光的地面上,投射出一个五彩斑斓的影子轮廓。他远远看见我和赵亦一,我也瞬间明白他是怎么混社会的了,我一下子冲上前去,狠狠抱住田一生,哭得跟个鬼一样。

但不一会儿我就冷静了下来,田一生示意我在一边等一会儿,老练地接受场地里各个角落钻出来的商贩的汇报。等到人都走得差不多,他拍了拍手里的东西,说:"今天情况还不错。走吧,请你们吃好的。"然后找了辆车,把东西收拾完之后,带着我们直奔一家看上去档次相当可以的饭店,给我们点了一桌帝王蟹和牛排,自己则掏出边角卷着的笔记本,舔着手指头飞快地做记录。我是第一次吃帝王蟹和牛排,也是第一次认识到味同嚼蜡是什么意思。这顿饭丰盛,但我们三个都没什么胃口。

从那时起,我才知道田一生的混社会是什么意思。他花了半年时间,将整个省城转了一圈,找到演唱会的生意,承包了我们镇上几个已经半死不活的玩具厂,说服他们转而生产印上明星名字的应援牌,再组织人员来,在每一个有演唱会的晚上,来此兜售。那天晚上,我和赵亦一还有田一生一起开了一间房间。我一夜无眠,一边听着田一生那边响起均匀的呼噜声,一边惦记放在口袋里的圆形玩意儿,盘算着下一次等到它派上用场是什么时候。

事实上，它在之后不久就派上用场了，只不过没有像这天晚上的精心策划，而是属于未来千千万万个寡淡日子的其中一个，我和赵亦一心照不宣地一起吃了一顿饭，再走程序似的完成了这个仪式。我们升入大学之后，田一生已经赚了足够多的钱，"钱不是好东西，可我用它买来了自由。"

田一生马不停蹄的下一个人生目标和他的生意有关。他在大学新生晚会的那天晚上在宿舍的床上，盘着腿向我阐述他的"经商之道"。

"人总是愿意为买不到的东西买单，这样就自以为能够控制这些。操控欲避无可避，是人性缺陷。"他竖起一根指头和我说。

"那什么是买不到的？"

"时间和感情。"他的回答依旧这样简短。

看我一脸疑惑，他继续解释道："买不到时间就想去购买经历，买不到情感就去采购浪漫。"而他的新生意，则是将这二者结合。在做荧光棒生意的时候，他发现了一种新型的装置。简单来说就是，一种罐头——阳光罐头。这是商家为了卖货而营销的概念，本质不过是一小块光伏板、一只可充电电池、一个小灯泡和一个装扮得花花绿绿的玻璃罐头。但田一生把这个罐头玩出了花样。他先是采集了每一个特殊日子的太阳光，再将它封存，在罐头里放入当天拍摄的阳光照片，来特殊定制"某一天的阳光罐头"，再将其卖给未经世事的情侣们，让光电效应作用下的小玩意儿成为他们浪漫的证明。"阳光罐头"销路走红，相应的连罐头厂商和收废品里的玻璃罐头价格也水涨船高。我们镇上开始宣布引进光伏制造的企业，连我爸和田一生爸的阀门厂也单独开辟出一条生产线，专门用于生产单晶硅。生产线投入的那天下午，正好是我大一的第一个寒假，我正躺在家里的床上，听到远处的高音喇叭，发出刺啦的声音，我听不太清楚，只听见"奋勇争先"和"砥砺前行"之类的话。单晶硅生意没能持续多久，大约过了一年，因为污染和高耗能的问题，加上资金筹措上的困难，阳光罐头的生意宣告破产。各路记者蜂拥至我们镇，其中一个看上去最木讷寡言的记者回头写了一篇洋洋洒洒的调查新闻《阳光罐头：究竟是浪漫还是生意？》，引来不明就里的专家口诛笔伐。家门口的玻璃罐头又跌回了一毛钱一只，几个采购的厂家门口排起的卡车长龙也渐渐消散。但这一切，对于始作俑者田一生来说并没有太大影响。在这场群情激荡的淘金行动里，田一生转变了他的人生态度，慢慢对混社会失去了兴趣。他开始不那么激扬地去宣扬目的和结果，不再随身带着笔记本和计算器，他和我说，到他这个份儿上，相较于结果，他更在意过程。

　　田一生的新计划宏大却缺乏具体的目标。渐渐地，他不仅仅满足于收集特殊时间的太阳光，而是变身成为一个嗅觉敏锐的猎手，带着相机和成堆的单晶硅光伏板，捕捉每一个特殊时间点的阳光。他去采集过每年照到我们城市的第一缕阳光，也采集到秋分时节，刚刚掠过日夜分割点的太阳光，他甚至收集了一百个心碎的人眼泪里反射出的太阳光。随着捕猎阳光事业的不断推进，田一生对于捕捉阳光瞬间的要求越来越苛刻。大四的某一天，田一生突然跑到我的宿舍，暂停了我正在玩的游戏，让我去网上搜索关于极光的照片。"不知道极光是不是可以采集到？"他在我研究了一番之后开口说道。我一时语塞，脑子里还在盘算刚刚没有上得去的高地，不知如何回答。田一生接着拿出一张纸，上面有圈有点，有零有整写满了公式，说："我算过了，大概在三个月之后，在南极会有一场壮观的极光。"我说："你不会想过去吧？"他点了点头。"可是再过三个月就是我们的结业考试了。"我善意地提醒他。田一生听完盯着我看了一会儿，仿佛我们互相在说什么不得了的玩笑话。

"真是不知道他整天脑子里在想些什么。"

晚上我在宿舍走廊尽头，倚靠在栏杆上给赵亦一打电话的时候说道。因为地处偏僻，宿舍老旧，导致每个房间都好似信号黑洞。赵亦一在距离我一百多千米的另一所师范学校里，为了和她每天晚上通电话，我走到走廊尽头来给她打电话。走廊另一头就是一条大马路，来往的卡车司机并不会在意我因为信号不佳而相当细语的悄悄话。所以，我和她几乎什么都说，甚至隐隐然开始规划未来，我打算去哪座城市工作，我想要买一栋什么样的房子。但我和她已经有一阵子不去谈论田一生了。之前我看书，学到一个概念，叫房间里的大象，这本是一句英国的谚语，指那些本不该被忽略却被刻意忽略的东西。在我看来，田一生就是我和赵亦一房间里的那头大象。我们在狭窄的房间里，尽量谨慎地绕着大象行走、交谈、饮食起居，却从来不提及，仿佛房间里从来没有这只大象。可田一生这只大象从不安分，他会甩动鼻子、挑动象牙，甚至会时不时地喷起水花，叫上那么一两声。总之，在这天晚上，我和赵亦一聊了一会儿之后，再也无法忍受这只大象，主动提起了他和他的极光计划，隐瞒了我后来问出的那句话。赵亦一却一点都不奇怪："他本来就是那样的人，我一点都不奇怪。"

我想问她是哪样的人,但话到嘴边却又说不出口。"你觉得他会去南极吗?"赵亦一问。这个时候手机的信号忽然断了,我没有回拨过去,因为我知道这个问题赵亦一和我一样有了笃定的答案:"他一定会去的。"

第二天田一生就不见了踪影,学校在他罢课两周的时候宣布了将他开除。而田一生一去南极就是好几年,渺无音讯。在田一生去南极的这段时间里,发生了不少事情。比如,我爸和他爸所在的镇阀门厂被另一家大型企业收购,在收购清算的过程中,田一生他爸因为私吞厂内财产,险些被人告上法庭,后来疏通了些关系,免于牢狱之灾,但背上了一屁股债务。我爸也因为人员调整,提前退休,赋闲在家,靠着一个月一两千的退休金过起了悠闲日子。比如,我如期大学毕业,进了省城当地的一家房地产企业。其时正是省城房价蓄势待飞的阶段,四个月不到,房价翻了一倍。作为一只春江水里游泳的鸭子,我在家算了几天,利用员工资格,顺利排上了一套小居室的号,并且在一段时间里,靠售房业绩的收入,攒够了一套房的首付,理直气壮地和赵亦一订了婚。订了婚的赵亦一不再像是鸡群里的白鹤,她敏感而易怒。从早餐是喝白粥还是喝牛奶到晚上睡觉前究竟是谁先去洗澡,我们经常因为这些琐事而互相争吵,争吵带来疏离,疏离在这座城市又变得尴尬,因为共同买房的身份,我们绝口不提离婚,像是勉强在一个窝里互相取暖的两只鸟,头望着不同的方向。晚上睡觉、做爱都像是例行公事,做完后两人互相背对背躺着,无言地玩着手机。在前一年的春节,赵亦一忽然开口和我说:"找个时间,春节回去一趟吧。"我愣了半晌才回她:"是要回去一趟,好久没回去了。"

从省城回到家,生活像是从开了倍速回归到原有的状态。我爸爸退休之后改变不大,无非是从一个暴躁敏感的中年人变成了一个随遇而安的中老年人。我妈还是和田一生的妈妈处得不错,只是有了我这几年的成就,田一生的妈妈和我妈妈年轻时你追我赶的气氛缓和了不少。两位都年近半百的老太太互相安抚、照顾,像是真正意义上一辈子相濡以沫的好姊妹。发生最大变化的就是田一生的爸爸,他现在不再是田总,大家喊他老田,他似乎还有些不适应。回去的几次聚餐,他甩脸子走了几次。在我即将动身离开家乡,和赵亦一准备返回省城的时候,田一生妈妈找到我,给了我一个包裹,说田一生几天前就回家了,一直闷声待在房间里,让我把这个交给你。在路上的三四个小时里,我不知道怎么过的,思绪绕成了又软又硬的一团乱麻,好容易挨到家,我找了个借口把自己关在那个一室一厅的小居室的卧室中。我在空无一人的房间里打开罐头,里面依旧是一个熟悉的阳光罐头,我按动按钮,小灯泡发出的光照射在天花板上,确实和极光有几分相似。玻璃罐头里面放着一张照片,夜空中绿莹莹的极光晃动,像是起舞女人的裙摆。后来听我妈说,田一生回来后不久,就拿钱出来帮自己父亲还清债务,从此定居下来。其他的事情我没细问,我妈也没细说。

今年绩效不错,我升职又加薪。拿着刚发的年终奖,买了辆豪华品牌的轿车。所以这次春节,我主动和赵亦一提再回去一趟,颇有些衣锦还乡的期望。放假之前,这个地处江南的省份不止歇地下了一个月的雨,像是永不满意的怨妇,到了真正放假这天,又突然放晴。我开着车在路上，迎着难得一见的好天气，我心情不错。到家之后，赵亦一说有点事情要出去一趟，我也准备给我妈去买点年货，开上新车去大街上转悠，期望碰到几位以前的老师或者同学。转了半天，在某个人来人往的街上，我一眼就看到了田一生。他瘦了特别多，动作也很慢，和古稀老人一样，背着手，一点点爬着一座拱桥边的人行道，我往前开了一点然后停下车，看他的脸。他虽然面相上没什么改变，但精神已经像和腌渍过的咸菜一样。他失去了精气神，也像是一团已经稍晚后冒着气儿的烟花筒。我招呼他上车，他一句话没有说，一屁股坐进副驾驶，眼睛盯着前方。我和田一生认识三十年，从未有过一秒钟的感同身受，但就在这个点上，我忽然有一种奇怪的感觉，我就是他，我完全知道他是怎么想的："今天是个好天气，会有一个好黄昏，值得去看一看。"想到这里，我把车挂上S档，逆行穿越来往的车流，闯红灯，向着城郊开去。

二十分钟后。我和田一生并排坐在顶楼天台的边缘，下面是车水马龙，远处一轮夕阳慢慢往下落。我点起一支烟，递给他，他佝偻着背，缓慢地抽着，太阳光照得他的眼睛微微眯起，照得他整个身子如同金铸般反着光。我想问他很多事情，想炫耀很多事情，也想抒发很多事情，但我终究一句话没有说出口，我和他一起看着夕阳落下，他翻身走下天台，给我留了一张字条，上面是一个地点的经度和纬度。然后，我看着他下楼，远远走向夕阳所在的那个尽头，在尽头我看见一个影子在等他，过了会儿上去搀扶着他往前走。我知道那是谁，我也知道刚刚手机震动声里发来的讯息说的是什么，但我不去看，也不想去看。一滴眼泪在我都没察觉的时候滑落，正好反射出远方的一整个夕阳。

这是我最后一次看到田一生和赵亦一。之后我再也没回去过，也再也没见过他们，其他人也不知道他们去哪里了，就像那天的夕阳一样，消失了就没再出现。

但是我还是查了一下他给的那个地址，我用 GPS 定位找了一下，发现这是在布宜诺斯艾利斯附近的一个地方，似乎在一条漫长铁轨的旁边。而这个地址，是地球上距离我最远的地方，正好就在地球的另外一边。他可能在那里留了个什么东西给我。我想去找一下。

抱歉，今天晚上喝得实在是有点多，应该是喝得太多了，都影响到你打烊了。但是你可以再给我一杯酒吗？一杯就行了，金汤力，汤力水加双倍的金酒，因为我想明天就出发，所以在这之前，我想我或许可以睡个好觉。

打回原形

1

方明成醒来的时候，李于已经走了。

方明成醒了约莫五分钟之后，才从之前的梦境里挣脱出来——他昨天做了个冗长的梦，梦见自己身处老港片里的单元楼，被一帮似鬼非人的白面怪物追击——他欠身起床看了看一边，李于睡觉时压下的轮廓还在，气味还在，甚至于昨晚换下的胸罩和内裤还堆放在床头柜上，明显是刚走没多久。方明成在枕头底下摸了摸，一把抓住手机，看了看时间——七点二十了。

方明成翻看着李于在微信上给他的留言，此起彼伏、接二连三，都是三四十秒的长语音。他潦草听了几段，就切到了微博。这时候他才发现昨晚临睡前推的那条微博数据不错，已经三百多万阅读，底下的留言目不暇接。方明成挑了条有意思的，挑了条抬杠的，再挑了条提问的挨个回复。之后方明成翻了翻自己微信公众号的后台，发现也是塞满了信息。

方明成振奋起来，他潦草伸了个懒腰，起床把昨晚的脏衣服打包，预约了钟点工上门取件后，走进浴室。早晨的热水器有点坏了，出来的水半温不凉。尽管已经是五月中旬，手机信息前几天就连番提醒已经是小满，但可能房子里还是有些阴凉，有些湿意，隐隐透出点霉味。浴室灯坏了且窗子不透光，好在方明成的嗅觉敏锐，他用了几秒不到把自己脱了个精光，略微淋了淋，在黑暗中准确分辨沐浴露和洗发水，像是烹饪料理般将自己身体的各个部分抹上黏稠调料，冲刷干净。

五分钟不到后，方明成坐在桌前，打开电脑开始一天的工作，也就是打字。他和李于相识于大四，并一路爱情长跑到毕业，当年考研时，他以几分之差被调剂到精神病理研究方向，而李于的专业方向是大数据与人工智能研究。两年前，他和李于双双从大学硕士毕业，但和学软件工程的李于不一样的是，他主攻的精神病学要冷门很多。中国的一线城市，最不缺的就是李于这样的程序员，何况是最热门的研究方向。毕业后没多久李于就找到了一份软件构架方面的工作，负责 App 开发，可方明成却开始了漫漫求职路。

求职半年不成，方明成有些气馁，那段时间他在家无职无事，像个吃软饭的小白脸。但好在柳暗花明，方明成无聊时就在网上做些心理学科普，想不到意料之外地火了起来，顺水推舟，他开始专心做自媒体。这几年自媒体行情不错，慢慢地，方明成收入不仅稳定，也逐步优渥，不必靠李于的实习工资过日子。

分　身

　　就在去年的六月十二日，他和李于领证，但婚礼一直欠奉。两人凑了凑，也问家里要了点儿，勉强凑齐了一套房子的首付，虽然地点偏僻，也无学区，但好歹算是在这座大城市落下了脚。

　　和其他做自媒体的人不一样，方明成做自媒体全靠单打独斗，没有签约公司，也没有雇用大学生做枪手。但这样一来，就全得靠自身勤勉。他虽然没有妻子的工作准时准点，按部就班，但自媒体说三分靠天分与运气，七分靠才华，剩下九十分就是靠日更。在网上写作带来的名利双收的快感像是填不满的黑洞，驱使着他前所未有地勤勉工作。方明成按照考研时候的作息给自己安排了工作计划，除了早晨的时间略微宽松些，其他时间，看见热点就得扑上去。有次和李于做爱，做到中场休息处，他翻看信息发现一个热点，赤身裸体就趴在电脑前打字，留着李于在后面尴尬地玉体横陈。等他点完发送，转头准备重燃烈火，却发现李于已经穿戴整齐，刷着段子发乐。

　　除了在网上写文章，方明成也想了其他法子赚钱，他试过开网店、做课程、兜售课件PPT、代写论文和大学生就业辅导，甚至做过几天网剧的编剧和顾问，但最终让他赚到钱的是私人咨询。他向几个平台申请了付费提问的权限，虽然收费不菲，但来人络绎不绝。方明成发现绝大多数人其实没什么心理问题，相当部分是矫揉造作出的毛病。来提问的也大多数类似于"如何走出失恋阴影？""如何面对童年魔障？"等问题。这类问题，同理心比专业性更重要。于是仗着专业背景与还不错的聊天技巧，方明成收成好的时候，一周的工作就抵得上李于辛苦工作一个月的收入。

　　于是他再接再厉，利用自身在大城市的优势，开通了当面咨询服务，只要预约，就能接受方明成的当面一对一心理治疗。这个服务收费更高，但每月都有人预约这个服务。通过这个治疗，方明成逐渐认识了在这个城市真正的"上层人"，他们收入高昂，工作稳定，生活体面，是这座城市名副其实的中坚力量。但心魔缠绕，让他们不得不寻求心理医生的帮助。去正规医院往往难以启齿，方明成提供了一个很好的出口，也无意中填补了一类空白——他提供的咨询兼具绝对私密性与高端定制性，精准命中这类人的痛点。通过几个月的治疗与经营，方明成确信已经逐步步入这个圈子内，他通过老客户的相互介绍，已经有了自己的客户圈。

方明成忙了一上午，把今天要写的文章准备好，这时候私信来了提示，显示有人预约一对一的单人咨询。来者十分爽快，直接通过小程序预约了第二天下午三点的心理治疗，并快速付清了全款。方明成立刻给了回应，心里有预感，这似乎是条大鱼。他立刻点了确定。

转眼到第二天，李于这天去了隔壁城市做用户调研，到晚上才能赶回家。方明成则开始做准备，换上了紫罗兰色的厚重窗帘，也用上了在日本找人代购的提神香薰、磨好网购的巴西咖啡，在等这位大鱼上门的时候，咖啡慢慢吐出泡来，味道蔓延，带有巴西咖啡豆独有的香草气。

正当香薰机和咖啡的气味不相上下，方明成对着表数时间，三点整，门铃响了起来。

很准时，或许太准时了一点。方明成边想边打开门，门外站着一个男人，看上去三十上下，穿着POLO衫和卡其色的休闲裤，脚上却穿了双不太搭这身衣服的健步鞋。不过全然看不出牌子，左手腕上微微露出 iwatch 的黑色轮廓，小臂健硕有力，应该是健身爱好者。心里大概有了底之后，方明成堆出满脸笑容，侧身将他迎了进来。那个人则伸出手，方医生对吧？麻烦了麻烦了。

进入屋子后，方明成示意客人坐在对面的扶手椅上，扶手椅旁边 MUJI 的香薰机正在吞吞吐吐白色水汽。客人有些拘谨，双手放在腿上，两腿交叉并拢。

咖啡还是茶？方明成问道。

嗯……咖啡吧？

方明成倒出咖啡，放好奶和糖，那个人迅速接过去，闻了一下，皱起眉头，但随后道了声谢谢。

在进行了简单寒暄后，方明成知道这个人姓汤，叫汤哲，是一位大学的教员。见汤哲已经进入状态，方明成调整好放在衣服内衬口袋里的闹钟，说：要不汤先生，我们现在开始吧？

汤哲点了点头，说，我见鬼了。

2

这几天天气有点转冷，天气预报说可能会有大雪。李于特地翻出了半年前的夏天在网上买的驼毛围巾。她和方明成住的小区刚刚落成，小区的暖气协议还没签好。而且当时方明成和李于挑的这间屋子坐南朝北，每天只有傍晚能透着窗户看见夕阳在矗立的高楼顶上露出一点余晖。这让他们的冬天十分难挨。李于身子骨弱，具体体现在怕冷。别说寒冬，就算已经开春也会把自己捂得严实。因此，每天晚上李于钻进被窝的时候，都能想起多年以前在语文书上学到的那句古文："布衾多年冷似铁。"

李于不算传统意义上的美女，和出生南方的方明成不一样，李于的五官长得开阔却不精致，嘴唇大而阔，颧骨微微突出，但长得十分有气质。气质这种东西看似虚无缥缈，但仔细看下来无非只是合适。李于的穿搭衣品都好，她特别善于在有限的选择下，穿搭出最适合自己的衣服。和方明成在一起之后，两人生活一直在拮据的边缘来回打转，但她总可以用折扣优惠的衣服、过季购买的饰品和断码尾单把生活过得游刃有余。能够这么做的另一个原因是，李于拥有一副人人钦羡的好身材。她身材比例恰到好处，两腿直白且修长，身子的骨架匀称，严苛的衣服尺码也会对她宽容。

虽然成长在北方，但李于除了长得像北方人，身体一直不北方。她不适应北方的天干物燥，证据就是每年冬天都会流鼻血，身子有点虚，而且她确实怕冷。每晚钻进被窝，李于都要做一番思想斗争，像是洗澡时刚刚下水试温的人，一点点探进去。方明成学医，多少了解点中医常识，知道身体体弱怕寒的毛病想治好并非一蹴而就，而是依赖慢慢调理。方明成晚上睡觉晚，自从开始做自媒体，每晚都要在电脑前忙活很晚，李于对方明成醉心的工作既无建议也无什么兴趣，他们虽然还没结婚，但在恋爱时就养成了各自独立的习惯，按照网上流行的说法，叫"保持30%的神秘度"。李于身上有一种迷人且自洽的独立性，像是独立生长的一株植物，不蔓不枝，两人算上今年也算恋爱七年，都处在一种微妙的平衡感当中，又像是凭借巨大的惯性往前踱步前进。

李于看了看 Kindle，睡前看半小时的书是她多年养成的习惯，在 Kindle 上她买了一本计算机编程构架方面的书，单位最近要做一款私密聊天 App 的开发，李于得做做功课，可看着看着眼睛就睁不开，沉沉睡去。第二天早上李于醒来的时候，身旁的方明成正攒成一团睡觉，像个刺猬。这是方明成的一贯特点，方明成大部分情况下吃穿不挑，但唯独对睡觉要求严苛，不见光不见声，而且不喜欢别人碰他，睡觉的时候缩成一小块，这是他多年养成的习惯，和李于同居多年也改不了。李于看了看表，发现时候不早，蹑着手脚起床洗漱，出门上班去了。

北方冬天的早晨总是蒙着层雾，连带着煤炉的气味往鼻子里钻。天空刚亮没多久，隐隐可见天尽头的深蓝色正在过渡成明黄，可一路的公交车、连锁包子店、刚刚排上队的煎饼铺子、零散罗列挂着二维码的早餐车、穿戴严实戴着耳机步履匆匆的年轻人已经早就摆好阵势，繁忙很久了。

李于裹着围巾，手握买的糍粑和一小提豆浆，赶到公交站台。他们住的地方在城东头，偏僻却离始发站不远，如果顺利往往能在公交车上找到空位。公交车摇晃驶来，她跟着人潮走上去，在角落里找到处位置坐定。今天运气不错，在角落靠窗处还有一个位置，李于不动声色地坐上去，三两口吃完早餐，估摸着到站还有一个小时，就靠着窗打盹儿补觉。

没过多久李于就觉得有股暖流顺着自己的鼻子涌出，她闭着眼睛但意料到事情要糟，果然在睁开眼的时候，李于发现自己的白裤子上已经沾上了血迹，她利落地掏出化妆镜，发现鼻血已经滔滔不绝，善不甘休。李于仰起头，以求助的目光四处看，但大家似乎都在看笑话，车上人多如潮，光是站立就很费劲了，更不用说施以援手。一时间李于手足无措，不知如何是好。幸好这时，一个人递来一张手帕。李于低声说了句谢谢，拿起手帕料理血迹，手法熟练，如同久经沙场的冷血杀手。处理完之后李于才注意到手帕已经被自己的鼻血弄得血迹斑斑，就像凶案的陈堂证供。手帕虽然看不出牌子，但手感不错，凭感觉是纯棉，加上刺绣的名字，弄不好是私人订制的用品。现在被自己擦上血迹，恐怕难复旧观，心里更是歉疚起来。她抬头寻找手帕主人，却发现他就坐在自己后面。她一连声地致歉致谢，男人似乎比她更紧张，说，没事的，没事的。

先生您哪一站下？李于问道，心里打定主意要赔偿手帕的损失，男人愣了下，说，西桥北站。李于心里一宽，原来是和自己一站路下，便说，一会儿我和您一块儿下车！

到站之后，李于和男人站在路边，李于诚恳地致谢并致歉，说，手帕您给我带回去吧，我洗干净了给您送回来。话虽这么说，但手帕能否洗干净，其实李于心里没底。那人似乎比她更紧张，整个人紧张地打着摆子，眼神躲闪地说，没事的，一条手帕。但李于性格上的强势在这里起了作用，她加上了男人的联系方式，并约好改天见面。

和男人告别后，李于发信息向方明成叙述刚刚的惊魂未定，方明成象征性地回了几条，后就杳无音讯。到公司后，李于碰上了在公司门口徘徊如无头苍蝇的张芬。李于公司庙小妖风大，CEO四十有余，革命风气严重，比如把李于他们公司不多的女程序员放在一个组，说要成立互联网界的"红色娘子军"，进行公司创新App孵化，张芬是头儿。张芬看了眼李于脸上和身上，说，怎么？今天迟到是因为刚杀了个人？李于三言两语解释了下发生了什么，张芬随后默不作声，没多久递来一张湿巾，并嘱咐小吴一会儿倒一杯无糖无奶的美咖来会议室。

张芬急也有原因，这次的项目确实急，公司要做的是一款社交App，主打私密性和陌生人社交，但刚刚听到风声，国家下个月开始要加大对于社交App的审核力度，估计要在下个月前完不成上架，这个项目就算黄了。李于看张芬在昨晚让小吴临时赶的PPT前上蹿下跳，心里有了丝恻隐。张芬比她早进公司两年，正宗PKU和MIT的双料高才生，岗级比她高两级，级别还是T9，老公从美国回来后一直在大学里做科研，他们一家比方明成和李于更体面也更加稳固地在这个城市落地生根。但李于一点都不羡慕她。尽管张芬看上去应当比李于过得更舒服，但实际并没有，在互联网这个行当，职位越高收入越高往往带来的焦虑就越多。越成功越焦虑，人人都像争抢地盘的野兽，为一点点资源剑拔弩张。张芬说话语速如机关枪，头发常年不理不弄，素面朝天，穿着休闲，头发乱如稻草，仅依赖一根头绳勉强束缚，可好在杀伐果断，又大粗小细，李于和张芬于公于私相处得都还不错。但李于和张芬的性格不同，即使在工作压力最大的时候，她也绝少加班，同时，公休、探亲乃至病假，她该休的假期一天都不会少休，甚至还会在某个时候，逃离办公室，偷偷背着电脑去科创园里的花园咖啡店里，对此她义正词严："写代码也需要灵感，长期待在办公室写的代码会出Bug。"好在她写代码的效率堪称全公司之最，仿佛她身体里有一个开关，按一下是闲适懒散的艺术家，再按一下就是绝对严谨没有感情的代码机器。

张芬在上头滔滔不绝，说完业绩说形势，说完形势说数据。李于就盯着黑板上张芬写下的三个 S：Safey（安全性）、Secret（私密性）、Sexy（性），再看她毫无美感地在台上咆哮张小龙说过的那句名言"性是第一行动力"，心里忽然有了个主意。她罕见地举手，说，我有个想法，觉得挺适合尝试的。

会议结束后，张芬挽着李于的手，面上难掩喜色，刚刚李于的建议得到了大部分人的肯定，下面就可以开始写策划案报分管副总了。坐上工位后，李于收到了张芬的红包和感谢。李于收下红包后喜滋滋地发了个表情包。张芬趁机又见缝插针地夸了下李于，哎李于你今天这条围巾挺好看的，在哪里买？李于推了链接，张芬发了一个大拇指。

李于靠在椅子上想，如果不是生活紧迫又磨人得像高利贷催债，张芬又何尝不是个可爱的女人。

3

四月一过，漫长冬天染上的寒气还没痊愈，可天还是悄悄黑得很早，周围的草木还未繁盛，但已蓄势待发，像渐渐绷紧的弓弦。花倒是爆炸似的疯长，迎春、杜鹃、牡丹和长成一串一串带着腥气的石楠，层层叠叠沾染在道路两侧，像是人用排笔蘸墨水抹上去的。

汤哲最近下班都比平时略晚了一点。在大学任职就这点好处，作为项目组的成员，比较长的时间里都是按部就班，很少和互联网从业者一样加班，每天的工作量固定。本来以他的资历可以和大部分同学一样选择一份互联网的工作，但他实在很讨厌逼仄的生活，所以宁愿在学校里做科研。汤哲发现自己最近下班在学校待的时间逐渐变长，哪怕实验室已经空无一人，他还是会盯着MATLAB的曲线做着无意义的核实。

汤哲话不多，这是他少年时就养成的习惯。在高中的时候，他就少年老成。有天和妻子在家看照片的时候他惊奇地发现高中时候的他除了比现在瘦弱很多，其他几乎没有任何变化，神情严肃，戴着老式的半框眼镜，穿着带领短袖和布料裤子，他甚至顽固地使用手帕、现金，到任何地方都坚持不使用公用Wi-Fi。尽管做的是目前最前沿的互联网安全研究，但汤哲却固执地不肯使用大部分免费或者共享的东西。如果有人闲而无事，遍访他小学、初中、高中和大学，会发现相较于其他人，汤哲身上的变化顽固且不化。汤哲读过一本书，叫《巴顿·本杰明奇事》，讲述的是一个人出生时是一个老人，然后逐渐年轻的故事。汤哲有同样的感觉，仿佛他这样的一个人，就从来没有年轻过。

但最近汤哲觉得自己年轻了不少，活力在他的身上生根发芽，他开始注重穿着并开始健身，小臂长出健硕的肌肉，衣服也经过精心挑选。他还给自己买了一块时髦的运动手表。有点让他返老还童的意味，他在校园里快走，赶向校门口的那班公交车。公交车已经过了高峰期，又没到隔壁科技园的下班点，因此除了在外散步晚归、在座位上渐渐打盹的老人外，显得罕见的冷清。汤哲坐上车，有几位老人认出他来，和他打招呼："汤老师，今天还是这么晚啊？"汤哲微微点点头，露出灿烂的笑容。他蜷进边上的座位，看了看周围无人，摸出手机来。接连点开手机的四个文件夹后，手机提示：是否安装"Spirit.exe"？

汤哲点了确定，一个全黑色的、几乎和手机背景色一样的App慢慢安装好了。他点开App，熟练地输入用户名和密码。App像是一个未做好优化的测试版，App上显示了四条未读信息，但全部被闪烁不定的马赛克掩盖。汤哲点开一条信息，马赛克散去，上面写：我好想你。在阅读完这条后，信息慢慢消失。下一条是：今天上班的时候穿了你送给我的那条内裤，蕾丝的不太习惯，有点勒人。再下一条是：下次见面穿给你看好不好？最后一条是：明天见面的地方我明天发给你？

公交车开得不紧不慢，但总算到了汤哲小区门口。汤哲孤零零地下车，穿着廉价礼服、戴着对讲机的保安看到汤哲来了，朝汤哲微微鞠了一躬。汤哲点了点头，走向家所在的单元。他抬头看了看，家中的灯还未亮，妻子还没回来。他又掏出手机，确认了一下未读信息，然后删去那个神秘的App。打开门后，柠檬清新剂的气味蹿入鼻子。他才想起今天是周三，是钟点工打扫的日子。汤哲打开灯，旁边的厨房里用保鲜膜存好了三菜一汤，这也是妻子在网上订好的饭菜。大城市生活的便利在这一刻才体现出来。几乎只需要动动指头，就会有田螺姑娘走入你的房子，帮你安妥好一日三餐。尽管这几个经常出入他家中的田螺姑娘们他自己都不认识。想到这一点，汤哲觉得有点荒谬又魔幻到不可思议。他摇了摇头，把热好的饭菜放在桌上，又放好碗筷，接着双手合十在胸前，像是冥想，又像是在祷告。

第二天，汤哲收到了App上发来的信息，是一处隐秘的公寓和一串密码。他掏出准备好的口罩，按指示走到公寓20层的46号房间。这处公寓楼已经年迈，电梯发出不稳的声音，像是筋骨不好的老人。这种老式的公寓楼现在若不是地段金贵，必不会像现在这样固若金汤。在这种公寓楼里盘踞着上百家钟点旅馆，只需网上预订和密码锁就可以享有四小时，方便快捷且不须身份认证。汤哲看着同电梯那个香气四溢且化着浓妆的女人挽着男人的手和那对左顾右盼的学生情侣走出电梯，安心等到20层。漫长的楼道狭长且逼仄，两边是石灰墙粗糙地留有痕迹和涂鸦。汤哲走到46号房间，身体慢慢蓬勃起欲望。他按照提示输入密码，推开门。房间一片漆黑，却弥漫着诱人的玫瑰香气，窗帘拉得严严实实，仿佛占卜命运的密室。他梦游似的走进房间，像是被无名的魔笛诱惑的孩童。房间里久候多时的女人将他拥入怀中，身上的薄纱粗糙地勾人，再往里是更细致的摩挲感，蹭在皮肤上，梭梭刺人。黑暗里，两人像是刚刚洗澡下水的人，丝丝地叹息混杂呻吟，分不清是痛苦或是愉悦。房间内气味杂糅，香薰混杂汗水，渐渐汤哲感觉一切都在消失，他没有实体，灵魂渐渐出窍，又无比沉重，沉入看不见底的水面，再被翻腾到高处，变成旋涡，慢慢缩成小点。他头上绑上了绒毛的布状物，分不清天南地北日月星辰，一切进入永不见阳光的永夜，死亡和生命都生生不息却又虚无缥缈，只有感觉真实。

"这是什么？"

不知过了多久，在黑暗中汤哲对躺在他胸上的女人问道。

"驼毛围巾。"

4

六月明明还没过几天，天就下雨，随后又停，太阳伸展开来，空气里的水汽把马路、绿化带、楼梯隔间的间隙和空调维修的办公室都弄得闷热难耐，仿佛钢铁浇筑的热带雨林。

张芬盯着电脑上的表格的时候嘴里正咬着黑色的皮筋儿。如果有人盯着张芬办公室那间巨大的落地玻璃向里面张望一会儿，就会发现她保持这个动作纹丝不动，犹如狩猎的美洲豹。这是张芬的特点之一，张芬那个研究计算机的老公曾经做过一个精准的比喻——"如果别人的脑子是酷睿5双核处理器，那么你的脑子就是奔腾单核，经不起任何事情并行思考，而且经常会死机"。但比起这些，张芬更在意在表格密密麻麻数据中带来的死气沉沉——这是公司第三季度的财报，数据虽然没有表情，但她似乎已经看到半小时后CEO声嘶力竭的脸。这个季度的纯利润不仅下降，手头的App矩阵的活跃度更是出现雪崩式的下跌，市场上竞品App上个季度被大资本收购，竞争对手利用大资本的优势，拿出杀敌一千自损八百的气势对用户进行了亏本补贴，这无异于对他们的App进行了吮血食肉的狩猎。尽管对这一切已经心里有数，但看到真实的数字之后张芬还是因这背后的巨大落差而触目惊心。在看到财报之前，张芬刚刚准备梳理一下她散乱的头发，她已经有三四个星期没打理自己，头发乱蓬蓬地随意散落，但今天实在是太热了。

大概是专注时间太久，张芬觉得自己的奔腾单核处理器有点微微发热，她用手按了按自己的虎口——书上说这有助于放松压力，空调坏了的办公室里只有电风扇在无力招摇，她觉得空气沉闷如凝固成形的玻璃，但这和天气无关。其实张芬早就意料到，公司里有几位骨干察觉到公司现状，几个速度快的已经安稳地找好了下家，心安理得地在计算正常离职可以拿走几倍薪水。互联网时代的公司大致就是这样，人人都被培养成五感敏锐的野生动物，不管在团建的时候如何表现得亲如一家，在大厦崩塌前总能感觉到危险，并快速脱身。前段时间，张芬在 Kindle 上看《崇祯传》，她忽然对 CEO 心生怜悯，当然这种怜悯也有兔死狐悲之感，因为如果把公司比喻成王朝，CEO 比喻成崇祯，那手握期货，奉献青春的张芬就是陪崇祯上吊的太监，是大厦倾塌的殉道者。

张芬的头痛又犯了起来，她觉得喘不过气，起身走了走。她有中度躁郁，在一个地方不能安立太久。她打开手机，点开一个黑色App，App 上只有一个没有名字的联系人。张芬发了一条信息：

"明天下午有预约吗？没有的话，陪我一下吧。"

那头过了会儿回了一句："没问题的，老地方？"

"还是不去你那了，我找个地方吧。"

那边发来一句没问题，随后信息就逐渐消失。

张芬心里妥帖了一些，随后打开电脑开始给 CEO 写述职报告。写完后像是逃过一劫。她打开手机，忽然大彻大悟般地拿起包，掏出香水和化妆镜，她觉得自己应当逃离办公室。她觉得自己该当在街上、在美甲店、在每一个贵得吓人的奢侈品店里。人生物质且可爱，不必在这里和自己死磕，更何况她还应当有一场约会。

李于回到家的时候已经很晚，今晚他们同事例行聚餐，大概是知道要被裁员，很多员工都喝得神志不清。张芬迟到了半场，但出场惊艳了众人，她面容精致，浑身再造一般地穿上了看起来就价值不菲的礼服。她火速喝醉,红色娘子军们一起醉倒在KTV。她大着舌头和李于说:"有首歌说'败数要穿得好好再去败数'。李于你看我今天怎么样?"李于努力支撑着张芬,闻到了一股浓烈的香水,味道如刀子般。

方明成照例已经睡死,按照他的话来说,保持睡眠就是保证工作效率的前提。李于瘫坐在淋浴房的地上,任凭热水打在头发上,洗发水卷起的泡沫慢慢铺开,涌进下水道。她仿佛承受水刑的罪人,任凭水底在头顶在耳膜在脑颅里訇然作响,水逐渐变得滚烫,烫得她皮肤逐渐滚烫发热,烫得灵魂慢慢蜷起边角,变得不再如同清醒时那样妥帖。李于忽然张口吐了起来,她低估了苏格兰威士忌混杂绿茶水的威力,这种寡淡却混杂呛人煤油气的饮料如同见血封喉的利剑,把她肚子里的东西剖开,让她吐得昏天暗地。吐完后的李于介于清醒和模糊之间,她忽然想起方明成还不知道她也是即将被裁员的一员,她还发现方明成不知道很多事。李于忽然想起之前方明成在微博上分享的那个男人见鬼的故事。

在那个男人的故事里,他和某个女人相识、恋爱甚至交往了三个月。三个月后女人却消失无踪,仿似人间蒸发般。如同找不到杨玉环的李隆基,上穷碧落下黄泉,两处茫茫皆不见。

到这个时候男人才发现自己始终不知道女人的真实身份,直到女人消失那一刻,男人才意识到再也找不到女人。从身份到联系方式全部变成查无此人的空号,惊慌失措的男人找来方明成,希望他能帮忙排解。方明成只在文章的结尾说:"我不忍心告诉男人真相,但我觉得只要爱情实在发生过,哪里管他是人是鬼。"在这个见鬼的故事中,李于品咂出不同于方明成的惊心动魄,也觉得方明成的结语鸡汤有余却无实际用处。但其实想想，聪明如那个男人又怎么不会知道问题答案，人类就是这么奇怪，就算答案直白，也希望有聪明人能当面斥责，得到告解和救赎。

可李于却觉得男人已经足够幸运，她看了眼躺在床上已经睡死的方明成，心里忽然抓心挠肺地涌动了起来。她如同呼喊孩子的名字一般喊着方明成的名字。方明成睡眼蒙眬看了眼晚归且一身酒气的妻子，在迷茫中被李于扑倒。

已经记不清他们多久没有这样过了，方明成自己练健身，马甲线和胸肌纹路都清晰可见，李于瘦弱却如同庖丁解牛般精准地用手指摸光滑的脸颊、精心整理的胡须、不断抖动的喉结、深藏在两块背大肌的脊柱骨骨节、毛茸茸的深处。方明成的每一处弱点、每一处死穴李于都没有放过。女人就像驾马的人，始终握紧缰绳，男人不得不听从指令东奔西走，疲于奔命。他们又像攻防有序的战士，两人喉咙里似藏着呜咽的圩，悠长发着不同声响。方明成被妻子突如其来的进攻弄得狼狈不堪，但很快重整旗鼓，并激烈响应。在快结束时，方明成伸出手，去摸放在床头柜里的小玩意儿，但手狠狠被李于拍按在床上，她自上而下，似无止境地发起进攻，并很快拿下了战役的最后胜利。

李于躺在床上大声喘着气，两人一丝不挂，如同丑陋的猴子，李于一把抓来方明成的衣服，闻到衣服上的锋利如刀的香水味混杂香水涌进鼻腔，一切震耳欲聋却又缄默无言，一切奔腾不息却又岿然不动，一切城市一切喧嚣一切难以启齿又光明正大地变成闪烁光点，涌入李于的脑子里。她慢慢转过身，关上灯。发出一声类似呜咽的深呼吸。

出生入死

1

老沈肯定有事情瞒着我。

我意识到这点的时候,正和老沈翘了班在街边啃五块钱三只的卤鸡爪子。离单位五十米的地方,头上戴了块布的老妈子做卤鸡爪已经一十五年整,做的鸡爪闷得酥烂,嘴包上去只要一吮就能连皮带肉啃下来。老沈喜欢把这家的鸡爪连皮带骨都吮吃干净,骨头在他嘴巴里反复嚼,像嚼槟榔。

老沈当时正嚼脚拐子,这是老沈最爱吃的地方,用他的话来说刚中带柔,有吃头。他没头没尾说了这半句,吃完脚拐子才和我有一搭没一搭地说话。

老沈大概是每一个单位都会有的那种人,上班迟到下班早退,有事他脱身快,有好处了他第一个报名,上班没事的时候哼着小曲儿打蜘蛛纸牌，对新来的大学生恩威并施，无官无职也能指派小年轻们做事。老沈的蜘蛛纸牌玩得已臻化境，不同花色连号的基本三分钟一局，扫雷中级四十六秒，三维弹球一把能打两小时。老沈在岗位坚如磐石，像大理石上的黑口香糖，几十年如一日。他年轻时候就和我分到一个办公室，两人合作专门负责重大事故理赔，他审核，我申报。小地方大事少屁事多，一年下来除了少胳膊少腿的交通事故，很少听说有什么大事。我们单位有指标，规则简单粗暴，两个轻伤的算一个重伤，两个重伤算一个死亡，我们的指标每年不能死超过一个半人，超过这个数，我和老沈一年就白干了。都说人命大过天，可在我们公司人命值钱，正常走流程一条命一百多万的样子。两人搭伙几十年下来，老沈无事抓两把泥的性格在这个岗位上发扬光大，无事闲，可经他手的理赔基本大事小，小事无，也算天分。

张帆帆原先是老沈的徒弟，当年进单位的时候李庆国摸了摸自己还剩一半的头发说单位要创新人才机制，搞师带徒。找人正儿八经地起草了一份什么协议，还盖上了章。老沈当时拿到的那份协议的时候眼睛尖，章是糊的，"所以我挑着的这个徒弟也是糊的。"

张帆帆确实有点糊，他进单位的时候就是块木头，二十多的人什么规矩都不懂也不和人多说话。可也不算一无是处。久而久之才发现张帆帆虽然不太说话，功夫全在手上。单位里重装个电脑系统、换个保险丝、鼓捣下打印机，甚至偶尔粉刷下墙壁，帮摇摇晃晃的办公桌做个木头楔子，这种边角活张帆帆无师自通，基本手到擒来。张帆帆人不是本地人，但是离得不远，在隔壁省的某个村子里,好像有兄弟姐妹,但好像也没有。张帆帆不能喝酒不会抽烟,就连去夜总会陪老沈唱《大漠苍狼》都会跑调,老沈看不上张帆帆,我能看不出来,但老沈也占了不少便宜,再怎么说,张帆帆也是大学生,他老沈占了便宜。

老沈签了这个合同以后基本把张帆帆当奴才使唤,连打印初三女儿的习题册和家长实习报告都让张帆帆代劳。对此他理直气壮:按规矩,师父领徒弟,要端茶倒水,洗衣做饭三年三个月,张帆帆都免了,我对他是真好。但其实老沈除了过去几条法律条文和跟人讨价还价的本事,实在没什么能教给张帆帆的。他们这个师徒算是有名无实,但尽管如此,张帆帆当时离职,老沈仍然失魂落魄,原因主要有三:一是以后在单位吹牛逼,少了个听众,二是张帆帆以后没法帮他们家一个月定期疏通一次马桶了,三是张帆帆说是走人不如说是突然失踪,老沈连散伙饭都没吃到一口。

老沈这个人好就好在心直口快,好话坏话他一人能说圆溜。喝了酒以后尤甚,不仅喜欢喝酒还喜欢喝了酒骂人撒泼。但其实胆大心细,不骂领导骂同事,还是骂不在场的同事。张帆帆来了以后,基本就骂张帆帆。其实也没多大事情,但翻来覆去能说一个小时,说急红眼还会把酒杯和手机摔在绒布包着的地面上。

老沈不喜欢张帆帆,但逐渐觉得这个徒弟性格也挺合适,因此又忽然爱惜了起来。他认定了一个朴素的道理,师父的事情让徒弟做,徒弟被欺负了师父也得帮着出头。去年工会发福利,人人一桶油一袋米一份水果。张帆帆领到的水果烂了大半,老沈当天中午喝了点酒,拎着张帆帆的水果到工会理论,把烂了的香蕉糊在了工会干事的键盘上,并重新拿了两份水果回来——"师父是向着你的，谁欺负你师父不答应。"

我和老沈搭伙干事快二十年了，当年他腰别大哥大骑摩托车的时候我就认识他。他不算好对付，但好在藏不住心事，什么事情吃顿饭就说清楚了。他那天和我吃鸡爪子的时候眼睛一直在看手机。隔几分钟刷一次，说话嗓门也不大，就连鸡爪子钱都主动给了，这肯定是有事瞒着我。

我心里慌张，和老沈面对面坐，说话忽然像没了底气。老沈快吃完了才开腔，高扬我们俩搭伙做事也二十年了，你给我个准数，你上次股票弄杠杆亏了多少？我一听这个话，身上蒙了一层汗，说，也没多少，你老哥我就那点底子，你还能不知道，破碗破摔，能摔几个瓷来？老沈不接我话，把纸币混着硬币砸到桌上：老板，算账！

2

我这徒弟不是闷是被人下了降头。

我先前只是觉得我这个徒弟闷，但他和别人的闷不一样。我们单位的会计张天明闷，高扬他和我工作几十年了也闷，可是他们只是闷面不闷里。你就说高扬，你说他闷但是他傻吗？他一点都不傻，不仅不傻，还鬼精，不光鬼精，还骚。你看他平时老实，不说一句话，但是当年人民医院那个李贵敏离婚就是为了他高扬。丈夫结扎了还有了孩子，就是他高扬的。但是这孙子闷屁不放一个，李贵敏给他写的信我都看到过，他硬是不承认。现在李贵敏四十岁的人，到现在还是个值班护士，被人指指点点带着个女儿抬不起头，就是因为他高扬骚。

但是我这徒弟的闷不一样，他有时候慢半拍。喊他个事情，他得歇十几秒才有反应。就和我单位那个破电脑一样，点一下，等三四秒才动。他不吭声不出气，有时候坐在那里一整天连手指头都不会动一下。正常人眼睛里是有亮的，我听之前一个大师说过，眼睛里的亮点其实是一个人的三魂。三魂越好的人眼睛越亮，你看电视上那些领导演员明星歌星，眼睛都是雪亮雪亮的。是人都会亮，除非是快死的人。

我第一次看到张帆帆的时候他穿的就不像年轻人，他当时穿了个折旧的皮大衣，工装裤，上面还有个洞洞。哪有年轻人是这么穿的，他缩在那里，像只鸡爪子。当时李庆国把他领到我面前说，老沈，这个孩子是大学生，也是高才生，是我们单位多年来人才引进的硕果，也是我们单位璀璨的明天，这根好苗子就给你了。李庆国他就会放屁，就凭他一张上面的屁股说话，他看出来张帆帆这个人不灵光，故意弄来整弄我的，我沈石要什么徒弟，我一个人逍遥自在着呢，再说张帆帆就算是个苗子，但也是歪苗子，病苗子，做人我沈石要负责，不能和高扬一样。高扬什么人，高扬他说话做事都像放屁，我领了张帆帆进门，认他做徒弟了，就得认着，管他是木头还是木鱼，敲打敲打就好了。可是他姓高的以为我拿了天大的好处，天天拿徒弟的事情挤兑我，从此以后只要出现场的活都给我做，他高扬就安安稳稳坐在办公室操弄他的破股票。

但是张帆帆这个徒弟也是越来越不长进，开始的时候我也觉得只是闷，但后来才发现他没那么简单。我找时间敲打他，带他去饭店，去酒局，上次李庆国喊总公司领导吃饭，我还特意喊上他，但是他坐那边，就坐李庆国和我中间，就是不敬酒。他做事细心认真，不出岔子，可那都是死事，稍微活络点的事情就不灵光了。我说了，不光说还骂。但是骂得再难听，他也都还是那个鸡爪子相，不改不动。刚进单位还好，起码知道说几句场面话，但这几年越发的不对劲了。我也介绍我认识的那个大师给他，大师听完就说事情不简单，他应该是被什么东西上了身。

发现张帆帆不对劲比较突然，那天我让他帮我去家里换灯泡，他爬梯子，我在下面扶着，我看到他小腿上有一道道的刀疤。一道一道，密密麻麻，刀划的，我看得肉麻，意识到不对。什么事情要在小腿上划道道呢？他是我徒弟，有事情我得弄明白。我喊他去洗澡，他推三阻四，我火气上来，较真吼了几句才跟我去。去了澡堂看得清楚，他张帆帆腿上都是刀疤，我抓上他的手，发现手腕的地方也有一道疤，刚刚没好多久。人家说一日为师终身为父，他爸爸不在，我就是他爸爸，当儿子的要寻死，哪怕是个孬儿子，不孝子，爸爸也要教育。何况张帆帆他不孬不忤逆，只是闷。但是这个怎么帮我是想了办法的，我在家想了半天，觉得还是让大师出手。我和大师说了说，他问我要了张帆帆的头发和指甲，算了半天，说张帆帆是给人下了降头。降头这个东西邪，我知道，早年看电影，香港那边专门有拍片子说过这个降头。大师说情况不容乐观，但总得试试，给了我一张符，让我放张帆帆的枕头底下，四十九天之后取回烧掉，这个降头就可消。张帆帆有次出差，我拿了他钥匙，偷偷配了把新的，去他家放符。

我徒弟家里也奇怪。我来过他家里几次，是前几年买的二手房,不大,五十多平,但他就一个人,也住得下。家里不精致,但是收拾得整齐。他不大做饭,都在单位吃,厨房不开火。我说过他几次,管他有人没人,家里得生火做饭,不然没一点阳气,果然一语中的,这徒弟被人下了降头。这次去他家里,依旧整齐,家里有股老人味,就是那种腐烂味,没生气,房间我看了,我懂一点风水,帮他看了看房子,房子坐南朝北,窗台上放了个鱼缸。鱼缸哪能放在这里,我心想蹊跷,得去挪,哪能放这里。

挪开鱼缸才发现底下有个抽屉,我开抽屉,里面码了七八个刀片,就那种美工刀片,窄长,开口快。我拿起来看了看,上面有几把还有血迹,我分不清是什么血,但九成九是我那个徒弟的血。这个降头可真的厉害,好好一人居然处心积虑自己个儿作弄自己个儿。身体发肤受之父母,师父也算半个父亲,张帆帆这么搞,是在寻我晦气,我不答应。

再往下翻一翻,我看见刀片下面压着封信,信是单位牛皮纸信封,也没说给谁,我打开看了看,才知道张帆帆这小子是被谁下了降头。

3

这几天天空亮得像玻璃杯,门口树林的叶子擦拭完天空,由绿变黄,过期似的堆放在地上,落叶有红有绿有枯黄,铺满在地上,色调像美术课本上看到的梵高和莫奈。桂花刚刚开过,可还是有余味在空气里,用鼻子闻总能闻到一些,甚至偶尔还有几声蝉叫,但据说下周就要开始下雪。

这个城市的四季并不分明，夏天秋天和冬天之间像泅开的墨水印子，天气转冷，似乎应该到了冬天，但秋天又似乎没有过去，一阵雨一阵晴一阵冷一阵热地互相往来，街上老人小孩都出来走动，小孩子到处吹泡泡，老人在梧桐树下摆着桌子下象棋。因为这是难得的好天气。

这样的好天气，我还是想去死。

昨天周六，我帮师父把他们家的热水器修了，在街上逛了会儿，走了没多久就觉得累，找了路边的椅子坐了一下午。天色放晚，我一溜烟地跑回家，抓紧时间睡觉。前阵子社区医院做免费检查，我说了症状，但支支吾吾说不清楚，就说是睡不着，睡着了就好了，睡着了就什么事情都没有，医生说是神经衰弱，我知道我不是，但一想到能睡上一觉就立马掏钱买了。睡觉太多不舒服，醒的时候整个人像没了魂，但那是醒的时候，睡着时间过得快，黑夜最让我快乐。我想，快乐快乐，估计过得快才算快乐。但是我过得不快。之前看杂志上介绍了一种特别奇怪的病症，叫差时症，能够让人感觉很短的一段时间过得很漫长。

我感觉我就是有差时症。

上班是我最难受的一段时间。明明只有八个小时，但是感觉每次上班都像过了一整天，听单位同事说话像是在看慢镜头回放。也没什么值得开心或者难过的事情，我只是想死。上次单位组织去桂林旅游，我本来不太想去，和师父说了下，要不就把名额让给他女儿。师父又是拎着我说了一通，他说，你本来就闷在单位不出声，还不出去多走动走动。在桂林的十几天大家都很开心，我就像是个局外人。我宁可躲在宾馆睡觉也不想出去走动，和人说话都是负担，言语有重量，压在我身上，让我喘不上气。我知道单位人看我就像看怪物，我成天开不了口说一句话，我在车上看书，读书和小学生一样，要一字一字地读，我得念出来才能看懂。旅游第三天的时候跟着他们去外面走了一下，去桃花江畔，大家都在赞叹桂林山水真好看，我想的是在这里的水有多深，我偷偷打开手机，手机上说桃花江水库有十八米深，第一个念头是跳下去指定能淹死。

我说不上来我是怎么了，说话做事都像没了气力，清醒的时间像在被凌迟。不光是锻炼累，做其他事情也累，生气像是从身体中被抽了出去，身体瘪了，像用过的气球。身体像是被刀割一样，血流糊糊地在身体里拥挤，缩成一团，像是糨糊揉成一团。每个细胞都能说话一样，我能听到呼呼的血流声在耳朵里动，它们在我身体里想必不快乐，我得放出来。

高师傅是整个单位唯一一个知道我具体情况的人，他心细，察觉到种种不对，那天办公室就我和他两个人在，他开口问我，小张，你是不是不太好。我看你的情况不对。他之后找我聊天，和我说话，我就开口和他说了，他说看症状这是抑郁症，得治疗。他说这个得吃药，没什么丢人的。但是别声张，现在人还保守，但抑郁症不可怕，要积极治疗。那天他找我，说市里面认识个还不错的医生，介绍我去。过了一阵子，见我没动静，他主动带我去医院，医生给我做了个检测，说我重度抑郁，要开始吃药了。

高师傅问我拿了身份证和医保卡，说去帮我配药。我信得过他，他是有文化的人，也是单位少数我能够聊得上的人，他给我开出药来，带着病例和一瓶百忧解。我吃了一阵感觉好很多，他又给我配了些，让我按时吃。他还经常去我家里，帮我料理着些，但吃药似乎也不见好。他说他给李卫国说了，说要给我办个养病离职。

你师父人聒噪，藏不住话，你对外就说离职，对你师父也别声张，单位事情给我，我帮你安排着。高扬和我说，说你就安心养病，我隔段时间来看你。我感动得说不出话，一个劲儿点头。高扬给我张罗这些我心里有数，他跑前跑后帮我看病，我得记着，这些遗嘱里都写好了。

我情况却越来越糟。虽然有些不好意思，但是我还是很开心，总有一天我得和我的生命鞠个躬，说：哎呀，真的不好意思，这么长时间辛苦你了，但还得说再见。

4

李卫国刚刚分到底下负责销售的时候头发还很茂盛，头发打着圈儿地在头上盘旋。他那时三十出头，从总公司副主任的位置到底下来挂职锻炼，虽然是锻炼，但估计没几年就得回调，回调就是回升，就像跳起来之前的助跑，得退几步才跳得高。李卫国心里算好，甚至在临走时偷偷撂了段话：天将降大任于是人也，必先苦其心志，劳其筋骨……

李卫国没学过书法，但是他觉得他临摹的那副字很满意，尽管是钢笔字，但他还是裱了起来，偷偷挂在房间，李卫国那时候觉得自己浑身上下都很舒服，什么都会也什么都通，就像他之前在武侠小说里看到的被打通任督二脉，又或者是刚刚练成九阳神功的张无忌，是欲收能收，欲放得放，自在得很。

但是过了几年，李卫国就发现自己不是张无忌，是孙悟空。玉皇大帝给他安排了个弼马温的职务就没再打算把他召回去。他头发不再打旋儿地向上长，他肚子开始一天天地大起来，他不是孙猴子，没能耐去天宫闹他娘的几百回合，只能坐在办公室长吁短叹。他那段时间开始研究古诗词，觉得自己是岳飞，是辛弃疾，是苏轼也是李太白，他找人写了个字又裱起来挂在墙上，写的是"醉里挑灯看剑"。但是他李卫国也不想梦回吹角连营了，就想和人生和解。

和人生和解是一个时髦的词，是李卫国在看微信的时候学到的，是在一篇写李敖的文章里看到的，还有一句是什么人间不值得，是一个斜睨着眼睛的圆脸胖子说的。李卫国那天破天荒给这个公众号打赏了一百块钱，说得真好，人间真的不值得，不如和人生和解。但是和人生和解是一个方法论，并不是一个方法，就像是一个公式，并不是具体的解决措施，李卫国没过多久就找到了自己和人生和解的方法，这都多亏了高扬。

那天他去楼底下转圈，他和其他的领导不一样，其他领导喜欢待在办公室，他李卫国就喜欢去楼底下转圈，看看自己（管）的员工，有种主席检阅仪仗队的感觉。李卫国走到了高扬办公室里，看见沈石还在玩蜘蛛纸牌，看见李卫国来了，不好意思地切换成空白桌面，对着桌面发呆。高扬则拿着笔在算写什么，浑然不知道李卫国来检阅了。李卫国就这么站到了高扬的背后，看着高扬电脑屏幕上都是横横竖竖的曲线图。看了十几分钟也没看出门道来，尴尬地咳嗽了一声。高扬这才发现李卫国来检阅了，起身讪笑。

　　李卫国心里奇怪，但也没说什么，这是领导的艺术，李卫国要讲艺术。可艺术归艺术，李卫国却对高扬鼓捣的东西来了兴趣。在基层这么多年，大家什么样李卫国最清楚，沈石占小便宜吃大亏，高扬却是明上大方实则鬼精的人。他搞的东西应该有名堂。没几天，李卫国就把高扬喊来办公室。

　　高扬进门的时候看见张天明在给李卫国汇报，李卫国一抬头看，是高扬来了，挥了挥手让张天明先出去。转身整理出一副笑脸：老哥，来坐。李卫国和高扬聊了半个多小时，高扬才听出来，李卫国也对自己鼓捣的东西感兴趣。高扬一琢磨，上班开小差确实理亏，就一五一十招了。准确地说高扬炒的还不是股，是期货，还是杠杆加期货。高扬连比画带比喻地解释了半小时，李卫国只听明白了一点——这能挣钱，而且是挣大钱。那个时段期货市场好，再高的风险，只要敢下就能净赚。高扬没说赚多少，但李卫国听出来了利润的丰厚，证据就是高扬他说期货的时候眼睛里闪烁着兴奋的光，此起彼伏，像照相机闪烁不定的闪光灯。

　　李卫国自己回家琢磨了一阵，觉得水很深，但确实能赚，找到高扬，意思让期货以后买什么都带他一份。高扬大喜过望，原因主要有两点，第一，李卫国让他带，以后上班炒股算是有了保护伞，自此算是公事而非私事；第二，他和李总有了共同来往，已经算是一个战壕的兄弟，以后单位有什么好处都少不了自己。

　　李卫国也确实想赚些钱，这几年女儿闹着要出国，这是一大笔开销，他说起来是个领导，但经济好保险就差，天灾人祸的时候保险的销量就好，他经常感觉自己和古时的棺材铺老板差不了多少。但现在太平盛世，大家及时行乐，用不着保险。李卫国想挣钱，但是要体面，他是个体面人，李卫国觉得期货就很体面，这是正经生意，而且有理论支撑。李卫国要做什么事情都要有理论支撑心里才踏实，期货的背后理论看过了，看的就是人对于大势的预测。他没事开始研究国际形势，每到新闻联播的时候都像是即将考试的大学生，兢兢业业做着笔记。新闻都是暗语，暗语背后都是信息，而二十一世纪，什么最值钱，当然是信息最值钱。李卫国琢磨出了一本暗语录，按照规律试了几次都大获成功。他觉得这个钱是靠自己对于时代大势的观察挣来的，是可贵能力的体现，挣得很体面。

除了心理上体面，赚了几笔之后，李卫国生理上也开始体面了。李卫国有早泄的毛病，吃了大把海狗胆和牛鞭都不见效果，现在人体面了，每晚都能雄风大振。除此以外，李卫国还让老婆去置办了一套好西装，高扬是聪明人，一眼就看出李卫国的西装是定做的，夸了几句。李卫国心想，高扬真不错，自己有个聪明的下属和同行也算是美事一桩。两人关系越走越近，逐渐成为上下级之间的莫逆之交。那次大豆价格大涨，李卫国和高扬都狠狠赚了一笔，两人相约夜总会，合唱起歌来，歌声嘹亮，中气十足。

5

我是星期四早上八点多发现张帆帆的尸体的。

张帆帆原来是我的徒弟，一个多月前吧，他从单位离职了。那天说来也奇怪，我早早上床睡觉，之后就做了个梦。我十几年没做梦了，我没做过亏心事，梦就少。但是那天我睡下之后做了个梦，梦见张帆帆往悬崖底下掉，悬崖又陡又黑，掉下去万劫不复。我伸出手去拉，但底下似乎也有人拉着他，最终我没拉得过，他掉下去了，我再往底下看，发现底下是油锅，张帆帆变成鸡爪子，在油锅里炖着。我吓醒了，之后身上蒙了一层毛汗。然后就睡不着，坐在客厅吧嗒吧嗒抽烟，抽烟的时候身子却动不了，像是被什么东西钉住了，也算邪门。我忽然想起，今天就是第四十九天。

我就想要不第二天去看看他。早上我出门，发现有雨，这几天天气不爽利，阴蒙蒙的，四处都湿，我家里阳台瓷砖上都长了层青苔。我都出了门，又折回去拿了把伞。走到张帆帆家的时候身上已经潮透，穿着棉袄都多几两，我站门口喊了半天，没人应声才拿钥匙开门。

我当然有他钥匙，我是他师父，师父有徒弟钥匙有什么奇怪的。我一进门就闻见有铁锈味，房间也是阴蒙蒙的，不透光。我四处喊他，打开房间门，就看见他死在卫生间里。

割腕的时候不知道怎么想的，那么深一个口子，骨头都露出来了。手放在浴缸里，浴缸里红遍了，就像红墨水翻进浴缸里。他就倒在浴缸的边上。整个人身上已经没了血色。

其他的我也不知道。但是我觉得这件事背后没那么简单，我也不知道他是怎么想的，他遇到困难也不和人言语。我要说的就这么多。

我说完这些话，问旁边的警察要了根烟，点起来，一气儿吸完。我是第一次坐在这个审讯室里，审讯室不大，不像电影里拍得那样森严。对面警察听完我的话做了笔录,和我说会过阵子再来通知我。不过看死者的情况,应该是属自杀,现在只是排除他杀的可能性,现在也正在通知张帆帆的家属过来,他们是外地省城的,估计明天中午才能到。我心里愧疚起来,认了徒弟这么久,还是对他家里人一无所知。

第二天,张帆帆家里人赶了过来。他爸爸穿得一身樟青中山服,走进警察局的时候脚步踉跄,声音嘶哑,浑身急得哆嗦,眼睛眉毛已经皱成一块儿,分不清是哭是笑,喉咙呜呜咽咽,说不出话来。我帮张帆帆家里人算了笔账,张帆帆他们家离这里大概上千公里,没高铁没飞机,他爸爸少说赶了十几个小时。在十几个小时中,就念着儿子的死讯赶路。人到这里不倒已经是奇迹。

想到这,我心里也是一阵酸,递上根烟,说:老哥,这几天住我家里来,先把人安顿好了再说下面。张帆帆爸爸情绪稳定些后,我拉着管事儿的警察到一旁问:警察同志,像张帆帆这个情况,大概几天能把人领走?警察接过我递来的烟,攥着烟头抽了大半,说:现在在房间虽然还没看到死者的遗书,但没有他杀的痕迹,一般非正常死亡就走个流程,应该明后天就能领回去了。您回头带家属去地方民政局和医院各开一份证明,我们这里就能出死亡证明,也不麻烦。

我正听着警察的话,李卫国的电话打来了。李卫国那头估计刚刚开会结束,在电话里和我说话,我累到不想说话,疲倦像是冬天吸了水的棉袄,一点点挤压我。我就听见说什么震惊,什么好好安顿,我听得莫名烦躁,用脚狠狠踢了几下墙才安静下来。

一直到下午,我开车送张帆帆他爸回宾馆休息,一路上琢磨要不要和他说降头的事儿,但总觉得没底气。现在这个事情已经变得复杂,是非黑白都颠倒着。我开车去的路上,脑子已经乱成糨糊,连向左向右都分不清楚。回到家以后,我半躺在沙发上睡着,依旧梦见了张帆帆,他还在悬崖上吊着。我去拉他,他抬头和我说,师父别拉了,已经快掉下去了。

我醒来后发现手里紧紧攥着张帆帆家里的钥匙,手里全是汗。钥匙在手掌心有印子,我半躺着,抬头看着天花板,感觉天花板在转,这才哭出声来。张帆帆的死肯定有冤屈。前天晚上,他托梦让我把他领回家,现在又托梦给我是什么意思。我感觉浑身发冷,又开始发烫,天旋地转,像是被人上了身。

我忙到厨房按老法子:支起三根筷子,握成一团,念了一声张帆帆。筷子忽然耸起,外面夕阳的光透过蓝色玻璃照进来,筷子尖闪着蓝幽幽的光,像淬了毒的刀口。

6

审讯室里靠里的日光灯一直有问题,从昨天就开始闪烁不定,不时发出刺啦的电流声。我老早和所里的同事说过,但一直修不好。

张天明就坐在讯问室靠里的位置,闪烁不定的日光灯把他的头照得忽明忽暗。到审讯室的时候,张天明穿了一身黄色短袖,衣服洗得发白,还皱巴巴地黏在身上。黏的不仅是张天明的衣服,还有这个当口的空气。明明才下午,天已经黑得看不见人影,真的是见鬼的天气,我隔着墙能听到闷闷的雷声,空气又湿又热,稍微吸一吸鼻子，水汽都在鼻子里蹿跳。

张天明坐在这里已经两天一夜，中间三班倒，轮番问，算起来他快三十个小时没睡觉，还能睁着眼，也算硬气。但是他硬气没用，在一旁的李卫国和高扬已经该说的都说了。怎么做的账，怎么立的假项，怎么洗的钱，经手多少，又怎么去炒期货亏空的，都吐得差不多。李卫国刚进来时候嘴硬，还赌咒发誓自己没亏钱，没贪污，说得有声有响。高扬则反应积极，一听说坦白能争取减刑就一五一十全交代了。末了还不忘和刚来的小高攀亲戚：你知道吗？按咱这里的辈分算，我应该算你二大爷。

事情到这里，已经掩盖不住。李卫国做假保险骗取保金的事情在外面早就沸沸扬扬。五万块钱就可以补交二十年的医疗保险的事儿早就在外面传开，大概有将近五百人上当受骗，涉及金额近两千五百万。这事儿从前年就开始，一直到现在，没露馅儿是因为李卫国和高扬一直通过期货拆东补西，行情好的时候居然还赚了不少。

但这几天刚贸易战，该亏的都亏进去了，摊子大了，纸终究搂不住火。我看张天明还是一副油盐不进的样儿，让小高再盯着点儿，自己出去偷摸着抽了根烟。刚出门，手机就响了，电话那头是沈石。

沈石住我隔壁，也是李卫国单位的员工，不过这事儿刚开始的时候就查过他了。沈石暴躁性子，在单位也混得不好，和案件没太大关系，线索也都了解得不多，基本洗清了嫌疑。老沈人不坏，就是人聒噪了点，啰唆了点。他听说李卫国和高扬的事情，不悲反喜，请我吃了好几次饭，一面大骂李卫国和高扬不是东西，一面旁敲侧击问我案情进展。

除此之外,老沈说得最多的就是他那个叫张帆帆的徒弟。那个人在李卫国出事前不久就自杀走了,现场摸了半天,查到了确诊抑郁症的病例和一张遗书,应该是自杀无疑。

这次估计又是问李卫国的事情,我不耐烦地接起电话,那头半天没人说话。我喂了半天,才出来个声音:

"是小丁吧,我想自首。"

7

你想弄钱,我心里知道。

这年头谁不想弄钱。但是我们这行的谁都清楚,什么最值钱?

人命最值钱。

张帆帆的命值钱不值钱?

老高,你和李卫国想卖了我徒弟的命,你问过我师父没有?

我和你说,我是看你识相喊你一声老高。

你姓高的自己做了什么心里不清楚?

你和李卫国哪来的钱去买的期货?

你这几年和张天明、李卫国一起做假保险,你当我不知道?

你真以为旁人都是傻子。

你们卖你们的假保险我没意见。

你们做你们的生意,胆子大,这是你的事。

可是你们要卖我徒弟的命,你都不和我这个师父说,是不是太不把我当人看了？

什么卖命？到这个当口了，高扬你个孙娃还在给我装糊涂？

你们自己在药上动的手脚你不清楚？

一瓶百忧解，一瓶碳酸锂。

一个吃抑郁的，一个吃躁狂的，你以为我都不知道？

老高，我和你说，要想人不知，除非己莫为。

他张帆帆自己要自杀是自杀的事，他去寻死觅活也随他去。

但是看见了我就要管。你们卖命都不带我一个，昨天人都死了，你得给个说法。电话这头的沈石挂了电话，口袋里的，是他刚刚从张帆帆房间拿来的小药瓶。

分　身

松　子

1

曹兰立来英国之前心情原本不错。之前一个月，九月份，儿子大学开学，学校在离家一千七百多公里的地方，虽然在机场送儿子的时候，曹兰立心里有些许不舍，没忍住掉了些眼泪，但回来的路上，却暗自地如释重负。这有根源，曹兰立年轻的时候就挺要强。当年高考，她立志要用汗水浇灌成功，勤奋改变命运，想要通过高考插上成功的翅膀，远离父母和家乡的束缚，结果命途多舛，考大学就考了三年。第一年只差了四五分，回去闷声不响把自己关在猪圈里割猪草，三天没开口，让父母答应她"再试一年"。第二年考试的时候碰上突发疟疾，腹泻加发热，坐在考场上汗如雨下，自然落榜。第三年终于如愿以偿，分数线到了，不过没考上心仪的中文系，被调剂来了本地大学的外语系。毕业后，那年外语系又不太好找工作，曹兰立继续深造，读到硕士，碰上金融低潮，一路留校任教，又读了在职的博士。一晃三十年，结婚、生子、拆迁、评职称、中年危机、离婚、退居二线，人生走马灯似的过了大半。送走儿子的那天晚上，曹兰立躺在床上罕见地失了眠，心想自己虽然确实改变了命运，但和自己想象的有不少差距，起码转来转去，没能远走高飞，还是埋头在家乡建设上了。所以，这次送儿子远行，终于挣脱最后一道枷锁。她早就打定好主意，人生下半场，要为自己好好活一活。

这也是曹兰立开学第一天就一屁股坐到系主任办公室的原因。她学校的外语系，和英国爱丁堡的一个大学有交流项目，不光给有钱有闲的学生镀金机会，也给老师提供一个增加履历和资历的机会。说是对外交流，其实学校里的老师们心照不宣，每次出国交流、任务轻松、课程简单，还有各种补贴经费，与其说是教学任务，不如说是公费旅游的隐性福利更为恰当。据去过的老师们说，去的话一周两三节大课就可以打发，其他的时间都可以坐上爱丁堡直达欧洲其他国家的列车。还是据回来的老师说，欧洲其实不大，英国更小，比中国一个省大不了多少，出门护照大部分通用，没课的时候可以登上列车，走到哪算哪。这话不假，因为曹兰立看到了同事带回来的护照本，上面从空无一字到满满当当，全部是各个国家的通关文碟。坐在系主任的办公室，她也没遮掩，直接说自己想去爱丁堡，今年如果有名额就请给自己预留着吧，她虽然仍然只是副教授，但毕竟在学校待了三十多年，快退休了，不求晋升，求个清闲，系主任也乐得开心，痛痛快快地应允了。

说来也很奇怪,甚至曹兰立自己想起来都会哑然失笑。自己虽然教的是英语,但除了教学与接待外宾、翻译过几本影响甚微的英语专著外,用武之地很少,她甚至只出过一次国!还是前阵子和儿子一起去的泰国。每次想到这件事,曹兰立都觉得自己就像好龙的叶公,网恋却始终没见过面的情侣,学了一辈子庐山,却"不识庐山真面目"。所以这次去英国,既是放松,也像是网友见面,有兴奋也有期许,甚至还有些忐忑。也正是因为这样,当她真正踏上爱丁堡的土地,接二连三的麻烦事,让她心情差到了极点。

就先说天气吧。曹兰立有风湿的毛病,一下雨就会腰疼,来英国已经一周了,她的腰疼就没断过。这还是在国外,没办法拔罐、刮痧和艾灸,只能靠临时从印度人的药店那里买来的奇怪膏药隔靴搔痒。曹兰立没想到的是,明明还是秋天,却和她家乡的冬天差不多,古文里一句话叫"淫雨霏霏",当真是"淫雨",一周了,曹兰立的衣服就没有晒干过。天气是一方面,另一方面要紧的是吃饭,英国人似乎天生味蕾就长偏了,曹兰立怎么都吃不惯英国人称之为美味佳肴的那些东西——齁咸齁咸的培根、炸鱼和薯条、气味浓重的洋葱汤和馅儿饼,但似乎在这里只有这些!

但是这些和曹兰立的住宿状况比起来,都不算什么。她原本以为,既然是交流学习,那么按照国内的经验,起码在住宿方面就不用担心。可不知是来过的同事刻意忽略了这一点,还是学校确实是经费吃紧,当她看到学校安排的那栋看着就像是二十世纪遗留的危房的教职工宿舍,以及触目惊心的住宿条件的时候,还是大为震撼——老旧的地板无时无刻不在散发霉味,肉眼可见的布料上几乎都是虫蛀的洞，她甚至还能听到不知是隔壁还是楼下的人发出的声音（听起来语气暴戾，似乎在大声争吵）。在努力住了一周后，曹兰立终于受不了了，她跑去学院的外联部门交涉，外联部门的负责人叫 Scott，是彻头彻尾的苏格兰人，胡子拉碴，桌子上摆了一瓶威士忌，他用英国人特有的口音和淡漠表情向曹兰立礼貌表示道，如果想要住单间，这就是他们学校最好的宿舍了。随即露出了爱莫能助的表情。曹兰立并不甘心，回问道："如果合租呢？学校里有合适的宿舍吗？" Scott 从抽屉底部掏出了几张纸，从口袋里掏出一只镜片戴上，过了一会儿说，学校有一个教工宿舍，还有一个卧室空闲，如果愿意的话可以以合租的形式搬去那里。曹兰立听到后心想，反正不会比现在更差，就答应了，甚至忽略了 Scott 脸上一丝若有若无的意味深长。

新宿舍的环境确实比老宿舍要好一些，在学校靠里的位置，外面看起来，老是老了些，但比较清静。再往里走能看到标志性的学院古堡，但当曹兰立走进客厅时，她嗅到了一股味道，黏稠腐朽，带着一股酸味，这种味道似曾相识，曹兰立带着行李站在门口思索了一会儿，想起这种味道自己年轻时闻过，就在老家农村的猪圈里。或许是猜测，又或许是多年生活带来的某种直觉，她觉得问题出在这个自己还没见面的室友身上，她回想起 Scott 脸上若有若无的笑，心里又开始打鼓。走进门，曹兰立发现，整个房子还算整洁，这种整洁源自空旷，客厅里空空荡荡，除了必需的桌椅，几乎看不见别的东西。两间卧室并立。曹兰立走进属于自己的那间卧室，发现虽然是白天，但是房间依旧需要开灯，长久的阴雨天带来的霉味挥之不去。大概外国布置房间并不讲究坐

分　身

北朝南，左西右东。

曹兰立把东西放好后，陷入了短暂的休憩中。她已经五十多岁了，异国他乡的陌生兴奋感转瞬即逝，身体的疲劳却准时准点。她算了算时差，正是国内午睡的时候，就躺在床上小憩了一会儿。但在这时，之前在门口嗅到的奇怪味道变得刺鼻起来，不断蚕食她的睡意。曹兰立索性起身，伸出鼻子到处探寻味道的根源，最终发现，味道不来自其他任何地方，而是来自她未知室友的房间内。她趴在门缝上闻了闻，又一次验证了自己的生活直觉。明里暗里，她觉得自己的这位室友并不简单。一种女人特有的情绪被勾引起来，曹兰立躺在床上，翻来覆去睡不着，想象着和这位室友的第一次会面，想着想着就沉沉睡过去。

曹兰立醒来的时候天已经黑透，她手机一直没调整，还是国内的时间，看了下是凌晨两点。自来了爱丁堡，曹兰立很少有过这样的一场酣睡。她细想刚刚做的迷蒙的梦，但不大清楚，大致有争吵也有恐惧，来不及细想，曹兰立听到外面有响动，应该是那位室友回来了。她收拾了一下，走出卧室，发现一个身材高大的女人正在厨房里煮着什么东西。看背影应该是欧洲人，但露了正脸却发现是亚洲人。女人一开口，曹兰立就知道：这指定是个日本人。曹兰立回国以后只要一听见有人夸日本人好，就会撇起嘴说，其实也就是那么回事，但寻根究底起来，曹兰立最开始对这位室友印象不差。中国人对待日本人的态度暧昧，远观时如同美食家般百般挑剔，但近处时却暗自庆幸，这源于日本人区别于其他亚洲人，在世界上的好口碑。"怕麻烦人、懂礼貌、爱干净"，远在异国，一个日本人的室友几乎满足了曹兰立的所有想象，而日本女人又在这种想象之上，又加了几分，仿佛是考试时完成了卷面题目的同时，又写了另外的几种解法。

2

在称呼自己的日本室友这件事上，曹兰立颇费了一些周章，她只知道日本室友的英文名是 Sarah，曹兰立自己也起过一个英文名，叫 Lana，但曹兰立几乎从来不用。她始终觉得，对有名字的人来说，再起一个外国名字的意义不大，甚至有几分可笑。曹兰立见得太多了，看到各式各样的留学生给自己取名叫狗蛋、大锤、李小龙，不免觉得这样的名字内含玩笑，不够正式与严肃。好在她后来发现，日本室友在客厅遗漏的一本笔记本上，写过自己日本名字的英文拼音：Kondo Matsuko。曹兰立搞了一辈子外语，但对日语一窍不通，对着英文名字皱起了眉头，不知该怎么念。她想起儿子或许懂，凌晨两点，掐着时间给正在吃早饭的儿子发去信息求助。不一会儿，儿子回复道：近藤松子。他顺便做了简单的科普，近藤是日本的一个大姓氏，按排名比对的话，大概与"沈"类似，松子也是一个常见的名字，最有名的就是有一部电影，叫《被嫌弃的松子的一生》，豆瓣评分挺高的，这部片子的英文翻译就是 Memories of Matsuko。

松子长得粗糙且有力，个子高大，和传统意义上的大和抚子有较大出入，如果不是发音时的执拗口音，很难觉得会是日本人。在相处一段时间后，曹兰立也渐渐察觉松子身上的不对劲。比如，她很节省，甚至到了苛刻的地步。松子去超市买东西，从来没有买过原价的食品,她每次都是晚上八点后,雷厉风行地去各个超市搜刮快过期的打折食品。大部分是品相不佳的土豆、洋葱、芥蓝等,她还会去只有印巴人才去的小店,去购买半块的咖喱块、用剩下的一小撮食盐与胡椒粉。偶尔遇到品相好的菜品,松子会像凯旋的将军,大声向曹兰立炫耀:"Looko! Lan! Looko whato iy goto!!"(看!兰!看我买到了什么!!)松子声音沙哑却穿透力十足,总让曹兰立莫名联想起以前在农村敲过的锣。而且这种食物,在曹兰立看来都不能算是体面,但节省是她的事,别人无权置喙,真正对曹兰立造成困扰的是松子糟糕的卫生习惯。尽管对于日本人来说,"给他人造成困扰"这件事很失礼,但松子显然没有继承大和民族的优良传统。因为穷,也因为节约,松子的房间永远混杂着一股子过期食物混合的腐烂味道,这种味道极具韧劲儿,与房间里因为潮湿而散发的霉湿气狼狈为奸,是曹兰立的心腹大患。同时,曹兰立还觉得不可思议的是:松子几乎没有面霜、没有洗发水、没有沐浴露也没有肥皂。对于松子来说,洗澡只需要热水。这让她身上永远带着一股咖喱与汗水混合的气味。松子本人对这一切毫无察觉,无可奈何的曹兰立只能在她走了之后,用开窗通风的老法子来缓解气味带来的不适。

松子是做什么的呢?这点也让曹兰立很疑惑。但依照她的推断,松子的工作应该上不了台面,她或许是学校的某个片区的保洁员、或许是修理苗圃和草坪的园丁,文化程度应该不高,但疑问却又接踵而至。松子究竟为何会来英国?她又经历过什么?但总之,松子和自己之间终究差距不小,这让曹兰立有了地位和学识上的优越感,进而泛滥出同情与怜悯。因为有伙食补贴和按英镑结算的每月津贴，曹兰立在英国还算过得不错，起码吃穿不愁。所以，每次曹兰立从超市买食材的时候都特意多买些。曹兰立在家时自己做饭，但由于工作，其实厨艺算不上出挑。乐于下厨的人多少都有些明面上的虚荣心，期望听到别人的赞赏。对于这块，松子也算是不错的食客，无论是糖醋排骨还是大骨海带汤，都不吝给出赞美。这让曹兰立产生了某些想法，觉得虽然某些地方有不周到的地方，总的来说，松子身上属于亚洲人的可贵品质并没有丢。

但这个想法并没有能持续多久，这或许源于相处一段时间后，她终于认清松子的真面目，新鲜感过后，曹兰立终于发现松子身上某些难以理解的秉性。比如，松子和曹兰立吃饭从来都饭来张口，连收拾碗筷这种小事都从不伸手，吃完、按流程说完一套感谢的说辞后就一头钻进自己的房间。松子也几乎从来不分享她的东西，不仅不分享，甚至绝口不提。"我看得上她那些破烂玩意儿吗？"曹兰立有次在给国内的闺蜜电话的时候忍不住发出了这样轻蔑的牢骚。曹兰立有时也会在校园里撞见几次松子，每次看见她，都是一个人往返。奇怪的是，松子似乎并不像是学校雇佣的杂工，每每见到她，她手里都会有几本书。这勾起了曹兰立的好奇，她在松子无意遗漏下的一份资料中发现了一份表格。这是一份社会低保的申请表，上面写着松子的学籍、学历和社保账号、身份ID账号等基本情况。在学历那一栏，松子清楚写着PHD（博士），研究方向是教育史。鬼使神差地，曹兰立偷偷掏出手机，把这张申请表拍了张照片。

曹兰立忍不住在一次会议后，向Scott问起松子的情况。Scott

听后约她去隔壁的房间细聊。隔壁的房间放着一款咖啡机，Scott一言不发，按部就班地将咖啡豆研磨成齑粉，倒进准备好的滤纸上，像是在做一套准备工作。冲泡完成后，Scott用两根手指捏起面前的咖啡，慢慢抿了一口，才向曹兰立说起松子的故事。整个故事不算曲折，但也还算令人惊奇，起码对得起Scott故作姿态的咖啡。

3

曹兰立怎么也没有想到会栽这么大一个跟头。

这还要从曹兰立本身的专业说起。来英国上课，校方给曹兰立的课程命题较为宽泛，是东西方文化比较。这不是曹兰立的专业，她的专业是西方文学史，但由于选题宽泛，所以上课的时候，曹兰立一般是东讲一点，西说一些，从老子说到孟德斯鸠，从荷马再聊到盛唐诗歌，有点信手拈来的意思。那天正好是周五下午，曹兰立准时准点走进教室，拿出教案，开始上她的那节课。正上到一半，教室后门溜进来一个人，曹兰立有些近视，那人又坐在教室最后一排，她看不大清楚，以为是学校安排的教监，就按部就班地讲下去，讲了没几分钟，后排那人举起了手，当时课堂里一片寂静，那只举起的手像是独自矗立飘扬的旗帜，别无它法，曹兰立应允了"那只手"的发言。

令曹兰立觉得诧异的是，那个人发出了自己熟悉的日式口音。她的声音巨大，并分一二三四，条理清晰地指出曹兰立刚刚讲课内容的问题。客观来说，这些问题都是学术性的，不涉及个人立场的问题，暴露了曹兰立在备课时的麻痹大意，对待工作的态度不那么端正，但不客观来说，这就是一场预谋已久的"学术陷害"。下课后，曹兰立独自一人呆坐在讲台上，看见"那只手"穿着自己熟悉的宽松运动服，带着自己再熟悉不过的那股味道走上讲台，她自顾自地掏出身上的笔，自顾自地将教案拿过来，再自顾自地在上面唰唰唰做着批注。曹兰立铁青着脸目送"那只手"远去，强烈的情感混杂涌上心头，家仇国恨一齐上头，对这个日本人，曹兰立发誓要从此划清界限、撇清关系，对于这个不知好赖的白眼狼，曹兰立又觉得自己白受当年来自东郭先生的教诲，导致自己的落败。

在那之后，曹兰立回到住处，第一时间就是一头钻进自己的房间，房门紧闭。她开始计算归国的时间，打定主意，在接下来的时间，尽可能地减少和松子的交流，更不用提以往为了改善同居关系做出的种种友善的示好。

也好在曹兰立实际上待在爱丁堡的时间并不多，正常开学后，她一周只有三节课，分别在周一上午和周五下午，其余四天半都是自由时间。曹兰立相信这是自己学校和校方协商好的，其余的时间就坐上列车，向着各国进发。从爱丁堡出发，能一路途经约克、纽卡斯尔，最后到达伦敦著名的国王十字车站，火车会沿着海边一路飞驰，车窗外的景色各不相同：农田、牧场、悬崖、核电站，广阔茂密，令人心旷神怡，而右边就是一望无际的北大西洋。

每到各个地方，她都会写好一张明信片寄回去，另外会带些地方的特产。每到一处地方，她就在地图上做好一个标记，然后再规划下一次旅行。来自温带的湿润雨水带来的快意人生是曹兰立之前没有经历过的。就在回国前的两周，曹兰立打卡完成了自己在英国的绝大多数计划，足迹几乎遍布英国的大部分古堡、博物馆、图书馆和城市间的潦草河道。她变成了一个英国通，开始尝试原先不喜欢的炸鱼和薯条、牛排腰子馅儿饼和并不正宗的法式洋葱汤，她甚至开始尝试杜松子酒和苏格兰威士忌，包括先前各种觉得甜得发腻的糖果都觉得可以接受。而等到周五的时候回到家（姑且把爱丁堡称作家），曹兰立还是会去超市买些中国食材，做好满满的一桌中国菜，花样繁多但掐好分量，赌气似的一人造作地吃光饮尽。

然后等到松子回来的时候，就是满满一桌的菜。曹兰立绝口不提让松子分享这些吃的，但松子似乎也毫不在意——她好像对吃穿什么的从来都不太在意。直到某天回来，曹兰立在自己的桌上发现了一封信，上面一丝不苟地写满了道歉的话，写了这段时间的反思，甚至用上了谦恭的敬语。或许早就想到了这点，或许曹兰立也厌烦了自己总是无所事事、刺猬似的发作的无理自尊心，在对着信纸冷哼几句之后，曹兰立接着去忙活了一桌菜，她带着笑意，准备了几道自己的拿手好菜，包括费时费力的松鼠鳜鱼和颇费工夫的口蘑鸡汤，她准备让日本的朋友看看，什么叫中华饮食博大精深。

和中国的聚餐不一样的是，和松子之间的吃饭，不涉及家庭、工作和生活，甚至不涉及过去。曹兰立和近藤松子的年龄加起来有一百一十二岁了，两个女人在饭桌上会聊些琐事，会聊起本身的学科。不知道从什么时候起，曹兰立觉得松子尽管在世俗意义上来看，丝毫谈不上魅力，但无疑是一位好的倾听者。她对于曹兰立炫耀游历见闻的时候会表达惊诧和羡慕，在曹兰立聊起自己所学学科的林林总总，又能给出自己的意见。在饭桌上的谈话，更多的时候是曹兰立在说，近藤松子在听，曹兰立觉得自己教书教了一辈子，说得已经够多了，这时候才发现，远远不够。她一直以来都在和丈夫说，和儿子说，和同事说，和父母说，她这时才发现，自己从来都是带着身份去聊天的。自从她成年后，或许已经很久没和人聊得这么无所顾忌。很多无稽的想法，年过半百仍然看不顺的意难平、引人发笑的尴尬笑话，在两个女人之间反复被谈及。曹兰立想，松子是她无须去顾虑太多的朋友，反正在几个月后，等到她回国，她们或许不会再遇到。松子也拥有足够多的耐心，她总是安静地听，偶尔表达愤慨或羡慕，绝不给出建议。

松子如果在中国，或许会是她的好闺蜜。在那天晚上，曹兰立结束和松子的聊天后躺在床上甚至这样想。

之后几天，根据曹兰立观察，松子好像总是在忙。在她的生活中，忙碌和劳作是生活的另一种称呼——她每天很早就出门，等到晚饭点回来的时候，穿着她那件蓝色的运动服，身上带着剧烈的汗臭味——但即使这样，她的生活却看起来依然毫无起色。或许偶尔有阵子，她面带喜色地出门，等到回到宿舍的时候又变得面无表情，没有疲累也没有欣喜，反而是脸色越来越差，越来越像一块毛糙粑粑的草纸。这样的日子周而复始，只有和曹兰立坐到同一张桌子上的时候，才会罕见地展露些许笑容。她从不向任何人吐露难处，偶尔会有些粗鄙的咒骂，有时候是英语，有时候是日语，还有些絮絮叨叨的抱怨，但绝不具体到某件事或者某个人。有时候，曹兰立看见松子的模样会莫名想起很久之前去银行办公时候遇到的一个保安。他年纪不小，事情却不少，一直在前台和客户之间反复斡旋，遇到某位难搞的客户，还会显露疲态，在忙碌的间隙，会坐在椅子上发出类似的抱怨，但一转头又打理心情，继续笑面迎人。松子和他有点儿相似，但不同的是，他讨好客户，松子更像是在讨好这个世界。

直到某天，松子满面喜色地回来，手里拎着一个超市的包装袋——正是曹兰立常去的那家，和曹兰立说，今天她来做菜。尽管曹兰立对松子的手艺有所疑虑，毕竟难却盛情，只能任凭松子在厨房忙碌。过了会儿，松子端出来三个菜——盐焗秋刀鱼、炸猪排、盐渍的毛豆，分外还有一份煎好的，松子叫作汉堡肉的东西。四样菜摆了一桌子后，松子从桌底摸出来两方玻璃杯，擦得干干净净，给曹兰立倒上了一杯，也给自己倒上了一杯，一口饮尽。到这时，曹兰立才发现，松子其实是个喝酒的行家里手，起码过去经常喝。她心满意足地咂咂嘴，然后又倒上一杯，郑重地和曹兰立说，兰，我得到了一份工作。曹兰立表示出了意外，但其实她心里并不吃惊。上次从 Scott 那儿回来，曹兰立就知道松子无业，不仅无业，为了每个月最基本的低保，她还得去申请低保的部门不停地做陈述，让官员们相信，她一直在努力投放简历，以获得一份工作，这样她才能申请到最低的一份生活保障。曹兰立甚至猜到松子时不时带回来的那个袋子里装的应该是小瓶小瓶的廉价威士忌。生活已经困难，酗酒更是难言之隐，但不知怎么回事，曹兰立不再觉得这是"矫情"和"不知好歹"，她逐渐并明白并理解这一切,她举着杯和松子干杯。喝了些酒的松子不像之前那样拘谨,她话渐渐多了起来,开始聊自己曾经的故乡,开始说起往事。

松子说自己在日本的时候其实过得 terrible,甚至 horrible。在日本的时候,或许因为长相又或许因为家境,"从来就没有受欢迎过,我当时觉得,只要我努力学习就能改变这一切。我在日本读完了大学后,半工半读,花了几年时间,才能贷款来到英国继续读硕士和博士。但是等到我读完博士后,却发现自己失业了。"正如松子所说,或许因为年纪实在太大,或许读的专业太过冷僻,毕业的她当时只得到了一份图书管理员的工作。"可这根本就是糊弄我!当时本科生的工资都和我一样,和我做一样的事,我不能接受这些。我觉得这是屈辱。"对于这件事,松子这样总结道。她愤然辞职,还将学校告上法庭,但除了多了一笔高昂的律师费,生活变得更加窘迫之外,松子什么都没得到。可即使这样,生活还要继续,之后几十年,松子一直在爱丁堡,奔波忙碌,用酗酒获得些许的麻痹。"现在都好啦!我有了一份工作,虽然工资不高,但一切都不一样了!"松子总结道。这些事情曹兰立在之前就听 Scott 简略地说过,这次听松子再提,多了许多主观细节上的补充。或许由于同情,又或许是出于某种心有戚戚的感同身受,曹兰立心里也忽然多了无端的感慨。她和松子不停地续杯、喝酒,聊起自己生活和家庭的不如意,聊起自己出身农村的不甘和无奈,聊起自己年到半百还和学生偷腥的丈夫,聊起执意远行求学的儿子,聊起被禁锢不得自由的大半生,一个中国女人和一个日本女人在爱丁堡的偏僻宿舍里,抱着哭成一团。

出于某种理智没法解释的冲动，凌晨两点，两个人结伴来到大学里的草坪上，夜空罕见放晴，两个醉透的人背靠在湿漉漉的草坪上，看着夜空里的星星。松子忽然说，兰，你的理想是什么？这个问题问得曹兰立一时语塞，即使醉酒也不容易回答。恍惚半生，曹兰立真正想要什么？这个问题她在深夜反复扪心自问过，但每个阶段都不相同，年轻时候她想出人头地，等到生活安定了又想在学术上有所成就，再后来希望家庭能安安稳稳，到走过半生四大皆空，她发现无非就是自由自在些，平安顺遂度过这一生就好。曹兰立没回答，松子却说，她想回日本老家箱根看看。箱根很美，有日落也有火山，小时候，在家后面的一片湖泊上能看到远远的灯塔，慢慢闪着光。只是，日本的机票很贵，有了工作以后，就能安心存钱，回家去看看了。曹兰立安慰说，一定会的。松子说，我知道。

4

松子那天晚上回来，曹兰立正在收拾东西。看见松子来了，曹兰立把自己收拾好的一个包递给了她。里面是她不穿的一些衣服和书籍，还有自己花时间整理、标注好英文步骤的中国食谱，另外还有一小包松子爱吃的零食。松子当着曹兰立的面，把包裹打开，一样一样拿出来，每拿出来一样，就郑重地鞠躬、道谢。松子道谢的时候没有用英语"Thank you！"而是说"どうもありがとうございます"（非常感谢！）。等到走的时候，曹兰立不争气地流了些眼泪，她叮嘱松子有机会一定去中国看看。松子也流了泪,在机场的时候,她特意打扮了一番,穿上不知道从哪凑来的并不合身的正装礼服,在安检外面朝着已经远去的曹兰立招手,像一面迎风招展的旗帜。

回国以后的生活过得波澜不惊,曹兰立花时间整理了自己在英国游历见闻和学习资料,忙完学校要求的论文后,自己找关系联系了一家出版社,准备自己自费出本书。那天晚上正在整理书稿,负责的编辑问她在扉页上要不要写点儿什么?曹兰立不太懂,说,扉页上还要写东西吗?编辑说,一般就是致敬谁谁谁,类似家人朋友什么的。曹兰立说,就写,致近藤松子好了。编辑发来一个"OK"的表情。

书稿的第三稿完成,封面设计也差不多了,曹兰立选了一张自己在英国拍的照片作为封面。照片上,圆溜溜蛋黄似的太阳慢慢落进泰晤士河。曹兰立一直通过邮件在和近藤松子联系,汇报工作似的说着书的进度,只是那边只在开头回复了一两封邮件,之后就没回。曹兰立知道松子一定是忙于生活。等书稿完成后,出版商说准备寄来几本样书,曹兰立给Scott写信,希望他给个松子的地址。当天晚上,曹兰立收到了Scott的回信。信里写得简短克制,信里说,近藤松子在上个月被发现在宿舍中去世,根据医院的判断,应该是死于突发的心肌梗死。等到发现尸体的时候,已经过去三天。Scott还说,就在曹兰立回国后不久,松子就又失业了,长期的酗酒让她的精神状况很糟糕。她的葬礼也在上周举办完成,学校作为人道主义,通知了她在日本的哥哥。她的哥哥近藤光一已经于上周坐飞机来了一趟英国,将松子的骨灰接了回去。

也许是几分钟,也许是一个多小时,看到回信的曹兰立坐在电脑前,完全静止了。过了会儿,她想打电话和谁说说这件事,打开电话簿,却不知和谁说:周围的同事和家人只是隐约听她提过她的日本室友,知道她们相处得不大顺利。英国的同事,除了Scott,几乎没有人知道近藤松子的存在。而没有能参加葬礼,死讯也是刚刚得知的她,其实也没什么资格说是什么朋友。曹兰立想了想,翻出手机里的照片,发现在长达半年的英国之旅中,有大本钟也有大英博物馆,有爱丁堡的城堡也有为某个伟大作家设立的丰碑,甚至有记不清广场名字的闲庭信步的白鸽,她拍了有几百张的照片,但唯一与近藤松子有关的只有自己鬼使神差拍下的那张履历表。曹兰立找到那张履历表,看见上面的身份信息,想起了什么,在自己用的航班网站上检索松子的信息。

密密麻麻,检索的信息有将近三页纸。网站上显示,几乎每半年一次,这个名叫"Kondo Matsuko"的人都会定上一张从英国飞往日本的机票,又在第二天取消。曹兰立看着满目的信息列表,想起和近藤松子那天晚上谈论的故乡,心沉沉地,像是被人一把摁进了冰水里。她大口吸气,又大口呼气,眼泪一直止不住地往下掉。曹兰立又细细看了一遍Scott发来的邮件,想了想当时的境况,想象松子一人死在远离故乡的潮湿公寓里,想到她三十年未见的哥哥近藤光一坐上千里迢迢的飞机,飞往一个国度,去把松子的骨灰接回去,放在自己的家乡,这件事本身与屏幕上确凿的信息互相勾连,营造出的巨大荒谬感顿时将曹兰立死死罩住,耳边仿佛有人在窸窸窣窣地说话,讲一个不太好笑的玩笑话。

曹兰立又上网看了看机票的信息,发现从她的城市飞往日本只要三个多小时，如果顺利的话，明天下午的时候她就能看到箱根的日落。她动动手指搜了搜，看了看网上的风景照，发现松子的记忆确凿无误：在其中一张照片上，远远的日落晃晃地坠落进湖面远方的山坳里，快黑透的、不见尽头的画面里，能看到一角透着点亮的灯塔。

和她那天晚上在脑子里想象的一样美。

在十二楼的升降梯上

一楼

午后热得吓人，太阳给地面盖上了盖子，外面虽然草木茂盛，但一片死寂，像是没有活物的灵堂墓地。外面洒水车发出的《鲁冰花》绕过街道门口渐渐朝街那头远去，而在办事大厅里除了呼噜噜的空调和范一行看视频偶尔发出的嗤笑外，几乎听不到其他声音。

吴天成一般这个时候不在办公室，他或许应该在摆起阵势的牌桌上，在刚刚微醺的酒桌上，在冷气吹足关上窗帘的床上，唯独不该在办公室的椅子上。这让他有点坐不安稳，坐不舒心，他烦躁且不自觉地抖腿、龇牙，但他没办法，还是得坐在椅子上，头对电脑，手对报表，做着手头的工作。这本该是底下人的工作，但实在不放心让范一行他们插手。基层的街道办事处除了主任一般都不设编制，剩下招来的稍微有点能耐都看不上一个月三四千的工资，要么临时找份工作骑驴找马，要么像范一行这样衣食无忧，被家里千托万托送来高就。范一行来这里工作，不像是任职，倒像是在托儿所托儿。吴天成给她算过一笔账，她开的那辆保时捷 macan 光保养一次就五千起，算上 3.0 排量的油钱，还有价值不菲的洗车护理，她的薪酬光是让她开车上班都有点难以为继，更别说她每天接连不断的奶茶、零食，门口接二连三的快递、优惠券，还有永远第一时间更新的手机与平板。但范一行生活体面和她本人没太大关系，她父母都是区里有头有脸的人，是城区内的"上等人"。吴天成还知道范一行有一张卡，每个月她爸爸会往卡上打一万五千多块钱，作为生活补贴。相较之下，他吴天成这个实际的主任还在开一辆十几年的宝来，抽着十五块钱一包的红果树，连出去喝酒的酒水都是从熟人那里买了据说是洋河原浆的兑水品。像范一行这样的办事处里还有四个，每天轮班。吴天成虽然美其名曰是领导，但更像是托儿所的所长，就连开会布置工作都像是任务汇报。吴天成倒不是没有想过发动大家的积极性，他前阵子自掏腰包，请这几位祖宗吃饭、团建，花去了不少，试图和大家搞好关系。但忙活了快一个月，每天吃喝玩乐，却发现这帮人对自己的定位认知异常清晰：自己就是来找消遣的，因此理所当然享受权利，但坚决不履行义务。布置下去的工作如果略显烦琐，就立刻撂担子、甩锅、抱怨并且推诿扯皮，坚决不给自己增加工作上的难度。

可也有好的地方。一般来说，街道办事处虽然职务低，没编制，同时也占了无人问津的好处。绝大多数情况下，吴天成自己应付应付，每天也至多就忙三四个小时。其他时间都坐在办事处后面的办公室炒股、下棋。办事处拢共六人，在几个月内达成了不可言说的默契。办事员们每天处理好固定工作之后，就开始自由生活，而吴天成的要求只有一个，不要被投诉就行。两者之间保持微妙的平衡。

但那都是之前的事情了。最近一段时间，小区里忽然有了多起关于生活垃圾处理不及时，导致恶臭扑鼻的投诉。对于老小区来说，这不是新问题，但投诉的人似乎不约而同，言之凿凿、由点及面地对社区日常环卫开始批评，这一点让人始料未及。几天前，上面忽然下了命令，七月十日到八月二十五日之间，要对每个片区内的人口进行普查登记工作。这项工作不仅烦琐，而且不太能弄虚作假。这次为了彻底做好人口普查的整理和登记工作，上面特意把普查工作分三次。第一次由街道办事处进行普查整理，第二次由统计局出动特别小组进行普查，第三次则由地方大学的社科学院进行普查。三次结果要进行对照，表面上是为了结果精确，但实质是为了核查基层的办事能力和办事效率。吴天成在系统内混迹了也快二十年，对上级文件自有独到的甄别方法，懂得哪些事情要"卖力做"，哪些事情要"看起来卖力做"，哪些事情要"糊弄着做"。

如何区分，全看揣摩上面的意思是否到位，就拿这次的调查来说。表面上是简单的人口普查，但实际是为了清理低收入且没有户口的外来户。近几年N市发展迅猛，人口也爆炸式地增长，但似乎后劲不足，归根结底还是外来户占了很大的比重。上面这次普查，自然是想做到心中有数，必须"用心去做"。但指望手底下这六个人，明显是端起石头砸自己的碗，好在，在办事处混迹二十多年，吴天成自有自己的一套智慧。

这个时节太阳不是一下子落下去的，而是慢慢从天边晕开，从睁不开眼的明白到浅白，再从浅白到慢慢延伸出的浅蓝深蓝，直到月亮在那头对峙的时候才下班回家。

一般这个时候吴天成都会开始着手准备。他从办事处的仓库里接出电线，拿出网上淘出的二手音响，再挑好今天的歌。广场舞快开始了。约莫七点，这座不大的、建成于二十世纪九十年代的小区居民楼里才走出人来，老人们像是受到蜜糖诱惑的蚂蚁，逐渐聚集到办事处前的广场上来。这从三年前开始已经是惯例。吴天成从办事处门口前面的空地上用粉刷生造出一片广场，让诸多居民楼里中老年人们闲散了一天的精力有了宣泄之处。老人们一开始只是零零散散跳着不成规模的国际舞，但人毕竟是社群动物，时间不过半年，有过舞蹈基础的李玉芳成了这群老人的领头羊。她会一些拉丁，也在以前搞社教的时候排练过村里的集体舞，因此逐渐被推成领舞。在吴天成眼里，这群老人在他工作中发挥的作用比托儿所的几个儿童要大得多。他凭借几句恰到好处的恭维和殷勤就和李玉芳拉近了关系，并通过李玉芳在小区间吐丝织网，逐步掌握了整个小区大体的家庭情况——几栋楼里有几家人，几家的子女在政府内高就，几家地下室里窝藏了几桌麻将桌，几家是外来户租出去做见不得人的皮肉生意，又有几家原先不住人，后来改成高干们金屋藏娇的好去处，一来二去几乎知道得一清二楚。之后，吴天成才知晓，这个看起来不起眼的老式小区实际藏龙卧虎，里面的成员身份不仅复杂而且盘踞根深。由于建得早，这里早先是政府用于分配的宿舍楼，快半个世纪过去，小员工变成大领导，这片小区便成了类似革命根据地和兄弟会的集会场所。李玉芳像是吴天成的接头人，两人细致策划，仔细挑选，在这群广场舞老人中间构架起了严密的情报机构，纤细却有韧劲地张开大网，捕捉小区内的每一处震颤，也多亏了李玉芳，吴天成才能胜任这个办事处主任的职务。

而这次的人口普查，也离不开李玉芳的帮忙。这本来是个绝对吃力不讨好的工作，普查不仅要统计人数，更要统计家庭背景和人员身份，事无巨细且严肃得像是入党的政审。他和李玉芳在每栋楼里都安插了一位隐性的"联系人"，靠着小恩小惠与暗自拉拢，几番旁敲侧击后基本搞清楚了每栋楼里的人员构成。坐北朝南的好户型基本都是根正苗红的人家，家里不是公务员就是在高校任教，次一点的则大多是外地在本地安身立命的商户，奋斗十几年，在小区内入手二手房，算是城市的新居民，最次的如顶楼、地下室之属，租户居多，一无户口二无社保，做着底层的营生。

三周下来，零碎的信息通过吴天成的整理变成整齐划一的报表，李玉芳给吴天成汇报说已经收集完毕。但是吴天成却发现，李玉芳报上来的报表始终缺了四单元三栋顶楼的一户人员信息。吴天成疑心里面有问题，但不方便明说，旁敲侧击问过几次李玉芳，却发现她总是绕过不提。一户前后，事情本不大，但蹊跷得如眼中钉、肉中刺、米饭里的石头沙砾，让吴天成心里不安稳。李玉芳心思活络，看起开朗，但实则一个窟窿十八个眼，八面玲珑。吴天成和她合作良久，还是没办法彻底信任她。吴天成甚至特意去查了水电表，发现这户人家用水用电，甚至还在三月份定过一个月的牛奶，确凿是有人居住。但现在手头事情太多，让他顾不得这些。"等有空一定要去看看。"吴天成这么想。

想到这里，他伸手去摸烟盒，发现香烟盒已经空了，伸了个懒腰，慢慢起身，走到大厅，外面空了，范一行又不知去向。

十二楼

范一行每天中午和晚上都登上小区里最高的那栋楼和张琪见面。

文华小区建造于二十世纪，建制老套，笼统整齐的八层，唯独四单元，层层叠叠，在原有基础上又加高四层，鹤立鸡群。原先年年还有住户上门上访，抗议这只鹤阻拦了他们一群鸡的采光，但转了四五圈，从建筑到规划，再从规划到物业，这凭空而起的四层楼始终没有说法，仿佛是建筑工人们擅作主张的灵光乍现。时间一长，不合理慢慢变成合理，加上大家都在系统里工作，大局意识逐渐占了上风，逐渐就无人问津这无凭无据却又凭空而起的四层高楼。范一行有一次和张琪喝多了，便绕着小区遛弯儿。半夜十点小区就鲜有人走动，老式的小区作息也逐渐步入老龄，只有昏黄的路灯一路指引。他们手牵手，沿小区转了一圈之后，就被四单元的不拘一格所吸引。逐步靠近后发现了暗藏在小区楼底背面的升降机。

升降机通体黝黑，四处透风，没有安全标示和联络人，仅有向上和向下两个按钮，好似建筑工人用于升降的建筑机械，但却少见锈迹，像是落成不久。他们两人登上升降梯，尝试性地按下按钮,升降机浮浮沉沉,却不停歇地直奔最上层。下来后就是整座楼的天台。天台有三百平方米,本应杂乱无章却出奇地干净,角落处有加锁的矮平房,范一行牵着张琪的手,靠近平房,透过窗子往里看,发现里面干净整洁,虽有床铺却空无一人,再往里看就是漆黑一片,就算拿手电照着也看不清。范一行兴趣盎然,张琪却胆怯起来。范一行又扶着天台的围栏向下看,整座文华小区像是沙盘上的玩具,再向远看,不远处的CBD灯火通明,像萤火虫聚集的巢穴。两人沿着天台慢慢走了一圈,忽然都站定在中央,幽暗的环境给了人舒畅的勇气,他们开始接吻,范一行闻到浓烈的酒气随着张琪的舌头慢慢传递,让她本来有点清醒的脑子变得有些迷糊。

从天台下来以后,张琪叫了辆网约车,先把范一行送回家。他俩都不是文华小区的居民,但离得不远。范一行毕业以后她爸爸看不下去,给她在文华小区找了份差事了账,而张琪向父母要了笔钱,四处投资,想要创业挣钱。张琪先后试过奶茶店、火锅店、VR体验室、课外辅导机构,却无一例外血本无归,意外发现还是"放水"挣钱。张琪开店不行,放水却独有异禀。他看人独有一套,尤其善于和贷主称兄道弟,掏心窝子,还会站在贷主的角度,帮忙筹集款项。前阵子一个贷主准备跑路,跑路前欠了包含张琪在内四个债主的巨额债务,却在人间蒸发前打了通电话给张琪,连本带利还清以后才消失,算是忠义两全。

两人都是这座城市的原住民,但张琪爸爸行商,范一行爸爸做官,本该官商勾结,想不到十余年前就已相识,远远早于自己的儿女,而且有恩有怨。两人恋爱两年,大概类似新时代的罗密欧与朱丽叶，始终不见天光，如同城市的孤魂野鬼，四处游荡。可城市如同蚁穴，无处不见密密麻麻的人群。双方家长人脉广络，即使整座城市人口千万，却不免撞见熟人，又手段通天，无论是开房开车都难逃法眼。但这次发现天台后，两人心中都暗自窃喜，如同野人发现栖身的山洞，土匪发现合适的山头。之后一段时间，范一行和张琪每天中午和晚上都会相约在天台，始终不见平房的主人，于是胆子渐渐大了起来。先前只是约会，后来像蚂蚁一样搬来座椅、桌布、瑜伽垫、野营帐篷，前阵子张琪甚至搬来了自己家里用于野餐的便携式烤箱，在平房的背面支起帐篷，两人在天台撸串，又仗着无人平房的掩护，在帐篷里做爱。食欲与性欲都得到巨大又无后虑的满足。

张琪走到楼房背面，照例看了看，四下无人后就按动升降机的按钮。张琪在天台早已久候多时，今天天气不错，久违地展现湛蓝，两人支起帐篷，躺在帐篷里，从帐篷的天台看天空，不久，睡意上涌似潮水，快将两人淹没。可过了一会儿，范一行听到外面有响动，她连忙拍醒张琪，两人透过帐篷缝隙向外看，外面静谧无人，只有升降机缓缓向下，除此之外，在天台的另一边多了一个硕大的黑色塑料袋。

一楼

已经过了下午三点，范一行还没有回来，吴天成不免有些尴尬的焦躁。他是居委会的主任，本该是安坐后门主持大局，此刻也不得不端坐前台，客串起办事员的身份。盛夏三点，还正是热的时候,本该无人,吴天成把自己的报表拿来,准备接着奋战,却发现门外有人来回踱步。他迎了出去,打开门,问道,阿姨好,请问有什么可以帮助您的?

时间过去快十五分钟,吴天成看着面前的老太太——她还是一言不发坐在窗口前,对照着表格填填写写,却又立刻涂改,但大部分时间呆坐不动,如同沉睡在地底的蝉。填一张表原本不需要这么久时间的,这只是基础信息表格,上面除了姓名、籍贯和身份证号码就是家庭住址和户口属性。吴天成出于顾虑还是加了一句,阿姨,您需要帮助吗?老太太这时才回过神,小声说,没事,我就看看!

"要不您把信息和我说,我来帮您填吧。"吴天成说道。老太太却一下定住,说:"其实没有这么麻烦,我来就是想咨询个事情。"

"嗯,您说。"吴天成看得出老太太紧张,就尽量让自己语气缓和,问道。

"就是,我想问一下,就是比如啊,我死了以后,假设啊,我没有本地户口,也没有身份证,这样的话,能办火化证吗?"

这个问题一下把吴天成震住了,他搜刮肠肚,想了想有关条例,似乎没有相关的规定。于是就回答道:"我想,大概是可以的。"

听到这个答复,老太太露出笑容,笑容做作,类似谄媚,她衣服花花绿绿,头发黑白交加,身上的雪花膏掩不住老人味——味道不明显但很绵长,似乎昭示死亡与腐朽。这味道让吴天成想起小区四散堆放的垃圾臭味,不知怎么,他陡然后怕。等他回过神来时，老太太已经转身离开，和来时不同，她走的时候行动矫捷。吴天成尾随到门口，却发现老太太已经不知所终，外面阳光灿烂重归死寂。

吴天成回头，看到桌上放着老太太刚刚填写的表格。上面明白写着："张丽珍，四单元三栋。"

那天之后，张丽珍再未出现。而吴天成留心打听，甚至不惜挨几次白眼，走访了几次辖区派出所，都查无此人。这只是明察，还有暗访。吴天成仔细询问了那帮跳广场舞的老人，希望得到些许线索，但都无功而返。最接近的是一位叫张淑珍的老人，但她三年前已经搬离小区。明察暗访都没有结果，吴天成决定亲自出马，去探一探四单元三栋究竟是怎么回事。

凡事都该有由头，不然突然走上别人家门容易招致反感。吴天成草拟了一份"居民大走访"调查表，七分真三分假地编造了走访由来："因为N市要创建文明城市，所以现对居民居住情况与社区满意度进行调查。"有了这个理由，吴天成胆气陡壮，找了天晚上，单枪匹马杀向四单元三栋。

走访的第一户人家姓马，货车司机，十二个月在家不超过一个月，外地人，口音浓厚，且长相凶神恶煞。开门的时候他正赤膊吃饭。虽是盛夏，但他没开空调，仅靠一扇电风扇扑棱。潮气与霉气混杂，屋内杂乱无章，甚至在鞋柜的地方积起了灰。另一户是街对面美容院改的集体宿舍，十六个人搭起了四个上下铺，和马司机家不同，屋子里人头攒动，廉价香水混杂外卖的味道扑鼻而来，好似妓女与屠夫的杂交产物。吴天成一口气帮这些女人做好登记，逃似的离开了屋子。第三户人家是卖水果的外地摊贩，夫妻二人，收拾得倒是分外整洁。第四户、第五户、第六户……吴天成花了两小时，一直走到第六层，楼道狭小，又不通风，这让他有点闷，索性坐在台阶上，数着手里的走访问卷。这时吴天成心中的疑惑才少了些许——这栋楼就是小区里的孤岛一座，几乎没有原住民，全是长租户，而且都无一例外是外地来N市的打工人。想是租金低廉，因此齐聚于此。有了这些信息，回去也足以交差。

但正当吴天成准备拾级而上的时候，却发现从第六层楼开始，楼梯口已经被封死。吴天成眼看此路不通，正准备返程，却听见楼房后面有着窸窸窣窣的声音。声音不大，在吴天成听来却如同雷鸣，不安与恐惧又像杂草一样长出来。他心里没由来却又确凿的恐惧像瘦削又长满花纹的条纹蜘蛛，揪住了他的心。他四处看了看，可周围除了昏黄的路灯与漫步的野狗，并没有其他人。他想了想，慢慢向楼房背面走去，发现了矗立的升降机。

升降机正缓缓向下，上面黑乎乎一片，似乎有人。吴天成心中的恐惧逐渐升腾为巨大的疑惑，他躲在树荫的角落，像是蛰伏的螳螂，又像是噤声的寒蝉，不出一声等待升降机的降临。吴天成以为是身形猥琐的男人，或者是苟然偷情的男女，但升降机的门打开，走出来的却是李玉芳，她着黑衣黑裤，在黑暗中本应看不清楚，但李玉芳走路实在太具特色，像是端庄的白鹤，此刻却又像是夜行的蝙蝠。

吴天成本想上去直截了当问个明白，但按住了冲动与好奇，静候并确认李玉芳离开。李玉芳离开后，吴天成赶忙走向升降机。他走进升降机，按动按钮。不知是不是错觉，升降机由慢变快，越来越快,就像吴天成的心跳。

四楼

李玉芳正在厨房切着排骨。她身子靠着放案板的桌子边缘,厨房逼仄,没办法大张旗鼓地用力。尽管如此,她还是切得很利落,刀刀骨肉分离。切排骨看似简单,但有技巧。排骨切得好,主要靠两点:一是找到骨肉相连的关窍,二是发力要快,收力也要快,心里不能犹豫,犹豫了下不了狠劲。切排骨切得好了,会有鼓点一样逼出节奏感来。这是李玉芳的一个特点,平时她哪怕做家务活都能做出节奏、做出美感、做出优雅来,切排骨也不例外。但今天她心里有点乱,右眼皮跳个不停,手里也没了节奏。

她把切好的排骨下锅、焯水,最后过油,放调料,然后坐在锅旁的爬凳上发呆。排骨刚刚冒出味道,外面就裂开般响起来。李玉芳家两道门,一道外门一道里门,她听见声音,浑身发抖,如同糠筛,但还是走了出去。外门的外面聚了四五个人,看样子来者不善。他们两人扛着煤气罐,把煤气罐当作撞钟的钟锤,把门当钟,在外面效仿和尚敲起钟。钟声不像平时寺里那样平和,而是闷,闷里透着力,力又随着门框传递进来,在里屋,李玉芳感到屋子在微微颤抖。敲了十几下后,敲得外门变形,和尚们要休息了,李玉芳手抖着准备打电话,但不知打给谁。过了会儿,她从猫眼再从外面看过去,看见和尚们正摆开香炉、花圈,准备祭拜,没办法,李玉芳开了门。

六个人就这么坐定在客厅。最重的那个坐在木头沙发上故意晃动。沙发买了十年,是李玉芳和刘明山去家具店挑的,是正宗的红木,优雅得体。现在像个女人一样被这个胖子按在身子底下蹂躏。但她不敢抬头,排骨的味道慢慢散了出来。李玉芳忽然想起她今天生日,排骨刚刚下锅,还有韭菜和鸡蛋没炒,还有买的马兰头和刚上的春笋没炒,她有点饿,她还没吃东西。

刘天明要是还在肯定还会笑话她女人家分不清轻重,分不清缓急,什么关头了还想着吃东西。她有点呆但还是饿,但她坐在椅子上不敢动,好容易才挤出一句话:"能不能再等几天?"

她没抬头,但听见声音。声音很年轻——或许过于年轻了,还有些客气。她抬头看了看,一个秀气的年轻人坐在中间的躺椅上,说,李阿姨,您别怕,我是上次打给您的小张。倒不是我们不认人。刘叔叔生前一直是我敬重的长辈,但辈分归辈分,规矩是规矩。人死账不销,就是这行的规矩。四十万五的本利息,总是要还,况且我们已经等了很长时间了,再等下去也没什么意义。不过既然登门,总得带点礼物,今天来,我帮李阿姨想个办法。李阿姨不想卖房还债,这也是人之常情。但是——

年轻人虽然年轻,但手段并不年轻,他顿了顿,缓步走到餐桌前,拿起桌上放好的碗,开始往地下砸,响声清脆,才接着说——

钱要还。今天我是给李阿姨提供个法子,解您的燃眉之急。他伸出手,李阿姨,我借一下您的手机。李玉芳把手机递过去,年轻人抓起来摸索了阵,然后还回来,说,您可以用这个软件借钱,登记身份证就行。最高能借二十万,拿了二十万,我们再等等您。

李玉芳头依旧不敢抬,但是接回了手机。年轻人招呼了一声,大汉们像是排演好一般地起身。众人起立,年轻人说,对了,我听说今天是李阿姨生日,没带礼物,我们给您唱生日快乐歌吧。

"祝你生日快乐,祝你生日快乐!"四个男人把歌唱得歪七扭八,唱完之后慢慢离开。李玉芳这才起立,她顾不得收拾一下,直奔厨房——排骨好像就要煳了。

十二楼

范立今天晚上看了第五次手表。他的手表出产于瑞士,陀飞轮机芯,是妻子去瑞士出差的时候带回的,按说应当精准,但今天似乎走得很慢。他预约了六点半,眼看已经六点二十,还是空无一人。范立静坐在硕大包厢的边椅上,旁边的牌桌码放着扑克牌,茶几上早早嘱咐服务员倒好了茶水,甚至已经确认了三次菜单,但客人依旧没到。

或许是神经紧绷的时间略长,在问过服务员后,范立缩在沙发的角落,抓到身边服务员码放的报纸,上面刊着一则新闻:

近日,我报报道了在我市文华小区发现无名碎尸块的案件,经过警方全力侦查已取得重大进展。据警方侦查,死者姓张,75岁,外地户口,无固定职业。据查,张某的儿媳李某有重大作案嫌疑……

看到这里,范立有些心烦意乱。他把报纸揉成一团,扔到一边，又看了看表，正在这时，王主任、方处长、郭局长、左总好像掀开一条缝的洞穴里的蝙蝠，前呼后拥、接踵而至。范立立刻拿出准备好的笑容，站起身迎上去递烟、寒暄、欢迎大家入座。

按主请、陪请、主客、陪客坐定后，范立招呼服务员上菜，拿出准备好的白酒倒酒。这套流程烦琐且固定，范立身经百战，自然熟稔。双方从天气聊起，又聊及单位趣事，如果不是各个正襟危坐，倒像是故事大会。几个人负责讲，几个人负责笑，这是长久配合出的默契。酒过几巡，范立在左总的配合下精妙地掌握着喝酒的进度。喝酒如同打麻将，越高端的酒局越要思索和博弈，不仅要看自己手里有什么牌，也要看对方手里有什么牌。什么时候该吃、什么时候该碰、什么时候放炮、什么时候听胡。范立酒量不算小，状态好能有一斤海量，但在酒局上也经常吃瘪。之后范立痛定思痛，总结出一套流程，那就是先宽后紧，连干两杯，将人吓住，如果吓不住，则碰上高手，自然心中有数，小口啜饮，用迂回战术，及时止损。但今天陪酒，又有不同之处，作为主请，需做到四个字"宾主尽欢"。范立虽然也是杯酒不停，但无时无刻不在查看酒桌上几人脸上的状态、杯里的余酒，甚至桌上发了几轮香烟，还有几道热菜都得考虑在内。无论如何，在对方松口之际，千万要死守底线。左总心中也有数，自然里应外合。

正当郭局长讲完公司那个新进大学生和办公室女副主任的笑话后，忽然话锋一转，把话题聊到了范立身上。

"老范，这次的这件事不简单，你知道吧？"郭局长抓起酒杯，抿了一口，然后才说。他的话像是滚水中倒入了冰块。"这次的事情，看上去是人口普查，其中的意义，我想不用我多说。"

范立静默在一旁，直觉告诉他郭局长话刚说一半。果然，郭局长沉浸在自己制造的安静气氛中，过了会儿，又接过自己的话，往下说："这次你们区出了这么一档子事情，造成了很大的问题，社会上借题发挥的人也不少。"

范立点点头，心里又开始惶惑起来，和法庭上等待判决的犯人一般。但毕竟喝了酒，郭局长没多久就下达了判决书："这次的事情呢，我和杨市长和何书记都汇报了，仔细想了一下后，还是我们的基层社区队伍建设，包括基层金融风险防范做得都很差，很多工作流于表面，并没有落实到实处。你作为区域的主要负责人，虽然有责任，但不至大过。他们本来想把你调离岗位，被我劝住了。这样，下段时间呢，王主任会短暂驻派到你的区域，协助你做好社区建设。"听到这个话，范立站起身，将早早准备好的、一满杯的白酒一饮而尽。

温水重新开始沸腾，足足又烧透了两个小时。酒局结束后，范立有点醉了，他将客人们一个个送上车，打电话给女儿范一行，但打了好几个都无人接听。

范一行在晚饭时和吴天成道别。今天是吴天成在街道办事处工作的最后一天。吴天成正在后面的办公室收拾东西。范一行进去的时候，吴天成正趴在地上，用手机的电筒照射办公桌底部，搜罗无声落下的细小东西，却被倏忽冒出的几只蟑螂吓了一跳。在一旁的范一行帮吴天成驱逐了办公室的蟑螂，之后却陷入了有些尴尬的沉默之中。两人相互对视，又不知道说些什么。还是范一行先开口说，吴主任，下面您准备去哪工作？吴天成说，我一个朋友在外面给我觅了一个差事，让我过去做做文书。范一行说，那您保重。吴天成点了点头，似乎忽然想起什么，叫住即将离开的范一行，说，小张这个男孩子不适合你，心术不正。说完就自顾自地去继续收拾，范一行点了点头，说，谢谢吴主任，那件事情后就和他分手了。

离开办公室，范一行加快脚步，那件事后，小区原有的人也都搬离小区，四号楼更是空无一人，政府已经签订好搬迁协议，小区居民大声叫好，要万众一心地将文华小区从地图上擦去。范一行绕过施工建起的围栏，靠近四单元，远处的挖掘机还在通宵作业，她像是贼一样蹑手蹑脚，绕到楼房后面。

像之前一样，升降机无言矗立在楼的背面，她轻车熟路地按动按钮，升降机缓缓向上。登上天台，她站在边卜举目远眺，文华小区四处都在施工搬迁，逐步远行的住客、闻到味道聚集起的搬家公司、远处密密麻麻的车辆与行人，新的商业中心就在旁边，巨大且明亮，让旁边的这块土地像是城市的疮疤。

她再抬起头，尽管灯光明亮，依然看得见星星。夜空和她第一次登上天台一样，像是巨大的玻璃球。她像是渺小却妄想登天的蚁虫，借着高处的天台，成为虫群里更高的存在。范一行忽然觉得，城市就像虫巢，人类和蚂蚁差不多，每天从巢穴中出门工作，又每天准时从外面归巢，分工明确地供给蚁后巨大的养分。

范一行上来之前喝了点酒，她再看周围的天台，如今这里依然高耸却隐秘，即使那件事发生之后。她忽然想起第一次看见李玉芳的时候，她走路的仪态优美，像是白鹤。范一行小时候学过一点芭蕾，她模仿起李玉芳的姿态在天台上独自舞蹈。天台灰暗却忽然亮了起来，她跳完一段后，感觉手机震动，打开后发现是范立打来的电话。她把手机从天台扔出,用很大的力气,手机屏幕闪光,在夜空中如同萤火虫般飞远,她看了看手机,又看了看下面。

升降机消失了,光滑的墙壁看不到它存在过的痕迹,似乎是有人给她开了一个隐秘却嘲讽的玩笑。

分　身

蒙太奇受害

1

　　我觉得我老婆不对劲。最开始，脑子里冒出这个念头的时候，她正在我旁边一边啃苹果一边看着手机上胡编乱造的自媒体，像个鸭子一样，咯咯咯地笑。我转头看了一下她，她今天晚上还是披着那件穿了不少天的睡衣，刚刚洗好的头发盘在头上，用毛巾裹着。我刷着手机，随机打开一条新闻。她凑过来看了一眼，大声念道："神秘山域流传奇怪传说，数十人失踪！"我说，你还记得吗？这山我们还去过，她说，有吗？我怎么不记得了？我说，算了，你不记得的事情多着呢。说着就转过身假装生气，这好让老婆觉得我不是无所事事，不能指派我去收衣服、拿水果、检查某种无关紧要的行程，无暇其他，好为我长时间的思索做掩护。

　　究竟是什么时间发现她不对劲的呢？我仔细搜刮脑子里的一

些细节，但脑子并不像过去那样灵光，这主要是因为，我和她认识的时间实在是太久了，按现有的年纪来计算，已经过了大半生，足够拍一部《半生缘》。但同时过长的经历像是一部冗长又缺乏索引的英语词典，只凭借脑子里的只言片语的印象，很难找到不对劲的地方。但我翻出手机里的朋友圈，往下滑滑滑，滑过无用的投票链接、单位下达的任务推广、人情转发的狗屁文章、凑单凑价的拼单推广；翻过无聊想出的烂笑话、各种节日纪念的条例、随手拍下以为会铭记的短小瞬间，翻到我手指痛，一直翻到了好几年前。不同时间的朋友圈像是书签，帮助我回忆。那还是七年前，我发的第一条朋友圈，那是一张照片，照片的内容是两只手搭在路灯下，看不清环境，但还能确定在晚上，配文简短："我们在一起啦！"

这张照片我当然记得，那是我认识她的第十个年头，那天是我大学毕业第一天，偷偷坐上高铁，奔赴她所在的城市、所在的大学、所在的宿舍，而她当时对我的即将到来毫无预感，正在和室友一起拾破烂似的翻捡宿舍清理出的一堆用品。我站在她身后的时候，她还若有所思地拿起一支护手霜，费劲地往自己手上挤。要不是室友提醒，她都不会注意到我在身后。晚上我带她按照习惯的路线去吃麻辣香锅、看电影，并在事前准备好的一束玫瑰花的帮助下开口表白。她在那站了好长时间，应该是有挺长时间的，因为我记得当时手已经出了不少汗，在衣服角那蹭了又蹭。最后，她伸出手来，轻轻握住了我的手。第一次拥抱，我紧张得几乎忘了所有事，只记得自己奇怪地勃起了，这让我上身紧靠她，下身又站着离她很远。然后，我拍了这张照片。我翻到这张照片，看了又看，找到了第一个疑点，她右手拇指根那有一道小小的疤痕，她后来不久和我说过，是她小时候不小心被刀割破的，后来去医院缝了好几针。

这个疑点的发现立刻让我的这个疑问变得真实起来，像是装上电池的玩具汽车，开始由死转活，在我心里转来转去，还发出刺耳的响动，让我不得不正视。我挪了挪身子，放下手机，打开一本书，装作自己正在读书，而且聚精会神，好让我进一步进行思考。我仔细回忆当时的情况，但照片当天发生的事情已经过去太久，就像某首流行歌，记不起前奏，只能想起只言片语。我和老婆相识十五年，恋爱三年，结婚两年。但从初三那年做的那场春梦算起，我暗恋她也有八年整，熬过春夏秋冬，熬过高中三年没有手机的时光，熬过大学异地时她们学校三五成群结队而来的追求者，熬过她大三那年偷偷暗恋的学长，熬过她那帮大学时要好后来不再联系闹翻的闺蜜无端而来的揣测与刁难，其艰苦程度不亚于一场战争。作为战胜者，自然有必要拍一张照片，宣告天下，表示主权。但就这张照片让我察觉出不对劲。

我拍了拍她，说手给我看看。她正看着电视剧，头都没转，说，怎么，想给我换个戒指？我嗯了一声。她的手和几年前这张照片上相差无几，唯独少了那道疤，我仔细看看，想问，但开口又咽了下去，"不能打草惊蛇"，心里有个声音忽然这么和我说。我骂自己疑神疑鬼，但还是把手放下来，继续扭头去看书。过了会儿，她将那头的台灯关了，房间寂静且黑。不一会儿她就睡着了，但睡得似乎不太踏实，双手抱臂，身体紧紧绷着，开始有一阵没一阵地打呼噜。印象里她绝少打呼噜。又过了一会儿，她的呼噜声渐渐止住，我慢慢起身，蹑手蹑脚走到书房，摸出手机，照着朋友圈的照片按图索骥。不知怎么回事，今天晚上特别安静，听不见远处的狗吠、鼓点似聒噪的蛙鸣，只有月光透过书房的窗帘探出头来，我坐在椅子上，挑出一支烟点燃，这是我能想到的配合着这种寂静与紧张思考的最好的方式。

2

我没想到，这种寂静无声，已经持续了快五分钟。因为众所周知的是，即使是已经初三，即使还有两个月就要中考，但语文课的最后十分钟，班主任还是已经讲无可讲。

这不怪他，他的正职是教导处主任，兼职是班主任与教语文。十多年前，他刚刚到学校教了几年语文，之后赋闲多年，要不是我们班出了名的纪律差，气走三位以上的语文老师，他也不会再出山。他的名字也不像语文老师，叫朱志龙，听起来就很虎虎生威。朱志龙作为教导主任的同时有很多异禀，比如他的耳朵很灵，能够听到调到一格的 MP4 不小心漏出的声音，再比如他的眼睛很尖，能够看到有人偷偷撕掉习题册的漏页。但他在语文上的造诣有限，上课不讲唐诗，不说唐诗宋词，不让我们记文言文常识，不对现代作家里写的句子咬文嚼字，甚至都不聊语文本身。主要是瞎扯，譬如说杜甫如何吃撑而死，鲁迅和沈从文追他之前的学生，这在当时也算乱伦。再扯一段金庸的三段情事，生动活泼，宛如亲历。这些事一般够他聊足四十分钟，剩下五分钟用来飞速讲完本来的教学任务。对此他面无惭色，还说，语文主要靠悟性。

分　身

我们没有悟性，更没有自觉性，倒是很喜欢语文课，因为在他的课上，只要行动上不出格，思想上出格一点没事。这几天主要学《史记》和《春秋》上的几篇古文，他没有旁征博引来的异闻，只能将古代的割势操作细则简略地说了一下，但还是说得太过简单，无法加入许多感同身受的引申，所以到三十五分钟的时候，他就进入尴尬的哑火状态，并让课堂陷入整块的沉默，就像是炒菜里吃到的未化开的盐块。但看样子他并不准备对此负责，我们也对他的不负责感到开心。

我也很喜欢语文课，因为这个时候，我可以心无旁骛地开小差，好来观察邵文婷开小差。邵文婷在语文课上开小差的时候很谨慎，甚至态度可以和她认真听讲的时候做对比。她会把手伸进桌肚里，里面有刚刚下课在小卖部，由我代劳购买的菜园小饼，番茄味和烧烤味按照她的吩咐各买一袋。邵文婷一只手放在桌面上，另一只手缓慢地伸进桌肚里，再伸出来的时候，在手掌中心已经藏住了一小块饼干，她另一只手夹住小小的饼干，然后去扶眼镜，在扶眼镜的那一刻，饼干已经进到她嘴巴里。她的嘴巴以几乎让人察觉不到的动作嚼着饼干，只有坐在她旁边的我能注意到她咬合肌的运动。她用这个办法在语文课上屡次作案，屡试不爽，甚至开始往嘴里一次塞两块甚至更多的饼干。但回回都被我注意到，我把这当作和她之间不为人知的秘密，静默地保守着它。但这次她刚刚把饼干放进嘴巴里的时候，朱志龙点了她的名字。

"邵文婷，你回答一下'求诸己'这句话里的'诸'是什么意思？"忽然的发问让我猛地一惊。看向旁边的邵文婷。

3

  她站在书房外面,双手抱着臂,神情肃然,像是抓到作弊的老师。我有些不好意思,连忙灭掉了手头的香烟说,睡不着,索性起来走动走动。老婆伸出手,我自觉交出已经藏好的半盒香烟。她又伸出另一只手,我把打火机也交了出去。然后她就利索地转身,说晚上你自己睡客房。这正是我乐意看到的,因为这样我可以继续我的推理与思索。

  而躺在客房的我,很快就找到了第二条线索,来验证我的想法。

  那是一张日出的照片。那是我们结婚一周年,我带她去的那座山。我记得那天去爬山几乎没有什么规划,周五晚上,她早早从单位下班,无所事事,拿着遥控器对着电视屏幕翻来翻去,忽然说,我们有一趟直达·座山的火车。我说,好像是有的。然后她忽然说了一句,我们去爬山。毫无疑问,用邵文婷的说法,这两句话不是陈述句,是祈使句。这是她下命令时惯用的口头禅。也确实如此,因为在说完这句话后的一个半小时,我们就到达了火车站,穿着临时找出来的,还带着樟脑丸味道的冲锋衣和在楼下小卖部刚刚买好的达利园蛋糕与好丽友蛋黄派。我能记清楚这么多细节,是因为我胃不好,但为了防止在登山时低血糖,我又不得不往肚子里塞了很多达利园蛋糕和好丽友蛋黄派,她则像鼹鼠一样不停地吃着小饼干。我记得,在当时,廉价的淀粉和可可粉在我肚子里起了化学反应,让我在绿皮车的抖动中一路不停地忍住想要呕吐的冲动。但她却兴致勃勃,不顾已经凌晨,通宵未眠，向着山顶奋进。似乎这次去爬山不是百般聊赖时的临时起意，而是某种类似宗教意志般的朝圣。快日出的时候，我和她才抵达半山腰，她这时反而对日出没了什么兴趣，一直说着山顶太冷了，遍地都是垃圾，这么多人马上下山一定会很堵之类的话，还不如半山腰自在。也许是因为某个原因，当时的我反而觉得这一刻值得纪念，所以才找好角度，拿手机拍了这张照片，发到朋友圈，也没有配文，只有简单一个胜利的手势。我不明白为什么只爬上半山腰也算胜利，而且照片上太阳并不美，甚至并不柔和，过低的像素对照着刚刚起床的太阳，显得有些模糊，被蒙上一层薄纱，像是早餐店刚刚开业，掀开一锅的豆浆蒙起的那种轻薄质感。我看着这张照片，想起一件事，这件事让我心忽然往下一沉，几乎是沉到了谷底，我翻开手机找了一下手机里的旅游 App，才发现我们这个地方并没有火车站。我又回到书房，翻出以前的一本记事本，按日期去寻找更多的细节。

4

我翻了半天，才想起朱志龙在上个月的月考上讲过这个知识点。"求诸己"这句话正好考到，来自《孟子》的一篇古文，原文是"行有不得，反求诸己"，朱志龙给出自己的翻译是"挨打就要立正，不要找客观原因"。

但这时邵文婷已经站了快一分钟。谁也不会想到，朱志龙会在这个当口忽然发问，尤其是刚刚经历了长达五分钟的沉默的他，已经一屁股坐在讲台的椅子上，开始看起了《青年文摘》。而《青年文摘》上绝不会有"求诸己"这样的话。只能说他教导主任的异禀忽然发挥了作用，且不论男女，不分优劣，今天就必须杀鸡儆猴。我和邵文婷坐在第一排，是眼底下的"猴"。"求诸己"的意思邵文婷不会不知道，上星期刚刚月考考过。她古文没扣分，我扣了两分，这我记得很清楚。

邵文婷呼地站起身，但并不说话。我心里清楚，她不是不会答，而是不能答。一旦开口，她嘴巴里吃着饼干的事实就要败露，两者取其轻，不如将错就错。但朱志龙今天似乎并不打算善罢甘休，反而让之前的沉默延伸成了一种对峙。沉默逐渐在课堂上成形，变成逐渐硕大的铅块，班里的轻松气氛也消失不见，大家都停下了手头上的事，盯着第一排。我抬头看看邵文婷，发现她低着头，她的眼睫毛真长，我再细看，发现邵文婷的睫毛前里开始聚集起水雾，根据我的判断，这是流泪的前兆。朱志龙今天显然并不准备善罢甘休，他坐在讲台上，身体往后仰了仰，手里抓着的杂志微微晃动，他甚至开始轻快地哼起了歌，但他的神色并没有放松，反而越发紧绷。我是语文课代表，深知他喜怒无常，今日发作起来恐怕难以收拾。我想了想，伸起了手，手伸得笔直，让它尽量像一面旗帜。全班人都看到了这面旗帜，邵文婷也看到了，她原本低着的头慢慢抬起，她眼睛里逐渐有了亮光。显然朱志龙也看到了，他一下站起来，然后哼了一声，说："英雄救美？"声音不大，但足以让全班听到并轰然。我低下头，但手并没有放下，朱志龙说，行了，邵文婷你先坐下来，回头感谢感谢你的好同桌。他停顿了几秒，似乎想让课堂上的笑声再响亮一些。幸好在这个时候，下课铃忽然响起。

下课的时候我没敢再在座位上待着，而是出门去小卖部买我根本不需要的零食。熬足快十分钟，我回到座位上，第四节课是数学课，有五分钟的眼保健操。平时眼保健操一定会睁眼的我，第一次认认真真做起了眼保健操，从揉天应穴，到挤按睛明穴，再到揉四白穴，最后按太阳穴轮刮眼眶的时候，我觉得有人在看我，而且应当是一种凝视，这种凝视不同于其他的视线，似乎有着让人紧张的重量。我睁开眼，看见邵文婷正看着我。四周所有人都在做眼保健操，我不敢回应她的凝视，却发现她在用唇语说谢谢。我点点头，刚准备闭上眼睛，厘清思绪，别让我下节课再出什么岔子。

然后她又拍拍我。

我再睁开眼，发现她的嘴唇又无声地张开了，一字一顿。

第一个字她的嘴唇拢起，第二个字露出牙齿，第三个字慢慢张开嘴唇如同绽放的花朵，第四个字舌头又压在牙齿下方。说完她扭过头，继续做她的眼保健操。刚刚这四个字没有发出声音，但在我的耳边已经轰隆作响，像是一道又一道的惊雷劈在大地上，炸裂出细小的石块。

她应该说的是："我喜欢你。"

在这之后的十年零二百一十八天，我每次和她单独相处的时候，第一次坐上去看她的火车的时候，第一次和她在电影院心跳猛烈的时候，第一次想要拥吻她的时候，第一次带她去看演唱会欲言又止的时候，第一次目睹她哭泣的时候，第一次早上起床细数她眼睫毛的时候，都想问她，都想去确认这句话是否真实还是我的臆想？如果这是真的，为什么要在之后拒绝我的表白，如果这是假的,又为什么我觉得那天的震撼如此真实,真实得像是印烫在记忆深处的文身,每次想起都恍如昨日。

5

我忽然想找老婆问个清楚,但又觉得太晚了。于是对着笔记本上的内容,我理了理思绪,从头开始想起。笔记本上写了我们去爬山的经过,白纸黑字,明明白白。而我们城市最近的一座火车站是三年前建起的,还是一座高铁站,在此之前,坐火车都必须去隔壁市。我反复想了想,对着朋友圈翻起来,发现疑点越来越多。

比如那条去年分享的一家新开的重庆火锅店,她来来回回和我说了几次,为此我找了黄牛去排队,但在记忆里她并不爱吃辣,偏爱甜食和膨化食品,尤其是对一款小饼干爱不释手。可结婚后却再也没吃过。上次去超市,我特地为她放进购物车里的饼干又被她放回了货架。再比如,她最近偏爱做手账。在我理解里,这是黑板报的一种转换形式——在本子上用彩色铅笔、贴纸和活页贴记录各种各样的计划表。她买来许许多多的手账本,把任何计划都搬上手账本,并热衷于晒到朋友圈。她手账本上的字迹清秀,和印象里差不多,没什么问题,但有她自己的一张签名,问题就出在这里。印象里,她的签名并不是这样。初中三年,老师要求同桌互相检查作业并签名确认,为了躲避检查,我曾仔细研究过她的签名。她的名字是文婷,文字带一点连笔,那一点点得很高,像要跳出来,很雀跃,并不像照片里这样工工整整。照片里的签名倒像是他人仿造。我把这些疑点都记录在纸上,忽然想到当初的一件小事。这件事我都快忘了,但忽然想起,又在我担心上添上了一把干稻草,名为怀疑的冷火呼地一声蹿了很高。这时,从窗子露出的缝隙里,吹来一阵风,让我打了个哆嗦。

6

风直往我脖子里钻,虽然穿冲锋衣,但我还是没想到十月底的风已经有些瘆人。我还没想到的是,周五晚上九点,这个火车站人还是这么多。事实上,自从这座城市两边的高铁站开始高高耸立,我和邵文婷就很少来这座火车站。这座火车站矗立在那里已经小半个世纪,尽管隔段时间就有被拆迁的谣言,可依然坚挺在城市的中心。车站的顶端是一个瘦削的钟楼,定时定点发出东方红太阳升的报时声。我站在路边,钟楼刚刚报时完毕,响了九整下,近距离地听,巨大的声音令人晕眩。在车站前,黑车司机在旁边来来回回吆喝,不断询问我们即将远行的终点,另一边茶叶蛋混合烤玉米的味道从路边反复向我侵袭。

我站在路边,前后各背了一只巨大的旅行包,像前后长壳的乌龟。一个半小时前,邵文婷忽然站到我面前,向我宣布这项计划,除去路上一小时、预订来回车票的十分钟、留给我们准备的时间也就二十分钟。在二十分钟的时间里,邵文婷事无巨细地考虑并准备好了登山时需要的冲锋衣、上山时没有水而临时储备的巨大水壶、便携可抽的湿巾纸、符合我和她尺码的登山鞋和花花绿绿的零食,我的是达利园蛋黄派和好丽友蛋糕,她则是满满当当一背包的菜园小饼,为了尽可能塞进更多的菜园小饼,她还贴心地在每只鼓起的包装袋上用针戳上一个小洞。这一切让我不得不确信这次登山之行是她密谋已久的突然袭击。但长久反复的生活早就让我厌倦，从邵文婷毕业决定与我一同背井离乡，来这座城市一起工作，我们已经很久没有一次计划外的旅行。工作和休息规律如一日三餐，未来的每时每刻都被细心规划。看得出她为这次意外的旅行费心不少，因此我也偷偷决定，给她一个惊喜，悄悄在背包底部，塞进了一个小方盒。虽然车票上说是特快，地图上显示只要经过五站路就能到达山脚下的车站，可仔细算起来，我们到达山脚下的时候也快凌晨三四点。我找了个借口说去上厕所，邵文婷看了我一眼，从包里掏出一包烟，说，去吧，知道你憋坏了。我目的被戳穿，却没什么不好意思，经过两年多的同居磨合，我和她习惯了这样的相处模式，像两只被泡在温水里的、软趴趴的海绵，在让对方舒服的同时尽少干涉。关系里默契或许从初中时就逐渐养成，根深蒂固，并不需要刻意维系，就已经养成在生活的察言观色中。

7

早上起床，旁边又是空荡荡，房间外的厨房传来香气，我嗅了嗅鼻子，有烤松饼的香气，也有热牛奶的味道，而厨房里刺啦作响的声音，确凿是在煎着什么东西，午餐肉或是鸡蛋。昨晚临时起意的抽烟让我的胃有些抽搐。我麻利起身，去卫生间刷牙，老婆突然走进来说，低头。我低下头，她像只兔子一样伸出鼻子，向左向右都嗅了嗅。我看着她的脚踝，若有所思。她说，你昨晚抽烟了？我点点头，既不惊惧也不羞愧。她说，怎么回事？说好戒烟怎么就又抽上了。烟藏哪儿的？我没接话，扭头下楼，准备去单位吃早饭。

周一上午，上班路上人潮涌动，我也开得心神不宁，胃越来越疼，也在分散着我的注意力。这导致我被三四辆车加塞。在大路口的一个红绿灯前，车流走得断断续续，到后来彻底不动了，我干脆把车熄了火，顺着昨晚的思绪继续往下理。

我记得，我上初一的时候还没开始发育，整个一年都一米五五。邵文婷一米五三，两人按身高排座位的时候就做了同桌。后来初二一年，我突飞猛长，晚上睡觉的时候腿都生疼，一年长了二十厘米，好在成绩始终在前十名，所以得以和邵文婷继续做同桌。她也长了不少，初三毕业，我长到一米七六，随后身体的生长阀门戛然而止，而她则陆陆续续长个，也蹿到了一米七。结婚当天，按习俗要藏鞋和找鞋。新娘藏两只高跟鞋，新郎和伴郎负责找出。在和她结婚之前，我做过七次伴郎，有口皆碑，尤其擅长推门、找鞋、完成各种稀奇古怪的习俗游戏。因此在结婚当天，我信心满满，但那天情况却在我意料之外。她两只鞋，一只藏在了抽水马桶的水箱里，一只藏在了壁内空调的主机上。按照那位算过我名字的算命先生安排，婚礼应当在十一点二十八分准时开始，但找这两只高跟鞋花了我快半个小时。当时正是初夏，隔着玻璃与冷气的阳光也开始威力巨大。层层紧绷的西服让我有些气短，头发上做好的定型摩丝开始松松垮垮开始融化、变形。伴郎、伴娘，包括我这个新郎都已经急疯了，而只有她坐在床边，前后摇晃着她赤裸裸的脚丫子，怡然自得。最终，我找到了这两只鞋,她从床上站起身,像是去完成某项秘密行动一般和我说,行了,我们出发吧。随即踩上高跟鞋,健步如飞,奔向婚车。我跟在后面,看着她飞奔而去的背影,有些恍惚。

想到这里,我掏出手机,给老婆发信息说,你还记得你结婚当天,两只婚鞋藏在哪里的吗?发完信息,车子就开动了,手机在副驾驶上嗡嗡作响。我想去看手机,但想到过了这个路口,接下来的路一路顺畅。我到单位后掏出手机,发现上面没有新信息,而朋友圈是老婆刚刚晒出的营养早餐——这也是她最新心血来潮的计划,按照软件上的指示,一步步去做好"一人食"的精致早餐。既然是"一人食",自然没有我的那一份。我不是没有表达过抗议。我说你可以依样画葫芦去做个"二人食",她却不以为意,而且振振有词:"本来就要摆盘,来不及。"我对西式的早餐一直不太感冒,比起华而不实的面包、牛奶和蔬菜沙拉,一碗烫嘴的豆腐脑和油条更能满足我的胃,所以就此作罢。但看见她晒在朋友圈的早餐,熬上了一大锅粥,边上放好一颗剥得整齐的茶叶蛋。我看见照片,有些生气,更多是懊恼。

吃完早餐,我走到办公室门口,听见里面声音很大,透过装饰玻璃的缝隙,看见三四个人盘踞在我的工位上聊天,似乎在热烈议论着什么东西。我一进门,像是往沸腾的一锅开水里舀上了一勺凉水,他们即刻散去。我坐在位子上,发现一张表格,上面是一张家庭关系的确认表。王主任点了点,说工会在统计,你有空填一下。我发现表上有一个空格,在配偶那一栏上面写着一行短小的说明:"已离异或丧偶的勾选此选项"。而在这个选项上有勾选的痕迹,我觉得是单位某人的恶作剧,心里无名火起,但不好发作。我找到王主任，问他重新要了一张表格，坐在座位上填好，刚准备交上去，却发现王主任去开会了，我只能把它塞进包里。

实事求是地说，工作并不太忙，虽然人人都不愿意承认这一点，但只要抱着敷衍了事的态度，去应付重复的表格与信息报送，每天的工作并不会花去我太多的时间。大部分时间，我都可以在工位上放空自己。单位的同事最近一段时间也似乎在躲着我，上班下班都像接头暗号，眼神躲闪，飞快传递着我看不懂的信息。就在这时，老婆发来一条信息，无视了上面我的询问，直接说：我收拾了一下你的书房，东西实在太多。之后，她发来一张照片，照片里有一大堆杂志、书和CD，还有一些露出的边角，应该是上学时候获得的奖状与证书。我，看到整整齐齐的一摞杂志，心里好像被什么东西敲了一下，说，你先别乱收拾，说不准有些东西有用，等我回来和你一起收拾。可这时候，事情一件又一件地接踵而至，等我忙完已经下班一个小时了。我翻出手机，看到老婆打了三个电话，我都没接到，连忙回拨过去，回拨回去的时候又总是没有信号。我心里放心不下，担心她翻出我昨天在纸上做的记录，一连打了好几个都是无人接听。

8

终于接通电话的时候，我心里才松了一口气。现在已经是凌晨三点四十多，我们抵达山脚，只是铁门紧锁，无人问津。巨大漆黑的山脉连绵，寂静无声，只有偶尔听到的虫鸣鸟啼。邵文婷说她有点想上厕所，结果人走出去十几分钟，还没回声，我打电

蒙太奇受害

话也不接。好不容易才看见她哆哆嗦嗦从黑暗里现身，说附近真的没有厕所，还是先上山吧，实在不行去草堆里解决一下。我说，上什么山啊，门都锁了。邵文婷却胸有成竹地和我说，我有研究过，旁边有一条小道可以绕过门口。说着也不知道从哪就摸出一只小手电筒，一路打着向山顶迈进。我有轻微的夜盲症，在寻常黑暗中也只敢小步踱行，像裹小脚的妇女。她却大步流星，一边拽着我一边向上，还在看着时间，似乎在与某个看不见的对手竞赛。慢慢地，我眼睛也熟悉了黑暗，两人向着山顶进发。山路越发崎岖，但适应后在路上穿越反而有着别的时候没有的畅快。约莫一个小时，我们行进到半山腰，那里有一个小小的凉亭，供游客休息，正好供我们歇脚。我坐下后才发现，邵文婷的脸上泛红，慢慢沁出的汗珠把她的一缕头发牢牢粘在脸上，像是有人用黑笔画上去似的。我拿出湿巾，帮她擦汗。她这时说，不行了，我得去找个地方上厕所。我这才注意到，她带来的水壶已经空了大半。我说，这附近又没人，你随便找个地方蹲着就是了。她说，这不行，小时候她在一座庙里，蹲在一个地方上厕所，就看见一条蛇从草丛里蹿出，带着细细火红色的条纹，从此留下阴影。我说，行，那你看看哪儿有公共厕所。邵文婷说，看见前面这个台阶了吗？从这个台阶下去就是一个厕所。我奇怪于她的奇怪直觉。她说，这座山她也不知道为什么，似乎天生就知道怎么走。说着她丢下包，走下台阶。我趁她不在，从包里偷偷拿出那个小盒，盒子里是早早买好的钻石戒指。我想好了，我要问她那个问题，问完后，我想向她求婚。

可过了好久，虽然我没看时间，但一定是过了好久，因为太

分 身

阳已经升起了。我发现在半山腰正好可以透过远处的层峦叠嶂，看清楚太阳起床的样子，美轮美奂的日轮慢慢从远方的尽头爬升，我掏出手机，拍了一张照片，想要和错失日出的她炫耀。但直到我给照片加上滤镜，我已经能听到远处第一批游客有说有笑的声音，邵文婷还没回来。我有些焦急，站起身，走到台阶入口，才发现台阶长得无边无际，而且很陡，一路顺畅地通往山脚下，旁边是深且不见底的乱草丛林。我疑心这是一个蹩脚的玩笑，她现在正在山下的某个早餐铺安心吃着早餐，但心里的不安与恐惧却快速膨胀。我一边扶着楼梯，一边往下走，走了很远，没有看见她所说的公共厕所，也没有看见她。随着时间越来越长，我也越来越不安。我返回凉亭，发现她的那份行李已经消失。我掏出手机给她打电话，第一通电话无法接通，第二通电话已经关机，第三通电话是奇怪的忙音，我急切地赶紧拨通了第四个电话，听见远处响起手机铃声。我不顾丢人，开始高声大喊她的名字，声音透过山峦回来，形成漫漫的回声，我能听见微弱响起的手机铃声，也似乎听到有人在微弱地呼救，语气急切，似乎在让我别回头。声音歇斯底里。我刚想回头，感觉后脑勺被一根硬硬的东西顶住，还有一个声音："不许动！"同时手机铃声又消失了。我回头，看见邵文婷笑盈盈的脸。我掏出裤袋里已经被我捏瘪的戒指盒。不顾自己脸上还流着泪水，不顾自己还在陡峭的悬崖上，不顾自己还没有问出那个问题，就连忙打开，说：

"嫁给我！"

"这是一句祈使句。"我想了想，又补充道，时间像是彻底静止，或许过了十几秒，又或许过了几分钟，我才敢抬头看邵文婷的表情。

9

　　她呆立在原地，似乎被我刚刚的行为吓到了。我没带钥匙，又打不通电话，在外面喊得声嘶力竭都没人应答。看见老婆娉娉婷婷地过来开门，自然生气，大声责问她到底在干吗？为什么不接电话？打电话又干吗的？！老婆看见我这样，冷冷地说，给你打电话打不通，之后就没电去充了。你又不说回不回来吃晚饭，饭菜冷透了还得热，还得帮你收拾东西。说着铁青着脸，扭头回屋了。我到书房，心里忐忑，准备赔个不是。而老婆正蹲在地上，像在小摊面前挑拣的顾客，若有所思。我上去抱住她，说了一堆好话，她脸色才缓和下来。

　　这时我才注意到，照片上的那堆杂物已经被放到她面前的纸箱里。她把纸箱抱到桌子上，开始一样样往外拿。我首先看到一摞杂志，是已经停刊的时尚杂志，整整一年份。买这本杂志是因为邵文婷喜欢星座，而在这本杂志里则每期附上了一周的星座的知识解读和周边笑话。这种杂志售价不菲，大开本，铜版纸彩印，加上塑封，一本要十二块钱，我当时省吃俭用，每周一定时定点蹲守在学校前面的书店给她买，每次塑封都不敢拆。不仅如此，她还迷恋漫画，喜欢看一本叫作《漫画前线》的杂志，上面有她正在追的漫画连载。杂志一周一刊，《漫画前线》一月一刊，买这些东西和零食，每月都要花去我大半的零花钱。而邵文婷对于新东西有着超乎寻常人的执念——"每次我只看新杂志和新漫画"，她当时这么和我说。每次我把崭新的杂志拿给她，都等她刺啦一声拆开，认真看完杂志后面的星座解读才接过来，去看后面的字谜解读和网上段子。她是天蝎座，据说是最霸道又最冷酷无情的星座，而我是巨蟹座，公认的居家好星座，我那时候还和她贫："像我这样的，谁以后找着当男朋友都是福气。"我当着老婆的面，像抓扑克牌似的排开，拿给她看，说，你还记得吗？你当时最喜欢看这上面的星座解读。老婆头也不回说，是吗？我怎么不记得？随即打开一本，看了起来，过了会儿说，上面说得也不太准，你看说白羊座毛毛躁躁，但我觉得我做事挺细心的。我说，你什么时候是白羊座了？她看我，说，我愚人节的生日，你这都忘了？我说，我记错了，以为是金牛座。在之后的翻捡中，我翻出了绝大多数我上学时的东西，有用了一半的笔记本，有数学作业时做的草稿，还有小学时候写的作文。老婆看见作文本，尽管还板着脸，但像是发现了宝贝，拿过去边看边笑。而我翻了半天，才发现当时的毕业照。我拿出来，上面的塑封已经不见，依稀可以辨认人脸。

　　我拿出毕业照，对着上面邵文婷已经模糊不清的脸，再看看老婆，觉得一阵天旋地转。她就站在我面前，离我半米远，在看我以前的作文，她的面目正在逐渐剥离，像是老旧浸水的石灰墙面，泛白、鼓起、脱落，露出全新的真相。我看着这个逐渐陌生的人，脑子撕开般的疼，比宿醉还要疼上百倍，随后眼泪不争气地流出来，眼泪逐渐汹涌。

　　老婆扭头看了看我，她觉得很奇怪，上来安抚并拥抱我，问我发生了什么？是不是又想起什么了？过了会儿，我只能紧紧抱着她，仿佛一松手她就会变成软乎乎的肥皂泡沫，在我手上消失。

分身术

1

刘峰回到家的时候张明明早已睡熟。自从生完儿子之后张明明开始嗜睡，婚前她在凌晨三点都能目光炯炯地灌下去三杯龙舌兰，一周里都有四天混迹于酒吧、夜宵摊和KTV，非得看到天边亮出一角来，才心满意足和刘峰说：成，今天就到这儿了，早安。然后嘴唇贴着刘峰的嘴唇，响亮地开始接吻。刘峰觉得有点玩闹的意思，证据就是每次接吻张明明都是睁着眼睛的，像金鱼。

刘峰在婚前问过张明明是不是喜欢他，但总找不对时间。张明明表露感情的方式就是接吻，她总在刘峰没做好心理准备的时候吻刘峰，一天几次，全部是未经预演的突然袭击，每次舌头都和一条滑溜溜的蛇似的，在刘峰嘴里乱窜。即使在交往三个月后，

分　身

刘峰打定主意,要化被动为主动,特地做了一天的心理准备,却还是在电影院双手紧捧爆米花的时候被张明明得手。被袭击的刘峰有点生气,脸红到脖子,当场撒了两袋爆米花。事后刘峰想了想,在他和张明明的关系里,张明明占据绝对主动且从不吝啬向刘峰和刘峰之外的其他人用当众接吻的方式宣告主权。刘峰开始反复问张明明是不是喜欢她,不问就不踏实,就连晚上睡觉都时常梦见张明明大笑着坐上一列离开的列车,追都追不上,他本不是这么啰唆的人,但是碰上张明明他觉得自己开始患得患失,甚至多愁善感起来:前几天他看见一只猫在捉弄一只半死的老鼠,忽然就对那只老鼠心有戚戚,悲从心来。就连刘峰和张明明第一次做爱都从侧面印证这点:张明明把刘峰的头死死摁着,骑在他身上,肌肉紧紧绷着,就像是拳击手在打翻对手后依然要补上几拳。

不过张明明也有温柔的时候,后来回回刘峰给她画速写的时候她就很温柔,就趴在桌子上发呆,眼睛盯着桌上的苹果,但眼睛里没有苹果。刘峰和张明明当初就是画速写认识的,刘峰当时刚刚大学毕业,身无长物,从北京逃回家乡,只能在街旁边竖个支架,靠给人画人像过日子,五十块钱一张,画得像就行。当时张明明正好从旁边的炸串店出来,手里抓着啃了一半的炸豆腐干,看着无所事事对着人群发呆的刘峰说:"哎,你给我画一张。"她就这么抓着豆腐干,刘峰给她画了一张。张明明看着那张画,称赞说这个豆腐干画得真不错,然后给了刘峰一张一百的,说不用找了。

后来张明明找刘峰画了四次画,分别手上抓着鸡腿、鸭脖和一碗冒脑花，回回都给刘峰一百，四五回下去，张明明还是打着饱嗝说，也就第一张豆腐干画得还成。刘峰当时觉得这个女孩子真有意思，然后就想和她谈恋爱。张明明知道了刘峰的意思后答应得很爽快：行啊，我还没试过和画家谈恋爱呢。画家这两个字让刘峰有一点点得意，小小的虚荣感爬上了他的脑子，让他脑子发热，胸口里升腾起一股热流直冲脑门，冲得他热泪盈眶，模模糊糊有了要和张明明好好过的想法。

在一起之后刘峰才知道张明明还算个高干子女，她爸是市里的处级干部。为了张明明，也为了自己，刘峰一咬牙把自己当画家的梦想埋葬了。说是一咬牙，实际也没那么痛苦，毕竟从刘峰学画画以来，认真且唯一一个喊刘峰画家的就只有张明明，所以刘峰觉得娶了一个认为自己是画家的女人也算勉强完成了理想。他把画笔收起来，一根根地放进储藏室里，死看了半年的书，考上了老张在的那个单位。刘峰进单位的时候老张还作为领导和新进员工刘峰好好聊了聊，鼓励他在岗位上努力工作。老张和张明明一样热衷宣告主权，找了刘峰做关于青年人的工作谈话做了两个小时还意犹未尽，一直说到了吃饭的饭点。在最后还问刘峰找了对象没？刘峰这个时候没敢坦荡喊岳父，但是在旁边的手机响了起来，一条短信发来：画家，晚上我不去你那儿了，我爸搞了条野生的甲鱼，喊我回家吃饭。老张当时愣住，想不到最后一个问题的答案来得如此诚恳又直接，当时就问刘峰怎么回事。那天晚上张明明确实没去刘峰的小出租屋，刘峰第一次到张明明家里去，两个人头也不敢抬地见了张明明父母。

之后的事情顺理成章，刘峰入职半年后和张明明结婚，当

分　身

了上门女婿。刘峰倒不想这么快,他还没摸清楚张明明的性格就结婚,就感觉是没拿到攻略就去开拓地图的游戏角色,多少有点步步为营的意思,可是事情由不得刘峰——张明明怀孕了。快结婚的时候张明明长胖的速度和吹气球似的,就连一个月前才定好的婚纱都捉襟见肘,伴娘在一旁给她帮忙:吸气,吸气,哎快扣上了。

婚后的张明明开始妥帖起来,刘峰也不再问张明明爱不爱他了,心里踏实却又空了起来。张明明不再熬夜,反而一沾枕头就睡着,有时还打呼噜。张明明打呼噜很有特点,是噗噜噜地一路上扬,和吹小号似的,刘峰听着小号声经常失眠。

刘峰经常问自己是不是挺没意思的,可是似乎一切都完满,好像再有些不足都是他刘峰人心不足蛇吞象,可是刘峰还是觉得没意思,他现在生活稳定,画画的时候留的小辫子也逐渐变成平顶,近几年还有脱发的意思,脑门上头有了硬币大小的秃斑,肚子也渐渐发福。他偶尔还会拿出画笔画几笔,但是张明明不再喊他画家了。

刘峰看着身边的张明明,她依旧在身边吹小号。这个时候刘峰的手机亮了起来,一条"睡了吗"的信息映入刘峰的眼帘,短信那头是刘峰上次单位组织旅游时候认识的女导游,人活泼幽默,像是没生孩子之前的张明明。

刘峰偷偷起身,去厕所跟导游打晚上睡不着时该打的电话,刘峰走后,张明明忽然醒来,又过了一会儿,床上发出了一声呜咽似的叹息。

2

　　刘峰在北京最穷的时候只能靠卖盗版毛片养活自己，那个时候还是二〇〇二年，刘峰刚从艺术学校毕业，准备坚守理想在北京继续他的艺术家梦想却发现他养不活自己。为此他每天和老鼠似的从中关村的小贩那拿货，两块钱一张碟，卖出去的价格却不一样。香港的三级片能卖十块钱，王晶导的会贵两块，欧美的最贵，往往能卖到二十。那时候他常常穿一件军大衣，自己在里面缝十几个口袋，左上方是欧美的，左下方是日本的，右边是香港的。那个时候黄色网站还没普及，盗版商贩过得猥琐但滋润，多年以后的刘峰第一次看到黄色网站的页面第一反应是自己当年就算一个小的移动黄网了，而且提前具备分类管理的意识。

　　做这行有个不好的地方，刘峰没法子主动地和别人说自己是卖毛片的，他既不能大张旗鼓地和其他人一样竖块牌子，说自己专卖毛片，品质清晰，种类齐全，男女平等，又不能巧舌如簧地推销自己的货物。可好在那个时候他刚刚大学毕业，脑子活络，天天蹲守在北京某理工科大学门口，仔细甄别潜在用户，正好也为自己画画积累素材，后来光明正大。他在校门口支起了画架，写上四个字：免费速写，等到满脸青春痘又好奇的大学男生走近，他几笔画好，再凑近身去：毛片要不要，新鲜的。

　　这个套路刘峰试验几次后终于大获成功，到后来画画是假，卖片是真。校门口那个画画的其实是卖毛片的消息不胫而走，大家一传二二传四，"毛片刘"的名声日益远扬，大大提高了理工科大学生的艺术素养，算是为这所理工科大学开启艺术启蒙，平添了几分艺术气息。多少年以后,刘峰在新闻上看到这所高校的素描社团获全国大学生艺术奖心里多少有点得意:这奖杯应该有我一份,起码这个底座应该是我的。

张明明就是刘峰在当移动黄网的时候认识的。那天学校刚刚搞完运动会,学生们出来得少,到十二点,基本没人再出来。刘峰见差不多,准备裹起军大衣收摊,看见张明明趴在校门口吐。一般人喝酒喝吐都是躲在树荫里、草丛里,找个偏僻角落才放得开,但是张明明吐得很坦荡,她正对着校门吐,吐声嘹亮,听着像国际歌。刘峰在旁边听了一会儿,笑出了声。

张明明听到声音白了他一眼,张明明的白眼翻得很有意思,一般人翻白眼都直截了当,她却不,而是把眼睛咕噜噜转个圈才翻出来,好像做什么预演,后来刘峰和张明明在一起之后观察过很多次,张明明翻白眼确实是这么翻。

笑够了的刘峰上前去问张明明:"同学,你为什么要对着校门口吐?"张明明欲言又止,欲言又止不是因为难以启齿,而是一张口又是一大口呕吐物,全吐在了刘峰的军大衣上。后来,刘峰才知道,张明明不是理工大学的大学生,而是隔壁学校学音乐的。那天她刚和男朋友分手,那个前男友劈腿在前,她气不过就去喝酒,然后故意对着校门口吐。"其实也不是很想吐,只是恨屋及乌,看见校名就想吐。"刘峰看过张明明的前男友,而且颇面熟,说不定是老主顾,和张明明熟悉了以后刘峰答应帮她报仇:以后看见这孙子我指定不卖他毛片。

张明明听了特开心,搂着刘峰说:你真棒。其实他们都忽略了一个重点,张明明的前渣男友已经有了女朋友,不再需要毛片了。

很难说清楚刘峰和张明明究竟谁更穷一点。刘峰的穷体现在穿着上，他因为工作需要，冬天的时候基本就穿一身军大衣，底下永远是一条磨出两洞的牛仔裤。按理说牛仔裤磨出洞来是潮流，可刘峰的两洞都在屁股上，这两个洞就像是两个密谋的小偷，不声不响，一直到他那天收业，把钱放在裤口袋，回家发现钱没了才发现这两个小偷。一旦到了夏天，刘峰则永远是大工字白背心加上从超市两块钱买来的大裤衩，刘峰的衣服一直只有冬夏而无春秋。这算是贫瘠的证明。

而张明明的穷则体现在吃上，张明明一直穿得很好看，可是一直吃不上好东西。每周想吃顿卤煮火烧都得提前定计划，到最后还得数钱凑着去考虑多出来的几块钱是加几块油豆腐还是一串鹌鹑蛋。回回和刘峰一起吃的时候张明明都加鹌鹑蛋，一串总共四个蛋，三个都被张明明送进了刘峰的碗里，说吃啥补啥。但是在他们第一次坦诚相见的时候也顺便公开了自己的财务状况，张明明恍然大悟：刘峰你有钱，我他妈才是真穷。

这是事实，在互联网的大潮水还没到人们裤脚的时候，盗版光盘还是个挺赚钱的行当，加上毛片刘的群众基础，刘峰一天净赚一百出头，那可还是在二〇〇二年，北京房价才几千一平方米。后来在二〇一七年还在租房子住的老北漂刘峰经常后悔地半夜在床上打自个儿耳光：当时要少买点卤煮火烧给张明明吃，少和张明明去宾馆开房，说不定能省下北京半套房。

不过这也怪不得刘峰，当时刘峰的钱除了一日三顿饱就只够住地下室，里面一股子霉味，夏天稍不注意席子上都能长出绿毛来。刘峰看过一本王小波的书，封面叫《绿毛水怪》，只看了名字没看内容，刘峰怕书里说的就是自己，自己就是绿毛水怪。他当时想，张明明好歹算个体面大闺女，不能因为和自己在一起了就不体面，因此不敢带她去绿毛水怪的巢穴，只敢攒一阵子就带她出来开房。他们常去的那家旅馆物美价廉，过夜只要一百二十，还特别干净，就是隔音不好。张明明每次做爱都憋着，刘峰搂着张明明，和她说：等我以后赚了钱，一定要带你去一家隔音好的宾馆。

厕所也不能漏水。张明明补充道。

事实上证明刘峰还是自作多情了，多年以后他已经在动画公司上班，有底气租三环的大平层，才敢翻开《绿毛水怪》，但事实上这篇王小波的短篇小说和当时的张明明一样，与刘峰没有一点关系。

这本书不好看，王小波一直不正经，和当时的毛片刘一样，但是刘峰看着就看出了眼泪，他和张明明分手不久，特地去找了一家隔音好的，厕所不漏水的宾馆，一点点把书撕干净，再大骂了三百多句国骂才觉得心里舒坦些，就像完成一个仪式。

其实张明明他们家有钱到能买下七八个麻辣烫店铺，她却一直不肯回家，偏偏要在外面当一朵铿锵玫瑰。张明明她爸后来找到刘峰，她爸颇有耐心，不和张明明一样做人做爱都是一根筋，找了人拍了半天，确凿掌握刘峰确实在卖毛片之后，当面让他滚，不然就去警察局告发他传播淫秽色情录像带，不仅如此，张明明他爸还懂得刚柔并济的道理，给了刘峰一大笔钱，让刘峰另找个地方住下。刘峰觉得自己没资格要这笔钱，但毕竟人穷志短，这笔钱够他再也不用卖毛片过活儿，他收下了钱，找了个机会去和张明明分手。张明明很平静，再没了上次分手轰轰烈烈的豪情，平静约他来咖啡馆吃最后的晚餐，但刘峰心里发怵，深怕张明明一时不冷静，做出什么令两人都后悔莫及的事情。他兜兜转转，在张明明约好的那家咖啡馆楼下走了几十圈，却依然没敢走进门去。张明明坐在靠窗的位置，看着刘峰和失控的遥控汽车一样横冲直撞却一直走不进咖啡馆的门，不由得发出一声叹息，她手托着下巴，盯着刘峰，忽然觉得这个男人陌生起来，也觉得再没什么眷恋的了，转身喊来了服务员，买了单，然后推开门走了出去。

3

张明明始终记得她第一次遇到刘峰的场景。那个时候她刚刚进大学，陪室友一起去某个教室里邂逅前几天在篮球场遇到的短发男生。室友为了打听这个短发男生的基本信息不惜动员张明明动用美色，去引诱对她觊觎已久的机械系学长，代价是东二食堂的烤猪手两份和三次代课。但学长显然没有经过千锤百炼，还没等张明明撩第四次头发就相信了短发男生欠了她四百块钱的鬼话，动用人脉关系并装模作样地打了几通电话后就吐露了短发男生的所在专业和所在班级，末了还说："你要不回那钱，就找我，我去和他谈。"

张明明室友为了创造偶遇邂逅的感觉，叮嘱张明明一定要担任好绿叶的角色，不能喧宾夺主，和她一起去但是不许化妆和洗头发，张明明为了猪手委曲求全，一起和花痴室友抵达上课的教室，早早坐在后排进行埋伏。可她们没想到教室里还有一个提前一个多小时来教室的怪胎，那时候刘峰正埋头在桌子上认真细致地做着小抄，丝毫没注意到尚未洗头的张明明和妆容精致特地喷了香水前来邂逅的张明明室友。

张明明看着这个埋头在桌子上写字的男生，他头微微偏向一边，手指用力地握着一支2B铅笔，用力地在桌上写着公式，嘴巴向上嘟起。张明明只觉得这个男生可爱，忽然想起了前几天速写课上老师布置的作业——"偷窥生活的一个瞬间然后把它记录下来"。张明明不觉得这是偷窥，偷窥这个词不太好，张明明算是光明正大地观察。她掏出速写本，拿出速写专用的那支钢笔，开始速写已经抄得满头大汗的刘峰。而这个时候张明明的室友正对着镜子玩谁是世界上最可爱人的游戏，丝毫没有注意正在作弊的刘峰和正在偷窥作弊的张明明。

张明明越偷窥越觉得这个人有意思，他的头发大部分顺从油亮地仅仅贴在脑门上，可偏有一缕毛是翘着的，风透过窗子吹进来，吹得这个男生头上那缕桀骜不驯的头发左右飘荡。大概研究得太久了，埋头做小抄的刘峰意识到有人在盯着他。他茫然抬起头，看见对着他正在发呆的张明明，一时间不知道用什么表情去面对张明明，于是礼貌性地微笑了一下，然后继续埋头做小抄，丝毫不认为他日后会跟这个坐在教室后排还没有洗头的女孩子结婚生子。

张明明速写画得很快，而且她低头看了一眼速写纸，觉得神形兼备，尤其是刘峰头上那撮桀骜不逊的毛，画得颇具神韵，是一撮有灵魂的毛。而这时候室友也刚刚要到了短发男生的联系方式，得意洋洋地准备鸣金收工。而这个时候张明明也刷刷地写好了一张字条，附带送上了十块钱："模特费。"张明明在字条上这么写道。

多年以后，张明明在和刘峰去领证和签署离婚协议书的时候都会突然想到这个场景来。那个撇着头，嘟着嘴，有一撮毛随风飘扬的男生栩栩如生地刻在了她脑子里。这个初次见面的场景和后来无数个场景比起来并无特殊，只是人的大脑都是独裁的君主，自以为是地甄选值得留下来的记忆。

刘峰后来无数次地听张明明叙述起这个场景，但奇怪的是刘峰的头上并无那一撮桀骜不逊的毛，他的头发从茂密到日益稀少都根根顺从，就像他的性格，从未有过头发竖起的场景。张明明对此很是遗憾：挺可爱的，怎么忽然就没了，我记得是有的！但是刘峰也并不是对张明明毫无印象：正做着小抄呢，突然就收到一笔钱，怎么会没印象。只不过这印象并不深刻，远没有那次考试在抄写小抄的过程中被巡考老师抓住现行，得到人生中第一次记过处分来得深刻。

刘峰后来的日子也过得顺风顺水又没什么波澜，跟头发一样，他是一个特别顺从且自足的人。和张明明隔三差五冒出的奇怪想法不同，刘峰鲜有什么奇怪想法，甚至连做梦都很少做，年纪大了以后连做爱都很少，仿佛他身上的创造力和想象力抽空了。刘峰知道这一切的根源却不吱声，他对现下的生活很是知足。他现在在一家国企的设计院上班，干的是楼道建的下水道设计，这份工作听起来颇具想象力，但实际仅仅需要将几年前的图纸拿来复制粘贴就行。张明明就在刘峰单位对门的学校当美术老师，一周五节课，下课了就给刘峰带水果。有的时候是削得整整齐齐的苹果，有的时候是剥得好好的橘子——橘子皮另外雕出一朵花来，放在自家阳台上晒成陈皮，给刘峰泡茶喝。

张明明有时候会坐在床上委屈地想，自己怎么就嫁了刘峰这么一个人，可偏偏刘峰身上有种对她而言难以言喻的魅力，就像是什么来着，张明明那天晚上在床上抱着腿想了半天，才想到了宿命这个词。她和刘峰的相处就像是宿命一样，不是他们单个的生命，而是在冥冥中有种不可见的手安排他们必然相遇，必然相爱，必然在那个毕业旅行的晚上意外怀孕并匆忙结婚。想到这里，张明明特别沮丧，她之前看过一部电影，叫《楚门的世界》，男主角的一生就是一部电影，在一个世界里，他的一切都被人看着，安排着。张明明忽然觉得自己就像是在演绎楚门的世界，巨大宿命感笼罩着她，比死亡更真切的恐惧让她哭出了声。刘峰早早醒在了床上，听见张明明逐渐嘹亮并打着嗝的号啕心里难受。

之后的离婚更像是张明明对于宿命不妥协的抗争，刘峰什么都没说，仅仅在签了协议后草草抱了一下张明明，随后开上他的那辆买来的二手帕萨特摇摇晃晃地开远了。张明明走的时候有些摇晃，交出了钥匙以后头也不回地推开门走了。

4

张明明推开门进来的时候，刘峰正在第四组第二排的位置上认真听课。物理老师正在讲去午隔壁省模拟卷的最后一题，唾沫横飞地说去年出这张卷子的老师也是今年的命题组组长，这道题的考点依然是重点。老师说得很激动,进入了忘我的境界里,没注意张明明已经站在门口愣了半天。张明明没法子,站在门口喊了声报告,老师才注意到,示意张明明回位。张明明顺理成章地坐在了刘峰后面。坐下以后,张明明就盯着刘峰的后脑勺看,那个时候他还没秃出硬币大小的圆点,还是油光顺亮依旧茂密地顺服在头皮上。张明明在后排摊开了习题册,习题册上没写几笔,在本该填满的地方留着大半空白,反而在扉页和每页纸的页脚和页眉处画着张明明在无聊时画下的简笔画。这些简笔画大多只有寥寥几笔,却神形兼备,别具匠心,有的是捕捉物理老师在课堂上讲课的场景,有的是对于漫画书上的临摹和再创造,可是最多的还是刘峰,打篮球的刘峰、正襟危坐的刘峰、因为作业本没带而被老师罚站的刘峰……张明明细细数了数,拢共画了五十三个刘峰,他们活在张明明的物理习题集里。也是托张明明的福,刘峰才得以和物理习题集上林林总总的名师学霸共处一册。

正当她盯着作业本里一张在食堂狼吞虎咽的刘峰出神,物理老师忽然点了张明明的名字,让她说一下第三道选择题上面那道关于左手定则的一个公式。问题按理不难,就算是张明明也能轻松作答,可张明明刚刚才到教室里,还没缓过来,满脑子都是狼吞虎咽的刘峰。正当教室气氛陷入沉静,刘峰趁着老师低头再看题目的空档递来一张字条,字条上潦草地写着一个公式,张明明如获大赦,大声念出公式。物理老师这才示意张明明坐下,张明明坐下的时候瞥见刘峰捂着嘴巴偷偷地笑,心里被小锤子敲了一下。

快放晚自习的时候,张明明给刘峰递了张字条,言简意赅地表示晚上有事情要和刘峰说,让他在北边的大厕所旁边等他。北边大厕所在刘峰他们学校很有名,又叫"北大",因为地点偏僻,蚊虫生猛,常常是单挑和表白的不二场所,刘峰心里划掉了张明明晚上想找他单挑的选项,心里却想还不如单挑。那时候正是世纪之交,如果说打架尚罪有可恕,早恋被发现就直接凌迟处死。就在昨天的升旗典礼上教导主任才凌迟了两位早恋被发觉的苦命鸳鸯,并公布了宣判结果:女的留校察看,男的直接开除。刘峰平时言大如虎,胆小如鼠,绝不敢动什么早恋的心思,可偏偏发来字条的是张明明,这让他忽然陡生出脑袋掉了碗大个疤的豪情,又忽然想起金庸小说的那句开头:虽万千人吾往矣。

到"北大"的时候,张明明正站在那里等他。"北大"的边上靠着垃圾场,一到了夏天恶臭与蚊虫齐飞,但张明明就站定在垃圾场旁边,刘峰不知道张明明站在这里站了多久,忽然有些愧疚,从书包里掏出一袋子在路边买的、已经快化了的乌龟蛋——这种一块儿块儿五颜六色用糖水做的冰棍儿印象里是张明明的最爱。张明明见他从书包里掏出乌龟蛋来,一把夺过去就开始吃,一根根地吃干涮尽。刘峰没想到一个人吃冰棍也能吃得这么恶狠狠,好像满怀委屈和愤恨,刘峰更没想到的是,刚刚吃完冰棍的张明明在打了一个饱嗝之后就吻了上来,来势凶猛。对于这次突如其来的接吻,刘峰事后回忆不出更多细节,只记得张明明的舌头像一条冰凉凉甜腻腻哈密瓜味道的蛇,在他嘴巴里乱窜。

这场突然袭击之后,张明明像是一个溺水的人一样,大口呼吸,一旁坐着惊魂未定的刘峰。那时候的他满脑子都是被开除的想法,两人陷入沉默,周围的蚊虫扑了上来。在刘峰被蚊子咬了第四个包的时候,张明明才开口。

"你以后别用那种袋子装的洗发水了,容易掉头发。选专业的时候别听你爸的,喜欢画画就画画去,你学工科没什么前途,虽然你画画也没什么前途。明年高考的时候,你高考时记得把数学解析几何部分多看看,你老和我说高考那道题做对了就能上个好大学了。上大三的时候把钱看好了,你上大三的时候被人骗过钱,那时候谁打电话来都别接,那次你被骗了五千多块钱,差不多半年的生活费。"

刘峰没打断,张明明就这么一口气说了下去。她像是一个已经知晓刘峰以后人生的导师,在为刘峰以后的人生上补习班。张明明一口气说了很久,说到刘峰三十五岁后会有风湿性关节炎的毛病,现在就应该注意,说到刘峰他爸爸以后是怎么去世的,让他和他爸爸关系搞好些,说得眼睛红透,眼泪直流。

刘峰愣在那儿听着张明明一口气地说下去,从张明明亲他开始,他就觉得张明明的身体很熟悉,她的柔软、她洗发水的味道、她的耳垂、她的头发质感,都是刘峰非常熟悉且自在的存在。但是这种熟悉并不来自过去,其时刘峰还是一个没敢直视女生的愣头青,并没有和女生交流或交往的经验,对张明明也只是朦胧若现的好感,说不上多坚定,也说不上多具体。

可他觉得,不该打断张明明的话,等他回过神来,就决定把这些话都生生刻在脑子里。

张明明一气儿说了半个多钟头才歇下。说完以后的张明明又上前拥抱了一下刘峰:"在你书包里我塞了一封信,回头你打开看看就知道了。再见了刘峰,你好好的。"说完这些话的她埋头走进了"北大"旁边那块荫翳里,等刘峰清楚了解这是一场蓄谋已久的告别并决定追过去的时候,却发现张明明已经消失无踪,张明明走的那条路尽头是一块灰色的水泥墙,坚实有力地告诉他此路不通。

回到教室的刘峰打开了张明明的信,在信里,张明明说了一个故事:她是一个在不同人生里游走的人。她在二十多岁的时候遇到刘峰,并和他开始热恋,最后却功亏一篑,眼睁睁看着刘峰变成了其他人的新郎。"其实最早的这段经历,我也有些记不清楚了,感觉是上辈子的事情。"张明明写到这里的时候这么感慨道。在刘峰和其他人结婚的那天晚上,张明明收到了一封奇怪的邀请函,邀请函上说人生永远有另一种可能性,如果张明明愿意,可以选择再去和刘峰恋爱一次,在另一个人生里重新遇见一次不同的刘峰,可一旦刘峰不再爱她,或者从未对她坦诚,她就必须再次离开那个人生从头再来,或者决定从人生里彻底抹除掉刘峰这个名字,不再保留关于他的点点滴滴。

之后的张明明义无反顾地选择了去另一场人生里重新邂逅刘峰并重新拯救自己失恋的失败人生。她反复经历了刚上大学时候的刘峰、大学毕业时候的刘峰、没有选择绘画专业而是专心去读工科的刘峰。在每个人生里,她都反复耽搁数年甚至数十年,甚至和刘峰结婚生子,却每一次都以失败告终,在反复探索刘峰人生的旅途之中,她变得和刘峰越来越相似,她也开始学着画画,并和刘峰一样尤其偏爱二十五块钱绿茶味道的中南海。可她无论如何,刘峰始终都会在人生的某个节点放弃张明明。她变成了刘峰无数种可能人生里的逃难者,像是一个长久存在刘峰人生里的魅惑幽灵。可张明明觉得无论和刘峰热恋多少次，她得到的都只是刘峰的一部分，刘峰就像是一个会分身术的孙悟空，变出数个人生，却始终不肯对她以真身示人。

在长久的时间里，张明明也逐渐认识到这个游戏并不是无偿的，在名为寻找刘峰的人生当中，虽然身体没有变化，可是她却知道时间依旧在自己身上汹涌地流逝。虽然身体没变化，可张明明自己知道，自己已经在刘峰身上浪费了太多的时间，她大限将至。所以在最后一次的人生里，张明明终于决定放弃这个游戏，她来到高中生刘峰的面前，坦然叙述着这长达数十年几十段的短暂恋情里积攒到的关于刘峰的点点滴滴，一吐为快，算是临别的赠礼。张明明在信里说这些的时候，语气平淡，平铺直叙，就像是在说别人的故事。

刘峰对张明明说的这个故事记忆犹新，甚至很多年以后，他都在反复确认这个故事的真实性，但是那天晚上在北大发生的事情和张明明这个人一样，在那个故事之后就在他的生活里真的消失无踪，真的就像是幽灵。甚至刘峰觉得张明明不过是他臆想出来的一个人或者说是一个幻想，他座位后面那个座位被另一个长相和成绩都很一般的女生取而代之，周围任何一个人都言之凿凿说从没有过张明明这个人。

又过了段时间，刘峰已经结婚生子。在外面出差的缝隙，他又想起了张明明的这个故事。他在晚上八点多的时候打开电脑开始写下这个故事，写完已经凌晨三点多。刘峰还给这个故事做了一个响亮而鸡汤式的结尾，算是一个总结：

"偏执的人生和偏执的爱情一样，都不可取。爱情也并不是生命中唯一重要的事情。"

文章发在他自己的博客上。他的博客关注者寥寥，一般只有个位数阅读，却在发出文章的半小时后在手机上收到了一条打赏信息：

Zhangmingming 觉得你的文章很赞，并给你打赏了一百元。

这个人还留言了一句：最后一句话真的很有道理。

伴　郎

　　事情是在十二年前的一个上午发生的，具体周几我不太清楚了，但是我记得事情的源头。

　　最开始是有人要找人打我。我最早知道这个事的时候正在洗拖把，五班的一个高高瘦瘦的男生找到我："张颖让你晚上放学在校门口等着。"我不认识这个人，但我知道他好像是混的，证据就是他穿着狐狸牌的牛仔裤，只有混的人才穿这种牌子的牛仔裤。"她找我什么事？"我渐渐攥紧了手里的拖把，想象它是个三叉戟还是什么的。"她说你心里有数。"男生咧开嘴，脸上的青春痘都笑得皱了起来。

　　回到教室之后我依然开始拖地，等到我拖最外面走廊的时候还一直在说服自己："她只是说要我等着，又不是说要打我，我和她也没什么交集。"等我拖到外面走廊的时候，七班的一个胖子也找到我了。"张颖让你放学别走。"他一边说一边拿他的食指顶着我的脑门，像钻墙的电钻那样。我闻到他身上有西瓜味口香糖的味道，想讨好他说："吃不吃口香糖，我口袋里有。"出口就变成了："张颖找我干什么？""打你。"

张颖是我初中同学，初中刚刚进班的那一阵还做过短时间的同桌，可我没多一会儿就开始蹿高个，睡觉腿都疼，半年蹿高了二十厘米，之后就调到后面去了。之后她也开始发育，没长多高，但是是我们初中那批女生里率先变得好看的一批。但是我和她不熟悉的原因并不是身高，也不是因为她是个女生。性别并不是横亘我们交流的桥梁，与之相反，她和很多男生玩得都不错，据说有很多个哥哥。可如果非要挑个理由，那就是她不大看得上我。张颖有她的小圈子，成绩好的、混得好的、家里有钱的、比较风流的，形形色色，总之都是很有用也很有趣的人，所以没有我这种人也就顺理成章。我左思右想，并不太清楚哪里得罪过她，上次和她说话还是在初中毕业典礼上，老师让她喊我过来合影，我当时嘴里塞满了辣条，含含糊糊答应了一句。可就算我哪里得罪过她，她也没理由在高中开学第一周就找人来打我。我想去问问张颖是怎么回事，这也很方便，她就在我楼上的八班。但是我就是不敢。早读下课，我连马上要默写的古文都不准备了，要默《赤壁赋》，我连第一段都没背出来，就在想这个事。

"打人"这件事我不陌生。上初中的时候，我们学校尚武不崇文，特点是每周五下午都有人在校门口扎堆。无论多早放学，总会有人在那里扎堆，一般是三个五个，也有过很壮观的几十人。而从初二开始，这堆人中总是有一些人是在等张颖的。我见过张颖有一次放学回去，很自然地就和一个男生开始勾肩搭背，坐到

伴 郎

那个男生的自行车车杠上,令人奇怪的是,那种赛车的车杠和老式的不一样,起码不是为了载人而设计的,但张颖总能稳稳当当地坐在上面。更多的时候,男生们会骑着电动车来,张颖就这么一只手勾住他们当中一个人的肩膀,然后坐在后座上,电动车会潇洒地转一个急弯、掉个头,向着看不到的市中心驶去,短短几秒钟也就消失不见。虽然对于那些人来说,我只是个过客,但我也目睹过好几次群架。我们地方虽然小,但群架也讲步骤、守规矩,有一套固有流程。一般先是骂骂咧咧,再是推推搡搡,把人推到一条窄巷里。必须指出的是,窄巷是一个关键性的地点,一般推到窄巷了,意味着这个人在生理和心理双重意义上被"逼入死角"。最后再摁到墙上,有时候还会把人的脸摁到涂上白石灰的墙面上。我们初中就有一条窄巷,绝大多数英雄好汉都在这个窄巷中受过气。我随即想到,在高中校门口一百米的地方也有这么一条窄巷。我又随即想到,在那条窄巷里也有这么一面大白墙。所以,我慢慢看到了自己的命运,命运就像是上周周测后躺在老师办公桌里的成绩单,只是等候下发的时机而已。但事情或许并不是毫无办法。之前我看周星驰的电影叫《国产凌凌漆》,里面有一个桥段让我印象深刻。那是在刑场上,周星驰饰演的特工即将就要挨枪子了,他想办法从口袋里掏出了一张钞票,贿赂了要枪毙他的人,然后就逃出生天了。我想到这里兴奋地摸了摸口袋,却发现我的口袋里就只有十块钱。这十块钱都不够买一包烟,肯定也就不能让它的主人破财挡灾。我也开始思索找寻帮手。可我最好的朋友都在初中,一个没考上高中,在市里面的职高,赶过来不现实,另一个虽然考上了高中,但在城北,而且比我更加孱弱，所以更不现实。在这所高中，我唯一认识的人就是张颖，我举目无亲。

脑子里这么乱想，时间过得很快，头两堂数学课，我没听清楚老师关于充分和必要条件的讲解，域和域之间的关系，随堂作业写得一塌糊涂。到了课间操，我失魂落魄走到操场，就感觉有人在背后看我、议论我。我甚至目光瞥到了张颖，她虽然没看我，但脸上肯定有一抹笑，仿佛猎人在观察仓皇逃进陷阱的猎物。我就像是隔壁街的那个残忍的新疆人开的烤肉店门口拴着的那头山羊，四处散发着惹人侧目的膻味，等待着千刀万剐的宿命。不同的是那头山羊尚不知自己何时被杀、被剐、被串上铁签、撒上孜然和辣椒面，在炭火上辗转，我却很清楚。到了语文课，我还是在想这个事儿，不同的是脑子里清楚了很多，恐惧已经过了，现在要搞清楚的是，张颖为什么要打我。我还准备去问问那个穿牛仔裤的瘦子或者嚼着西瓜味口香糖的胖子，但他俩肯定不会告诉我。想到这里，我泄了气，像个塑料袋似的瘪了。

需要指出的是，虽然我和张颖毫无交集，但她一直不太看得上我。每次当她和其他人聊得开心的时候，只要我一来，就变成窃窃私语。每次寒暑假，她会组织人一起"做作业"，从来没组织过我。她作为群主拉的班级QQ群，一直到初中毕业才把我拉进去。毕业后的几次聚餐，我每次都是事后才知道。但这些都不构成她对我存在恨意的理由，轻蔑和仇恨之间隔着很长的一段距离，是不同象限的两个东西。我想到了第三节课，才想起来，前几天有人和我说，张颖和她男朋友分手的原因是张颖不是处女。那个人说得有声有色，说张颖怎么和那个男生，就是初中临近毕业，

伴 郎

回回来接她的那个高个子男生，又怎么被几杯酒灌到人事不省，误打误撞去车站旁边的黑旅馆开了房。有情节也有细节。可这事儿我也就只是听过，她是不是处女我并不关心，也并不感到意外（甚至还有一点可惜），但这个秘密我也没有和其他人说起过。我想走到楼上去，把张颖喊出来，告诉她："你不是处女这件事我知道了，但不是我说的，我也是听说，所以你别揍我了。"但这个想法太蠢了，蠢到我笑了起来，被老师看到，由此我收到了高中的第一个罚站。

　　罚站的时候我想明白了一件事，那就是今天这顿打是逃不掉了。既然如此，那么不如中午去吃一顿好的，十块钱足够我吃顿好的了。想到这里，一上午的丧气被一扫而空，还有一天才到来的威胁被马上就要吃进嘴的炸串带来的兴奋抵消。还有五分钟就下课了，讲台上的老师已经讲无可讲。课堂陷入整块的沉默，就像是炒菜里吃到的未化开的盐巴。这种沉默让我定心凝神准备去吃炸串，并且心里已经盘算好几种串的排列组合。十块钱说多不多，说少不少，所以我要一串藕饼、一串骨头、一串年糕和两串素鸡，荤素搭配，又有饱腹感，要甜酱，但同时要涂辣油。至于用刀划四五道的鸡腿太过奢侈，今天就先不要了。我盘算好后从口袋里摸出钱，用手偷偷放在抽屉里将钱压平整、细心地叠好，塞进校服口袋的夹层里。老师一宣布下课，我就冲出去了，一路向门外的摊位跑过去。炸串铺子就在窄巷里，我点好之后抓着老板给的牛皮纸袋，就往里面走。窄巷不长，走几步就到头了，隔着条马路，马路上后面是一排人家。马路长短和深浅知道之后，我看了眼那堵白墙，白墙有不少年头了，上面的石灰剥落了不少，

分　身

露出里面青色的内脏。我一边吃一边往前走，才发现转角的电线杆处，有个人也在抓着炸串吃。他对着墙壁吃着炸串，吃相不好，与其说是吃，不如说是在吞，点的也是一串藕饼、一串骨头、一串年糕和两串素鸡。所以我趁他解决掉一串藕片的间隙，和他搭话。

"你也是高一的？"

"对。八班的。"

"那你认识张颖吗？"

"认识。"说到这里他嗅了嗅鼻子。

"她是我初中同学。"

"那你和她熟吗？"

"不熟。"

"那就算了，要是你和她熟悉的话，能不能让她今天晚上放学别找我麻烦了。"

说到这里，他把嘴巴里的东西咽下，叹了口气说："她说要找人打我。"

实事求是讲，听完这句话，我当时的感觉就像鲁滨逊遇到了星期五，巨大的震撼让我拿着串的手都不稳了。

"她也说要打我。她自己和你说的？"

"是的，她让我放学在校门口等着。"

"你怎么她了？"

"我说她丑人爱作怪。你呢？"

"她以为我说她不是处女。"我故意把"她以为"这三个字咬得很重。

他转头看了我一眼。"这话你不该说。"

我点点头,将我的疑惑说给他听。他找了个马路牙子坐下来,像一个医生向病人分析病情一样和我分析:"照你这么说,她不是处女这件事肯定是败露了。她寻根究底,有人把这件事甩到了你的身上。"

我有点佩服,不是佩服他缜密的逻辑,而是佩服他的胆识,同样要被揍,还能和一个素不相识的人冷静分析。

"那现在怎么办?"

"以你对她的了解,你觉得以张颖的性格,她会听你解释吗?"

我摇了摇头,和他更加详细地讲了讲我所了解的张颖,之后问他:"你有认识人吗?"他起身拍了拍自己的屁股,再从口袋里摸出半截餐巾纸,擦了擦嘴说:"我外地的,高中才过来。"

就这样,我们接下来又聊了一会儿,一开始主要是聊张颖,像是医生和患者在交流病情一样。他和我分析了有半个小时,最后像下诊断书一样说:"看来无论如何,我们都是要被揍的。"我耸了耸肩膀。他说,那没办法,我再请你吃个炸串吧。说着他又掏出十块钱来,买了两只上面划了好几道口子的炸鸡腿,一只递给我,一只自己啃起来。我抓着鸡腿,咬了几口觉得嗓子眼像是堵住了,难以下咽,但是他还是那样大口地吞,我看得心生羡慕,却又担心起来,已经到手的炸串反而没有那么诱人了。他问我为什么不吃,我说:"放学就是一顿打,没心思吃。"他却安慰我,不过是一顿打,打得能有多狠,况且还有半天才放学,船到桥头自然直。听他这么说,我心里有了些底气,开始学着他大口吞,可吃完之后又泄掉了。吃完后，我们又聊了一会儿。他是转学来的，对很多地方上的事情都不了解，我力所能及地和他介绍我生活了十五年的这座城市，其中包含一些并不能经过考证的逸闻怪谈和一些牛皮。聊到一半，我忽然想起来什么。

"对了，你看过周星驰的一部电影吗？"

"周星驰所有的电影我都看过。"

"那你一定知道有一部电影叫《国产凌凌漆》。"

"记得，闻西。"

"请叫我达闻西。"

"好的，闻西，没问题，闻西。"

说到这里，他第一次开始笑，我也第一次开始笑，紧接着，我们都笑了起来，就好像再过四五个小时，我们俩都要被揍这件事不会发生一样。随后，我和他阐述了花钱消灾的想法。他说："我有钱，是这个月的生活费，消灾完了我就没钱了。"我惋惜地点点头。"就算有钱也不能给这帮傻逼。"他补充了一句。我笑了起来，说："对，傻逼！"然后，我们又聊了一会儿，聊了学校和电影还有其他的事情，所以我知道，除了周星驰，我还知道他爱看杜琪峰的黑帮片，我以为只有我才喜欢看杜琪峰的黑帮片。在这当中，我和他产生了类似周润发和张国荣在《纵横四海》里面的感情，可其中的一点不同是，他们有枪，而我们手无寸铁。午休结束后，我和他道别，我原本想在校门口和他简短地道个别，但我突然想，我应该在八班门口和他光明正大地道别，是的，尽管我不敢去八班门口，但是我还是去了，这个新朋友给了我新的勇气，所以我大摇大摆地去了，我看他坐到第四组的第三排，看

伴 郎

到他的同桌确实和他说的一样是一个吃起零食来像只土拨鼠的女生,看到他的书桌和他说的那样巧妙且隐秘(他用教科书还有一本成语词典、一本牛津英汉互译词典精心堆砌起了一个死角),看到张颖奇怪地看见我们俩认识。然后我就这样头也不回地走了,甚至有些兴高采烈,就像是《一个字头的诞生》里面的刘青云,头昂着,脸上带着点嚣张的笑容。下午的时候我没怎么想我这位新朋友,相反地,上课的注意力反而集中了。带一点苏北口音的物理老师在我回答上了知识点后,朝我露出他的虎牙。但与此同时,他宣布下节课要随堂测验。下课我在位置上发着呆,听见玻璃笃笃笃地响,发现他正在窗子外面。我走出教室,问他什么事。

他说:"走,上厕所去。"尽管我没有尿意,但我还是说:"好,我们上厕所去。"

我们每一层都有厕所,离我最近的厕所就在教室的隔壁,尿骚味像是值日时随处可见的纸屑,始终若隐若现。我以为要去旁边的厕所,但是他带我去上了离我们最远的那个厕所,在那个只有上公开课时才能用到的实验楼的厕所。我以为他有计划,于是开口问他。

"为什么要来这里上厕所?"

"这里干净,没有尿骚味。"他一边撒尿一边说。

"好。早点回去,下节课物理课要随堂测验。"

"你们是不是也是涛哥教的?"

"谁是涛哥?"

他随即模仿起了一句话,我一听就说:

"就是涛哥教的。"

"你们学到哪里了?"

"受力分析。"

"上周他在我们班测过也讲过了,我把卷子给你。"

厕所回来之后,我拿到了他的卷子,上面是一个满分,钦佩之余,我对他又多了一些好感。下午之后的四节课,他每次都来找我,每次的方式也都一样,站在玻璃旁边敲三下。我们在分散的三十分钟里去小卖部吃了些东西,在宿舍楼旁边看了眼晾在外面的女生内衣,还沿着学校围墙边走了一圈。在确保学校的每个角落我们都走到了之后,我意识到下节课结束就要放学,突然开始问:"放学怎么办?""不知道。""我们可以晚一点出去,等到所有人都走光了再出去。"我提出我想出的策略。他摇了摇头说:"不行。宁做莽夫不当孬种,这样他们会变本加厉的。"放学后,他如约来找我,说:"张颖还没走,她今天值日。"我说:"要不要我们去找她谈谈。"他说:"不用,都这样了谈什么。""那我们等她走了再出去。""对的,我们等她走了再出去。"于是他就坐在我教室的旁边,我们一起做作业。他几句话就帮我补上了象限的问题。而他的短板英语又恰好是我所擅长的。高中里第一次,我沉浸在学习里。等到我们俩抬头的时候,天已经黑了。巧合的是,我们也远远看到张颖推着她的"捷安特"往外走。"跟上去吗?""走。"他点头,终于也不掩饰声音里和我一样的惊恐,我们俩迅速地收拾好书包。离着张颖大概两三百米的距离,往外走。起初我有点乱,走路也是乱的,后来反而倒不怕了,胸腔里跳动的那玩意儿渐渐安定了下来。他紧紧地贴着我,我们故意找了一些话题在聊,他说他家里刚刚换了台电脑,他爸爸不但是个杜琪峰迷，还是个武侠迷，可以去他家看电影。

聊到这里的时候，我抬头看了看周围又抬头看了看天空，这个时候的学校里已经没什么人了，除了教学楼只有不远处的传达室还亮着灯，像是镶了层银色的边。天空被涂鸦了一层蓝黑色的墨水，在校门口不远的天尽头有一颗星星，还有迫不及待想要入场的一整个月亮，我才发现今天是个万里无云的好天气。在后来的日子里，我度过很多个难忘的傍晚，在非洲、在欧洲，甚至在地球上最靠近南极的阿根廷的乌亚怀斯港都经历了很好看的傍晚。我也特别喜欢拍摄天空，我拍过极光、拍过流云、拍过夕阳，可只要我回忆起傍晚的时候，这个傍晚的这个天空总是第一个闪现在我的脑海里，像是运动会上永远排在第一个的代表运动员。就在我们走出校门的时候，我们两个人、四只眼睛，亲眼看见张颖骑上她的自行车，走远了。她飞快地蹬动踏板，飞快地路过那个窄巷，甚至都没有回头看一眼。我们看了看周围，没有电动车、没有狐狸牌的牛仔裤、没有五颜六色的头发，一个人也没有。"人呢？""可能是没等到。""可能是走远了？""可能压根没有这件事。"我们后来回去的路上猜测了很多的可能性，但到目前为止，我仍然不知道我和他那天为什么没有被揍。

"我走了。"到一个路口的拐角处，他和我告别。

"好。"我话里面竟然带着一点失望。

"明天放学，我们还是一起走。"他说，"以防万一。"

"好！"

第二天上学，他依然来找我，还是那样，笃笃笃，敲三下窗玻璃，然后我们出去，去学校里乱转，去实验楼里面的那个厕所撒尿。我们继续聊到很多，逐渐发现在更多话题上的共同兴趣。实际上，那天之后，高中几乎每天放学我们都是一起走的。高二分班之后，我和他都选了理科，这虽然没能让我们成为同班同学，但让他到了我隔壁班。高考的时候，我和他差三分，索性填报了同一个志愿，巧妙地被分进了同一个班、同一个宿舍。两个人成为朋友往往需要一点契机，在素不相识的时候相约一起挨揍或许就是这样一个契机。

这就是我今天要说的全部的话了，其实还有个结尾。伴郎在英语里的翻译叫作 the best man，不是泛指，是特指，那个最好的男人。昨天，他成了我的伴郎，在我的婚宴上，他喝了好多酒，我也喝了好多酒，但是他就算喝到说胡话，也都一直紧紧地站在我身边，就像十二年前的那个傍晚。

五禽戏

1

进单位第一天,班长把我从人资部领出来之后,就带我去站里认人。这是我第一次看见洪广义的名字。光看这三个字让我对他的相貌有一个遐想——国字脸、略有络腮胡、穿着工装也盖不住的啤酒肚,大概神似胡军那个版本的《天龙八部》里的包不同,但班长和我介绍时,坐在位子上佝偻个背的却是个精瘦的汉子,浑身勾筋去肉,透过工装能看到高高扬起的琵琶骨,像是齐白石画的虾。

虽说第一天班长就跟我介绍了班上的七个人,但我进公司一年有余,都还没认齐全,这主要是因为我在班里待的时间少。一年下来,培训、考试、竞赛,把我的脑子装得满满当当,但对实际工作还不了解,甚至连班上的人都还没认全。一年后,我定岗变电运维,听起来有些晦涩,其实就是在变电站值班。定岗以后,公司正式让签师徒合同,这既是一个传统,也是一项制度。白纸黑字,明明白白。"当师父并不简单,自己要水平过硬,还要负责。"班长这样和我说。听班长的意思,他不带徒弟是因为自己水平不够。"洪广义师傅是我们班里业务水平最高的,你跟他学比跟我学要好。"

洪广义水平高不高当时我还不大清楚,但签合同的时候就吃了个下马威。当时,班长拿着拟好的合同带我找到他,他捏着支笔,上上下下打量我好几趟,眼神和鸡毛掸子似的在我身上扫了好几遍,才说:"做徒弟的要守规矩,做师父的才好负责。"这话不假,因为第二天洪广义就给我一个下马威。早上我掐着点到值班室,洪广义就早早坐在位子上了,甩了一上午脸色,下午找了个机会带我出去巡视,才和我讲,徒弟来得要比师父早,不说早晚请安,但起码端茶倒水。"我们是新时代,不按老思想,但该走的形式还是要走。"洪广义说。

在单位,几位老师傅碰到了都得寒暄几句。有时碰到我,问我师父是谁?我说:"洪广义。"他们大多笑笑,但表情复杂。我后来才知道他们在笑什么。洪广义脾气怪、难沟通,班里从上到下都怕和他打交道。从做徒弟的角度来说,洪广义真的是我见过最啰唆的人。有一次,我不小心把一个开关名称的大小写弄错了,就能被他在耳边嗡嗡说了有两个小时。一句话颠来倒去说,说到后面嘴边能起白沫。除此之外,洪广义还好和人较真,近乎迂腐。上次在班里,和另一个老师傅因为台账放哪边之类的事情吵起来,两人加起来都快一百岁了,吵得面红耳赤,互不相让,像两支滚烫的烧火棍，后来班长来调停才算没打起来。

变电值班，听起来清闲，可测温、巡检、大修、投运，几样事情都够人忙挺久的。一年四季，我们经常是忙得泼不进水，但一年里总有缓口气儿的时间。一年下来，我感觉我们像是作息规律的农民，农忙时，大家像是一支队伍，闲下来了，老师傅们喝茶、聊天、刷视频、看股票，松口气也落得清闲。可洪广义从不闲着，除了对我耳提面命，说些有的没的，极少和其他师傅扯闲篇，也几乎不在晚上喝酒，只喜欢开着听书软件听郭德纲的单口相声。从《封神演义》听到《济公传》。我注意过，他回回都只听八集，从"罗汉出世"听到"夜伏妖魔"，反反复复听。我当了他徒弟之后，他似乎真的把这份师徒合同当成个事了。从手抄操作票到各种规程，每天都像模像样地给我布置功课。我刚来单位，人生地不熟，和同事倒苦水扯不开嘴，就在微信上和大学同学倒倒苦水。可倒苦水归倒苦水，活儿还得照着干，最多不理会洪广义，有时候其他师傅们故意在我面前聊天，明里暗里埋汰他，我虽然不跟着起哄，却也不避讳。

刚进单位，我一人在外地，过得不舒心，除了洪广义在工作上刁难我，生活上也颇艰难。除开上班时间，我基本在宿舍。到单位来前三年统一住职工宿舍，我搬进来之前以为会和大学似的热闹，可住进来才发现，因为自己是值班岗，和长白班的同事作息并不统一。休息的大块时间，我常常一人闷在宿舍里。一个人的时候，虚度时间最好的方法就是睡觉。我把窗帘拉起来，空调打开，基本闷头能睡一个下午，等到再起来，从宿舍出门去大街上去吃一碗炒米粉，回回都老选一家。主要是这家米粉炒得不错，咸淡适中，还有锅气。吃完回来正好赶上和父母视频的时间，再和家里按部就班地汇报日常。之后若还有些精力，就看部电影，再写点东西，非得把下午积攒的精神气熬掉了才敢放下手机继续睡觉。那段时间，有点像数着日子过，但怎么也数不到头。人在孤独的时候就很容易产生依赖心理，我来这个城市，依赖不了别人，就只能依赖炒米粉。炒米粉就单吃这家的，点一份香肠的会配一碗清汤，就这样，我一气吃了个把月。有一天，我看见老板娘端上来的米粉里放了不少青菜，抬头就看见她站在我面前："多吃点青菜，少吃点香肠，不健康。"我对着手机一边吃一边想笑，可又不争气地掉了几滴眼泪，走出大门，街上忽然下起雨，路上的行人都蒙着头加快了脚步，一会儿街上除了汽车就看不见旁人。我故意走得很慢，到宿舍的时候浑身湿透了，挂上门的时候，觉得自己和孤魂野鬼也差不了多少。

那天我正在房间睡觉，听见笃笃笃的敲门声。打开一看，洪广义站在门口，手背在后面，像是来慰问的领导似的，说："今天正好来办事，来看看你。"说完扫了眼我的房间，就开始指摘我房间乱，生活邋遢，欠收拾，又注意到我放在桌上写了一半的文章，他凑近看了眼，说："你还写东西？"我"嗯"了一声。他说："蛮好，我们电力里面出作家，有个叫刘什么的你听说过吗？"我生硬地说："刘慈欣，我知道。"他说："对，他也是在站里值班的，有个业余爱好也好，就是不能耽误主责主业你知道吧？"我想应付过去说知道，但又不想吭声，一时不知道说什么好，只能点点头。洪广义倒不含糊，一边说一边帮我收拾起了屋子，嘴里还不停歇，一直叮嘱着我什么，但我已经习惯，左耳朵进右耳朵出，脑子里想着刚写一半的文章。不一会儿，他将我的屋子收拾利落了，走之前才丢下句话："家里的橘子树挂果了，给你捎了点，别多吃，会上火。"

2

我猜，洪广义一直觉得他是个"完人"。他凡事有一套准则，而且绝不轻易打破，但班里的其他人（包括我）都不这么想。这主要是因为他的怪脾气，很多事情大家聊下来，都替他定了论，洪广义变成这样，他的脾气占了主要原因。洪广义并不是一开始就这样。听一个老师傅说，洪广义之前很"风光"过。他爸以前大小是个什么干部，上面两个姐姐，就他一个独子。在那个万元户尚且稀罕的年代，他就有一辆摩托车，铃木的、全进口的，扭动起来，声音半个单位都能听见。白天他上班，到下班的点就发动他的摩托车，单位的同事一听见引擎声，就知道洪广义要出街了。

洪广义那个时候出街，真的诠释了什么叫招摇过市。他一般腰里别个大哥大，穿皮衣或者当时流行的喇叭裤，满大街骑，后座小姑娘换来换去，去饭店、去舞厅、去录像厅、去溜冰场……哪里人多去哪里。那时候的他，人也精神，不是这样总佝偻着背，上班和下班分得很清楚，干活也利索，据说还拿过市里跳高比赛的名次。他原先也不是变电运维岗，是线路上的，爬杆上天，拿过许多竞赛的奖项。后来不知怎么，和领导闹了矛盾，一气之下换了岗。吵架后，洪广义的运气就开始走低，父亲得疾病走了，家道中落，分家产时和几个姐姐也闹了矛盾，说好老死不相往来，性格也慢慢变得孤僻，而且到现在也没个孩子，还离了婚，孤家寡人一个。就是好在专业上没落下。"他原先只是高中毕业，自己从线路换到运维，考了不少证。"老师傅似乎觉得之前说得太过了，给我补了两句。

我对洪广义的过去没什么兴趣，只听过他和我聊天时扯过几句。洪广义说，他这个广义并不是我们想象的那个"广义"，而是广义相对论的广义。"我出生的时候，正好我爸听到了爱因斯坦的传记，一拍脑袋就给我起了这个名字。"渐渐地，我发现洪广义居然是个"读过书"的人，但也就和我聊小说。兴许是因为爱听传本，他知道不少折子和武侠小说的故事，很多还是细碎的见闻。有一次，他和我聊过他看的武侠小说，当时从平川笑笑生讲起，再到还珠楼主，最后说到金古梁温，穿插进这些作家的逸闻，卓然成体系，不是瞎看的。这是洪广义少有的魅力时刻，有些故事我都没听过，从此对他刮目相看。除了聊武侠，洪广义还喜欢用武侠小说里的人私底下给人起绰号。比如他就经常称呼班里另一个老师傅为"戚长发"。"戚长发"在金庸小说里不太出名，但我私底下对照看过了，确实有些"铁索横江"的意思。洪广义这人面上对什么都不太在乎，实际察言观色，心里倒是清楚得很。

洪广义的个人问题好像一直没解决，离婚不少年，一直没重找，但他对我的个人问题却很上心。我早听一届进来的同事说，自己进单位不久，就有班里的同事热心张罗过帮忙"相亲"。但我在变电运维，是出了名的和尚庙，加上作息不统一，人就一直单着。我心里也不着急，直到洪广义和我说，过两天就是七夕，工会组织个联谊会，帮我要了个名额。我不大乐意去，主要觉得相亲目的性太强，自己又不是能言善道的类型，很容易吃亏。他看出我有抵触情绪，又开始在我身边"念经"，说什么好男儿成家立业，要先成家再立业，说什么我这个年纪，有个对象，做工作也踏实些。最后，他说，自己一人在外地，找个对象，相互照应着，实在谈不来再说，师父给你撑腰。这话有些说到我心里去了。七夕那天正好轮到我值班，洪广义和班长主动申请和我换班，又拖我上街买衣服。"倒不是说要好看，男人要什么好看，但你穿一身新的，显得你对这个事儿重视。"他在车上和我说。但实际到了商场，他就开始手足无措，我挑一件问他咋样，他就说蛮好，然后捏着信用卡，靠在柜台上准备给钱。俩男人，十几分钟就从商场里出来了，满大街人，吵吵闹闹的，我俩却找不到话来说。

"要不去我家坐坐？"洪广义率先打破了沉默。这也是我第一次去洪广义的家，居然离宿舍并不远，是一套四居室，虽然老旧，但很宽敞，尤其是客厅，隔着朝阳的玻璃，能看见阳光规规整整地在地上排列成行。家里收拾得很干净，但我换鞋的时候只看见了一双男士拖鞋。洪广义让我随便坐，自己去烧茶，但他显然不擅长这个。坐了会儿，我就四处转，然后看到他的书房虚掩着。我悄悄走进去，发现书架上挤挤堆堆放了不少书，而且并不齐整，大部分都比较旧了，武侠小说里掺杂不少明清小说和话本，《三言两拍》《拍案惊奇》《警世恒言》什么的，还有一本竖排版的《聊斋》。书架太整齐的人往往不看什么书，书架乱糟糟的人才真的爱看书，这是我的一个偏见。和书架的杂乱相反，洪广义书桌收拾得很整齐，放了不少笔记，翻开一看，里面工整地画了不少表格，还有公式什么的。洪广义倒好茶,看我在他的书房,一下来了兴致,又回到原来侃侃而谈的那个洪广义,如数家珍似的和我介绍每本工作笔记。之后到了晚上,他留我吃饭,我想了想不好推辞。就在楼下的小饭馆,洪广义不知道怎么忽然来了兴致,点了六七个菜,要了两瓶白酒,叫我起筷。酒喝到半,他话渐渐多了,一开始还是那套,慢慢聊到自己身上。说到自己的时候,洪广义没了往常的底气,神情落寞,说自己失败透了,活到过半百还是一个人,可喝到快酩酊,却又不说话了。喝醉后,我扶着他深一脚浅一脚地往家走,帮他从口袋里掏出钥匙,走进家门,直到他在沙发上发出呼噜声才转身离去。

经过这事之后,洪广义对我也温柔了不少。工作上仍旧是那样,就是平时扯闲篇的时候会和我开些玩笑,不过不像其他人一样议论别人。"背后不言人非",洪广义对这套东西很忌讳。这些道理在这时听起来也有点道理了,自己遇到一星半点,发现还真是这么回事儿。例如有一次,年底公司里评先进,还有些奖金。洪广义找班长和几个师傅谈了谈,把先进给我,奖金发下来存着,用作班费。这事儿没跟我商量,我心里略膈应。洪广义心细,把我拉一边说:"里子和面子可不能兼得,里子有了,面子要让给别人,面子有了,里子就得舍些出去。"还有一次,班长让我做个预案,我费了不少功夫,仍然被他挑出不少错来,前前后后改了好多次。洪广义就又和我说:"挑拣是买主,喝彩是闲人。挑错说明人家对你有要求,不然大家一团和气就过去了,何必得罪人。"

大概人和人相处都得循这么个原则,我之前看书时,书上说,靠第一印象得来的虽然强烈,但并不真实,凑近了看,总有一阵相看两厌的时候，可真的过了这阵，却又看出各样好来。我和洪广义的关系大概遵循这样一个规律。随着我们俩关系的凑近，我还发现洪广义的一个秘密。那天晚上，半夜起来我和他一起拿着仪器测温，测完一轮他往往让我先回去，自己再溜达几圈。几次下来，我好奇心作祟，悄悄折返，就能看见洪广义在变电站的夜照灯下，操练开来。他张开架势，一招一式操练，像某种功夫又像是舞蹈。变电站在郊外，周围没人家，远离人群，静谧像是夏天里丰茂的草叶，随时能挤出来。就算是偶尔能听到的蝉鸣和蛙声，都更增添了这种寂静。我站在一边，听风声猎猎，在洪广义的舞动之下，我又多听到一点声音。在白色的灯光下，他那如虾的身体变得挺拔，在空气中挥舞时，与周遭的其他声音构成一种恰到好处的应和，这里是小提琴，那里是钢琴，远处的一排树叶唰啦啦的声音是一排长笛，而巨大的、有节奏的机器响动是规律的鼓点，洪广义独自站在中央，慢条斯理指挥周遭的一切，像是主宰一切的指挥家。在一旁，我看得近乎入迷。后来我发现他隔三岔五都会去操练，而我每次都会去旁观。洪广义后来发现了我，也不避讳，告诉我这是"五禽戏"，随即和我科普，"五禽戏"是从华佗那里传下来的，主要用来强身健体。我上网查过，五禽戏好像是"虎""熊""鹿""猿""鸟"五形，但觉得洪广义练的和网上演示的不太一样，他演示的更有筋骨，仿佛是某种功夫的变形。洪广义说这是小时候听书的时候，一个说书先生教他的，打小练，后来就停不下来，算是童子功。我想让洪广义教教我，但他的要求过于严格，连手指弯曲的角度都要求毫厘不差，我没能坚持。

3

可我没想到的是,和洪广义好容易培养起来的师徒情分,突然就散了。

我进单位的时候就听同期的同事说,入职五年是个门槛。主要是因为,入职五年就有机会升职。所以早在第三年和第四年的时候,机灵的都开始提前准备了,从履历到职称,还有技能等级。我在班里勤勤恳恳,加上笔头子利索,大大小小的材料都是我写。正好单位办公室的行政秘书岗空了个人,我自己也有点想法。秘书虽然辛苦,但好歹是长白班,作息上和他人统一了,好过在站里成天见不着人。我上上下下打听了下,对照标准,发现自己符合要求,就到人资交了报名表。人资给了我张表,让部门签字和签了师徒协议的师父签字盖章。部门好说,但万万没想到在洪广义这里碰了钉子。给出的理由也荒唐可笑:"入职五年,都还没考到技师,翅膀没硬就想飞了?"他把我劈头盖脸好一顿骂,说我好高骛远,我就算是泥人样的性子这时候也火了,当着他的面把申请书撕了。随后和班长申请调班,决心再也不理洪广义。

运维班有个好处,只要排班错开,很多人就碰不上了。眼不见我就心不烦,一旦把日子分成一段段地过,就容易过得很快。在站里的生活就是这样,按季度计划、月计划和周计划排好,像是定时定点分好的餐食,偶尔有惊心动魄的时刻,但从每次故障和预警我都胆战心惊到后来能够如常处理和判断,工作越来越熟练,但也越来越平常,和生活一样,如同平稳运行的列车。这样下来，四时成岁，转眼又一年。

　　我是那天值班到一半接到家里电话的。母亲在电话那头已经慌了神，声音怪异地打着战。父亲是被干农活的邻居发现的，发现的时候他正趴在地上，姿势异常，像是在做什么田野里的研究，就是不动弹。喊了几声发现不对了，消息像一群鸟一样散开，几分钟后，我接到了电话。那时我独自一人在站里，慌了神，不知是谁通知了洪广义，他不一会儿就赶到了站里。班长知道后也赶到值班室，和我说："快去吧。"然后拍了拍洪广义，说："老洪，好好照应。"

　　虽然是在一个省，晚上路上也没什么车，但开过去少说也要三四个小时。我坐在副驾驶上，把手机点开又锁屏，点开又锁屏，而旁边的洪广义像一只老虎，趴在方向盘上，肌肉透过皮肤隆起，汽车引擎声轰鸣，四个多小时的路，三个小时就到了。我踉跄下车，飞奔向急诊室。

　　之后几天，父亲的境况时好时坏。在 ICU 里，医生找我商量病情，钱是流水似的花。我工作几年，有些积蓄，本来准备拿来买房，还有部分钱在理财里，现在东一茬西一茬地算着，心里像摸黑赶路似的怕。洪广义在这里陪了我两天，临走前，他主要叮嘱我两件事。第一件事是好好陪父亲，工作上的事情先别管了，第二件事是好好吃饭。我点头，感激的话哽在喉头，说不出来。我有时挺恨自己的闷性子的，一是一，二是二，不像那些人能把两分夸张成十二分，但对洪广义，我感觉是有十二分的感激的。洪广义走之后，我翻了翻他给我带的饭，没吃两口，里面是一沓钱，我数了四遍，五万块钱整。

分　身

等我回去的时候已经是两周后，父亲始终不醒，以后醒不醒看运气，也看命，就从ICU里转到了普通病房。我经历这番折腾，心态上倦怠了不少，在工作时尤其明显，注意力不集中，成半天地发呆，但自此多了个习惯，每天和父亲视频。我让母亲买了个手机支架，这样能正对他。之前总哭，后来就慢慢倾诉。父亲始终表情如一，直到半个月之后，才能看见眼皮略动。又过一季，据母亲说，我每次说话，能看见父亲的手指微微颤动。快到那年除夕，父亲终于睁开了眼睛。正好也到了发年终奖的时候，我凑了凑手上的存款，把理财全拿出来，凑了五万块钱整，另提上两条烟，又一次踏入洪广义的家。

再次进入洪广义的家，发现他家里乱了不少，桌上杂乱摆了打火机、用过的一次性碗筷，还没来得及处理的剩饭剩菜，米饭放了好几天，上面凝结着一层乳白色的猪油。洪广义见我来了，面带喜色，但又有些尴尬。我说明来意，将钱推过去，他慢慢将钱收下，两人就这么坐着。过了半晌，我说："师父，要不咱们出去喝顿酒。"他点点头，临走前一摸溜钥匙，我站在两层楼梯的过道里等他，只听见锈蚀的锁芯转动，刮擦出刺耳的声响。

临近过年，街上不少饭店要么关门打烊，要么人满为患。我们师徒两个走在街上，找个安静的地方吃饭不是很容易，顶着风走了快一公里，才看见一家川菜馆开着。生意一般，老板正坐在里面意兴阑珊地打着哈欠。我走进去，把菜单交给洪广义，洪广义摆摆手，说随便点点，我就照着几个菜点，然后眼光询问了下他，洪广义说："白酒。"小饭店里大多是几十元的廉价白酒，我想要不去超市买两瓶"洋河"，洪广义却自顾自地拧开二锅头，说:"坐吧,不折腾了。"一瓶红星二锅头恰好是二两五,我还是在大学的时候喝过一次这种酒,高粱酒,带着刺鼻的酒精味,喝完第二天头疼得厉害。

喝完出来已近午夜,老板没吭声,但一直往我们这桌瞥。我不好意思,额外多点了很多菜,但两人的饭量毕竟有限,洪广义更是没夹几口菜,一口接一口地喝白酒。但好在人在菜馆里出来之后,兴致高了不少,走在路上学郭德纲唱《大实话》。"说天亲,天也不算亲,天有日月和星辰。日月穿梭催人老,带走世上多少的人。说地亲,地也不算亲,地长万物似黄金。争名夺利有多少载,看罢新坟看旧坟……"我以前从没听过洪广义唱歌,但在夜空下唱挺像那么回事儿,走到一个路灯下,洪广义问我:"你说这像不像咱们站里的那个灯?"我抬头看,是一个用于指路的卤素灯,还真的有几分像。刚准备回一句,却发现洪广义已经扶着灯杆吐开了。

再见洪广义,已经是初七。按惯例,班里值不值班的都来了,凑着大家拜个年。洪广义穿了一身挺精神的西装,身子也不佝偻着了,挺着腰板给大家拜年。有人眼睛尖,看见他的红袜子,和他打趣,他说:"本命年,冲冲喜气。"我才突然想起,洪广义今年已经六十岁整了。三个月后,我调去二次检修班,做专职,告别了七年的值班生活,但依然记得在六月回来参加他的退休典礼。工会管离退休的干事当年也是变电运维的,和洪广义是同事,为此特地费了心思,从档案里要过来几张关于洪广义入职时的照片,一张张陈列起来,做成了一个相册。我才发现洪广义真的和传言说的那样,是一副繁华样貌,风华正茂的样子,确实像说的那样,应该挺招人喜欢的。拿到退休证后。洪广义展开,和我一手拿了一边,一只手揽着我的肩膀,留下一张合影。

4

这年秋天,我岗位有调整,回到变电运维当班长,只是不在原来的那个班了。几年过去,站里很多的设备都旧貌换新颜,好在当年学得踏实,万变不离其宗,做起来也不怎么觉得吃力。另一点好处是,去年的时候我也刚成家,成家在前,立业就容易多了。脑子里有这个念头后,我又想起,这好像又是洪广义说的。

快到九月,人资部打电话给我,说去领一下今年的大学生。我从站里开车出去,心里也忽然感慨起来,觉得时间真的是个台阶,一步步走上去之后好像真的就能获得什么东西。过了几天,新人来签师徒合同,嗫嚅说,班长您看,班里谁愿意当我师父。我想了想,说:"我来当吧,但你要守规矩。"

刚当上班长,工作上的事情是活赶活,没有原来值班的时候那么空了,有时候休息,也得跑来班里开会。我数了下,这几年招人多,之前的"老运维"陆陆续续都退了休,我的技术底子也不大够用。晚上有时候加班看规章到很晚,常常凉了赵丹宜温好的热牛奶。年纪大,记忆力也跟不上,好记性不如烂笔头,但更要命的是精力上的见底,公事私事,不分主次,侵占我的生活,虽然还没孩子,但妻子已经明里暗里催了几次,可父亲还坐着轮椅,母亲在当地照顾已经很难。事情一桩接一桩,但人一到这时候就想逃避,喝酒就是不错的方式,有着公事的理由,又能逃避一些东西。想去再找洪广义"讨教讨教"的念头,则是一压再压。生活中有些目标就像是高高的画像,你挂起来归挂起来,总想着时间尚早,不用那么高规格地去做,能拖就拖一阵即可。

洪广义的事情还是工会通知我的。那天工会打电话给我,说有个慰问,领导说喊你一块儿去。我说,这也不是什么节点,慰问什么?工会那头说:"洪广义住院了。"我赶到医院之前,已经做好了心理准备。洪广义情况不好,肺癌晚期,自己折腾着去化疗、放疗,就一个远房外甥帮着张罗。但切实看见他的时候,我心还是抖了起来。病床上的洪广义已经没了形,隐藏在皮肤下的肌肉已经悄然不见,一抬手,皮肤松垮垮得像个帘布似的挂着,样貌没大改,但没了精气神,就像虾蜕的壳。他外甥三十多,我们来的时候正坐一旁玩游戏,看见我们来了露出微笑。慰问一帮人,我就开头打了个招呼,然后就缩在最后面,同事们拿花、递慰问金,我都躲在后面,我不太敢看他。

晚上的时候,我瞒着妻子从存折里取了些钱,赶到医院,把钱递给他外甥,叮嘱他起码多挂些高蛋白,把人的精气神先养起来。他外甥不理解,接过我递过去的烟,我俩一溜抽到剩下烟屁股,对着烟屁股和一片黑说:"医生说了,其实就是这几天的事。你也别操心了,非亲非故的。"我说:"我知道,但这几天你给他挂。"他点点头。我说:"剩下的买些营养品,请点护工,钱如果剩下你就自己留着。"他外甥有些诧异,但还是说:"哥,放心吧。"

三四天后,我来看洪广义,他的精气神果然好了许多,眼睛里也透出些光亮来。我心里有底,走进去和他打招呼。他轻声喊我名字，手想去抓我，我看着他，眼泪终于沁了出来。到了半夜，医院里没多少人，我提前打点，医生把轮椅推进来，我轻轻抱起洪广义，感觉他变成了一个轻飘飘的气球，我隔着皮肤甚至能摸到他的内脏，我感觉他的心脏正在剧烈地跳动着，迸发出的生命力一点都不像一个行将就木的人。洪广义似乎知道我的计划，悄悄向我比了个大拇指。夜晚的医院比站里还要静谧很多，甚至听不见虫鸣和风声，我推着轮椅，沿着墙边往停车场走，步步庄严，忽然想到了在初中军训时练习的正步。我想走出种威严来，用节奏对抗心理上的隐隐不安，这办法管用，洪广义似乎也感受到了我的自持，用手臂略微一撑，在轮椅上坐正了。

　　晚上开车，我不敢开人快，只能把洪广义放在副驾驶的后排，把座椅放下来。一路上红绿灯很通畅，我一边向郊外开去，一边打开汽车音响。音响里，郭德纲正在和刘谦打趣，是个我和洪广义都爱的老段子。在里面的于谦一下急了，喊着："我怎么才是侧宫娘娘？"我没忍住，一下笑了起来，洪广义在座椅那头，也笑了起来，就是笑得断断续续，像是冬天漏风的窗户。除去这点忽略不计，这次夜晚的出行和我们以前无数次出去巡线没有什么分别。不一会儿，我们到了目的地，洪广义似乎早就清楚目的地是这里。我掏出口袋里的电动钥匙，前面白色的探照灯亮得刺眼。我扶洪广义下车，但他一把将我推开，神情展示出凛凛的风采，眼睛里放出两道光来，虽然微弱，但气势上并不输刚刚装好的探照灯。洪广义抬头挺胸，手指三曲两扣，一前一后摆开架势，灯光斜斜照射进来，照在灰色的水泥地上，如同蓄势的老虎。那一刻，我觉得敬重，又觉得难过，多样的情绪一下涌上来，让我福如心至，一口气从脚底升腾上来，一直翻腾上涌，直到充斥胸腔，让我的心脏、我的肺、我的脑子、我汩汩流淌的血液都变得无限大，我对着洪广义，对着黑夜，对着嗡嗡作响的设备高喊，声音远远传出去，传到夜空上：

"虎形——"

后　记

在开始之前或者结束之后

在我写了几篇小说，并且磕磕绊绊地发表了之后，偶尔会进入自己也是一个作家的恍惚畅想里，甚至在偶尔完成一篇习作、一段描写或几句自己满意的句子后，也会进入自己和历史上伟大作家"试比高"的不切实际的幻想当中。这种不切实际的想法，往往会在我翻开那些伟大文本的几分钟内，如同人鱼公主大梦初醒后面对海面的朝阳，绚烂烧过，然后和海面上的泡沫一样四散飞裂，不剩一点。可这也带来一点好处，不切实际的幻想破除后的一点清明，往往可以用于思索一些没有答案的问题。

和理工科不同，文学社科类的问题，往往并无对与错的区分，只有跋涉的深浅。作为一名理工生，出于对理科实用主义的惯性，我常常思考的问题是："文学究竟有什么用？"和其他仰仗因果类的学科相比，文学并没有明显的因果与逻辑。很多文学作品中往往着眼的是规矩之外的难言之隐，文学也并不提供答案，吝惜提供建议。不然，倘若有人真的将小说中叙述的一切当真，恐怕会过上一个相当糟糕的人生。那么文学究竟有什么作用？有人说文学是"无用之用"，这话同样也是"无用之用"，有点像是说"色即是空"的机锋。

我的体会是，文学是我们人类学会和自己沟通的方式，是我们面向时代、面对自身之后发起的临摹与实践。说文学是"失败之学"，是因为和自己尝试沟通和与生活尝试和解，这往往是一个无果的行为。时代与生活缓慢且坚定前移，并不会因为一人牢骚而放缓脚步，可这么做的话，依据经验，还是能缓解周遭与自我蹉跎之后的内耗。有智慧的人擅长自我开解，如此也不错，不能成为启明星那就能成为纪念碑，成为自己虽败犹荣后的见证。翻开历史书，那些文章写得好的"倒霉鬼"们各有各的不幸，但与其说是选择文学会招致不幸的诅咒，不如说是天生的环境与自身的性格，缠绕成为命运，将他们推向抉择的关口，不约而同地拿起笔，以身证道，得以与其他成功者们并列，最后成为闪烁在人类历史中的璀璨明星。后来者看到他们的遭遇，往往恍然大悟——原来这些人比我还倒霉。种种和生活相处的折磨痛苦汇聚成河，最终汇聚到名为文学的大海当中。

雷蒙德·卡佛说过一句话："当我们袒露我们的痛苦的时候，才是我们真正和世界产生连接的时候。"人类总是这样，幸福的时候不长记性，真正遭遇痛苦孤独的时候，却产生惊人的韧性与同理心来。那些伟大的文学作品能够跨越千百年，为后来者提供宽慰的原因，或许也是来自于此。可即使这样说，文学似乎依然没有功利主义上的意义，它不会让你升职加薪，也不会让你如鱼得水。你之前困惑的并不能在这里得到答案，你之后迷惑的在你写了一篇好小说之后也不会让你茅塞顿开。文学总是发生在开始之前与结束之后，事前或事后地讲几句闲话，人生的意义也并非像是学生时期写的习作，总是能够提供画龙点睛的"金句"，提纲挈领地提供精气神。

　　意义总是会前置或后置的，就像我们欢乐之时永远想不到，最快乐的时光就此结束封存，就像我们面临告别时分，也想不到这或许是此生最后一刻的相遇。作为一个晚熟和迟钝的人，我对此感触颇深，无计可施之下，只好诉诸笔端，记叙奇思妙想，尝试记录过往，夹带几句私货，来假装对自己过去的人生有了交代，好在文学足够大方，它并不计较这些，这才有了这本小说集的十余篇小说。

　　小说收集了我2019年开始到2022年创作的部分小说，小说集起名叫《分身》，有两个用意，一个是我不成熟的处女作名字就叫《分身术》，另一个是"分身"其实是我写作时的常态，在写作时，我经常幻想自己灵魂碎裂，参与体验不同人生，赢取自娱自乐的满足感。如上文所说，总是在开始之前或结束之后，文学才能临场，在整齐的田埂之外漫步，提供功利主义之外的"失败主义"，让你有了即使失败也能得到些许安慰，然后去心平气和地正视自己的人生，这样的话，再仰望满天星斗的时候，也有了

后　记

底气和心气。

最后，由衷感谢江苏省电力作家协会对一位年轻作者的鼓励，感谢王啸峰主席从我开始写小说就给予我的宽容与耐心。

黄不会

2024 年 10 月 2 日于江苏